鲁迅散文集

LUXUN SANWENJI

鲁　迅 / 著

北方联合出版传媒（集团）股份有限公司
万卷出版公司

图书在版编目（CIP）数据

鲁迅散文集 / 鲁迅著. 一沈阳：万卷出版公司，
2013.8（2022.1重印）
（典藏 / 吴昊主编）
ISBN 978-7-5470-2510-9

Ⅰ. ①鲁… Ⅱ. ①鲁… Ⅲ. ①鲁迅散文－散文集
Ⅳ. ①I210.4

中国版本图书馆CIP数据核字(2013)第140959号

出版发行：北方联合出版传媒（集团）股份有限公司
万卷出版公司
（地址：沈阳市和平区十一纬路25号 邮编：110003）
印 刷 者：北京一鑫印务有限责任公司
经 销 者：全国新华书店
幅面尺寸：178mm×254mm
字　　数：340千字
印　　张：19
出版时间：2013年8月第1版
印刷时间：2022年1月第4次印刷
责任编辑：张洋洋
封面设计：范　娇
版式设计：范　娇
责任校对：高　辉
ISBN 978-7-5470-2510-9
定　　价：68.00元

联系电话：024-23284090
邮购热线：024-23284050
传　　真：024-23284448

经典之藏，心灵之旅

读书是一件辛苦的事，读书又是一件愉悦的事。读书是求知的理性选择，同时，读书又是人们内在自发的精神需求。不同的读书者总会有不同的读书体验，但对经典之藏，对精品之选的渴求却永远存在。

传统上，读书是求学的手段，千百年来，人类知识的传承，最重要的总是通过书籍的记载与传述。因为有了书，人类才可以文脉延续，薪火相传。西哲说：书籍是人类进步的阶梯，因而，先贤们都把读书当作高尚而庄重的事情，赋予读书神圣、光荣的使命感。故此，韦编三绝、悬梁刺股，以及凿壁、囊萤、映雪等等，就成了刻苦求学的典型，千百年来成为人们效法的楷模。于是，寒门学子挑灯夜读，富家子弟潜心求学，或诚心拜师，或自学成才，诸如此类的事例，就成了激励学子上进求学的传说故事而广泛流传。

书籍除了自身寓含的教化功能外，还能让人感到身心的愉悦和快乐。在文化生活极度匮乏的年代，人们极力去寻找各种承载文明的载体，来填塞文化需求的饥渴。一本残破小书，可以在上百人的手中传递和阅读，看完后仍意犹未尽，不忍释卷。彼时，人们读书如饥似渴，却并无黄金屋、颜如玉一类的功利目的，有的只是内心的精神需求，读书的愉悦与快乐正在于此。仲春季节，读书间隙，推窗而立，鸟语花香扑面而来，内心深处则有禾苗拔节的哔剥之声回响；炎炎夏日，一卷在手，品茗读书，摇扇驱蚊，自然能感受到心灵的清凉和愉悦；秋风瑟瑟，听窗外传来淅淅沥沥的雨声，啜一口酽茶，想起“风声雨声读书声”的名联，便会发出会心的微笑；数九严冬，寒意砭骨，围炉夜读或雪夜捧卷，书香入腹，情暖人心，又能体验到视通万里、思接千载的悠悠遐思。

无论是求学求知还是寻求精神上的愉悦，读书都是我们的一种心灵之旅，是接受自我内心的召唤和灵魂的导引上路，让自己再次起飞得到新生的力量。变换的风景，奇异的遭遇，萍逢的客人……这一切旅途中可能发生的事件，都会在我们读过的书籍中出现，它们强烈地超出了我们已知的范畴，以一种陌生和挑战的姿态，敦促我们警醒，唤起我们好奇。在我们被琐碎磨损的生命里，张扬起绿色的旗帜；在我们刻板疲惫的生活中，注入新鲜的活力。

正因为读书之益，读书之趣，我们才对书籍本身挑剔起来。试想，灵魂之伴侣如何可以等闲视之呢？一本书的好坏，总会有无数人来品评，既有芸芸众者即兴点评，又有专家学者细心解析，然而，书籍最终的裁定者是历史而不是某一种潮流。随着时光的淘汰，留下来的经典之作渐渐走进更多人的视野，留在人们的案头，成为经典之藏。

“典藏”之作正如伴随我们的益友，多闻、博大、精彩而有趣，这样的益友，需要人们用心地品读，细心地筛选，最终把最好的“朋友”留在自己的身边。我们的“典藏”正是帮助读者挑“益友”的一种尝试，希望能把经典的、有价值的或者有趣的书籍放在读者的案头，让它们像朋友一样陪伴每一位读者走上自己的心灵之旅。

当我们打开书本，走进属于自己的心灵世界，自然能够体验那种君临一切的奇特感觉。此时心如止水，宁静安然，恰如室外无言的星月，美文佳句不期而至时，或击案称绝，或吟哦出声，甘之如饴。愿这“典藏”之作能给我们的心灵留下一块绿荫，助大家在自己的漫漫行旅中搭起一座可供休憩的风雨亭，对抗庞大、芜杂、纷繁的外界侵扰。

鲁迅散文集

前 言

鲁迅，原名周樟寿，后改名树人，字豫才。1881 年 9 月 25 日出生于浙江绍兴，1936 年 10 月 19 日逝世于上海，以笔名鲁迅闻名于世。毛泽东主席评价他是伟大的文学家、思想家、革命家，是中国文化革命的主将。鲁迅先生的作品包括杂文、短篇小说、评论、散文、翻译作品等，对于五四运动以后的中国文学产生了深刻的影响。

1918 年 5 月 15 日，鲁迅先生在《新青年》杂志上首次以“鲁迅”为笔名发表了文学史上第一篇白话小说《狂人日记》。随后又陆续发表了《孔乙己》《药》《阿 Q 正传》等至今仍有大量读者的著名小说。在创作小说的同时，鲁迅先生还创作了一部分散文。如果说《呐喊》《彷徨》中的小说是鲁迅对现实社会人生的冷峻的刻画，意在警醒沉睡的国民，《朝花夕拾》中的散文则是鲁迅温馨的回忆，是对滋养过他的生命的人和物的深情的怀念。幼时的保姆长妈妈，在备受歧视的环境中给予过他真诚的关心的藤野先生，给过他无限乐趣的“百草园”……所有这一切，都是在这个险恶世界的背景上透露出亮色和暖意的事物，是他们，滋养了鲁迅的生命。这些散文，把抒情、叙述、议论结合在一起，时而平静、时而汹涌、时而湍急、时而曲折，体现了鲁迅散文创作的艺术成就。

本书收录了散文集《朝花夕拾》《野草》，同时又精心选取了鲁迅的其他散文，方便广大读者赏读鲁迅先生的散文作品，领略经典的魅力。

目　录

朝花夕拾 001
小　引 002
狗·猫·鼠 003
阿长与《山海经》 009
《二十四孝图》 013
五猖会 017
无　常 020
从百草园到三味书屋 025
父亲的病 028
琐　记 032
藤野先生 037
范爱农 041
后　记 046
野　草 055
题　辞 056
秋　夜 057
影的告别 059
求乞者 061
我的失恋
——拟古的新打油诗 063
复　仇 065
复　仇（其二） 067
希　望 069
雪 071
风　筝 072
好的故事 074
过　客 076
死　火 081

狗的驳诘 083
失掉的好地狱 084
墓碣文 086
颓败线的颤动 087
立论 089
死后 090
这样的战士 093
聪明人和傻子和奴才 095
腊叶 097
淡淡的血痕中
——记念几个死者和生者和未生者 098
一觉 099
其他 101
夜颂 102
忆韦素园君 104
忆刘半农君 109
从孩子的照相说起 112
萧红作《生死场》序 115
我的第一个师父 117
因太炎先生而想起的二三事 123
陀思妥夫斯基的事
——为日本三笠书房《陀思妥夫斯基全集》普及本作 127
为“俄国歌剧团” 129
我和《语丝》的始终 131
我要骗人 138
我的种痘 142
再谈香港 148
喝茶 153
鲁迅自传 155

我怎么做起小说来 157
《阿Q正传》的成因 161
自言自语 166
阿 金 170
看萧和“看萧的人们”记 174
上海所感 177
记“杨树达”君的袭来 180
半夏小集 185
“靠天吃饭” 188
人生识字糊涂始 190
隐 士 192
病后杂谈 195
病后杂谈之余
——关于“舒愤懑” 203
拿破仑与隋那 213
运 命 214
玩 具 216
零 食 218
过 年 220
清明时节 222
《看图识字》 224
北人与南人 226
看变戏法 228
看书琐记（一） 230
看书琐记（二） 232
看书琐记（三） 234
中秋二愿 236
奇 怪（一） 238

奇　怪（二）　240
奇　怪（三）　242
新秋杂识（一）　244
新秋杂识（二）　246
新秋杂识（三）　248
文床秋梦　250
秋夜纪游　252
晨凉漫记　254
别一个窃火者　257
“抄靶子”　258
现代史　260
家庭为中国之基本　262
火　264
看司徒乔君的画　266
怎么写
　——夜记之一　268
在钟楼上
　——夜记之二　274
小杂感　280
长　城　283
三月的租界　284
随便翻翻　287
脸谱臆测　290
作文秘诀　292

鲁迅散文集

朝花夕拾

《朝花夕拾》是鲁迅 1926 年所作回忆散文的结集，共 10 篇。前 5 篇写于北京，后 5 篇写于厦门。最初以“旧事重提”为总题目陆续发表于《莽原》半月刊上。1927 年 7 月，鲁迅在广州重新加以编订，并在书稿首尾加上《小引》和《后记》，改名“朝花夕拾”，于 1928 年 9 月由北京未名社出版，列为作者所编的《未名新集》之一。

《朝花夕拾》中的 10 篇散文，比较完整地记录了鲁迅从幼年到青年时期的生活道路和经历，生动地描绘了清末民初的生活画面，是研究鲁迅早期思想和生活以至当时社会的重要文献。这些篇章，隽永温馨，是中国现代散文中的经典作品。

小　引

我常想在纷扰中寻出一点闲静来，然而委实不容易。目前是这么离奇，心里是这么芜杂。一个人做到只剩了回忆的时候，生涯大概总要算是无聊了罢，但有时竟会连回忆也没有。中国的做文章有轨范，世事也仍然是螺旋。前几天我离开中山大学的时候，便想起四个月以前的离开厦门大学；听到飞机在头上鸣叫，竟记得了一年前在北京城上日日旋绕的飞机。我那时还做了一篇短文，叫做《一觉》。现在是，连这“一觉”也没有了。

广州的天气热得真早，夕阳从西窗射入，逼得人只能勉强穿一件单衣。书桌上的一盆“水横枝”，是我先前没有见过的：就是一段树，只要浸在水中，枝叶便青葱得可爱。看看绿叶，编编旧稿，总算也在做一点事。做着这等事，真是虽生之日，犹死之年，很可以驱除炎热的。

前天，已将《野草》编定了；这回便轮到陆续载在《莽原》上的《旧事重提》，我还替他改了一个名称：《朝花夕拾》。带露折花，色香自然要好得多，但是我不能够。便是现在心目中的离奇和芜杂，我也还不能使他即刻幻化，转成离奇和芜杂的文章。或者，他日仰看流云时，会在我的眼前一闪烁罢。

我有一时，曾经屡次忆起儿时在故乡所吃的蔬果：菱角、罗汉豆、茭白、香瓜。凡这些，都是极其鲜美可口的；都曾是使我思乡的蛊惑。后来，我在久别之后尝到了，也不过如此；惟独在记忆上，还有旧来的意味留存。他们也许要哄骗我一生，使我时时反顾。

这十篇就是从记忆中抄出来的，与实际容或有些不同，然而我现在只记得是这样。文体大概很杂乱，因为是或作或辍，经了九个月之多。环境也不一：前两篇写于北京寓所的东壁下；中三篇是流离中所作，地方是医院和木匠房；后五篇却在厦门大学的图书馆的楼上，已经是被学者们挤出集团之后了。

一九二七年五月一日，鲁迅于广州白云楼记。

本篇最初发表于 1927 年 5 月 25 日北京《莽原》半月刊第二卷第十期。

狗·猫·鼠

从去年起，仿佛听得有人说我是仇猫的。那根据自然是在我的那一篇《兔和猫》；这是自画招供，当然无话可说，——但倒也毫不介意。一到今年，我可很有点担心了。我是常不免于弄弄笔墨的，写了下来，印了出去，对于有些人似乎总是搔着痒处的时候少，碰着痛处的时候多。万一不谨，甚而至于得罪了名人或名教授，或者更甚而至于得罪了“负有指导青年责任的前辈”之流，可就危险已极。为什么呢？因为这些大脚色是“不好惹”的。怎地“不好惹”呢？就是怕要浑身发热之后，做一封信登在报纸上，广告道：“看哪！狗不是仇猫的么？鲁迅先生却自己承认是仇猫的，而他还说要打‘落水狗’！”这“逻辑”的奥义，即在用我的话，来证明我倒是狗，于是而凡有言说，全都根本推翻，即使我说二二得四，三三见九，也没有一字不错。这些既然都错，则绅士口头的二二得七，三三见千等等，自然就不错了。

我于是就间或留心着查考它们成仇的“动机”。这也并非敢妄学现下的学者以动机来褒贬作品的那些时髦，不过想给自己预先洗刷洗刷。据我想，这在动物心理学家，是用不着费什么力气的，可惜我没有这学问。后来，在覃哈特[①]博士的《自然史底国民童话》里，总算发见了那原因了。据说，是这么一回事：动物们因为要商议要事，开了一个会议，鸟、鱼、兽都齐集了，单是缺了象。大家议定，派伙计去迎接它，拈到了当这差使的阄的就是狗。“我怎么找到那象呢？我没有见过它，也和它不认识。”它问。“那容易，”大众说，“它是驼背的。”狗去了，遇见一匹猫，立刻弓起脊梁来，它便招待，同行，将弓着脊梁的猫介绍给大家道：“象在这里！”但是大家都嗤笑它了。从此以后，狗和猫便成了仇家。

日尔曼人走出森林虽然还不很久，学术文艺却已经很可观，便是书籍的装潢，玩具的工致，也无不令人心爱。独有这一篇童话却实在不漂亮；结怨也结

①覃哈特（1870—1915）：现译为德恩哈尔特，德国文史学家、民俗学者。

得没有意思。猫的弓起脊梁，并不是希图冒充，故意摆架子的，其咎却在狗的自己没眼力。然而原因也总可以算作一个原因。我的仇猫，是和这大大两样的。

其实人禽之辨，本不必这样严。在动物界，虽然并不如古人所幻想的那样舒适自由，可是噜苏做作的事总比人间少。它们适性任情，对就对，错就错，不说一句分辩话。虫蛆也许是不干净的，但它们并没有自鸣清高；鸷禽猛兽以较弱的动物为饵，不妨说是凶残的罢，但它们从来就没有竖过“公理”“正义”的旗子，使牺牲者直到被吃的时候为止，还是一味佩服赞叹它们。人呢，能直立了，自然是一大进步；能说话了，自然又是一大进步；能写字作文了，自然又是一大进步。然而也就堕落，因为那时也开始了说空话。说空话尚无不可，甚至于连自己也不知道说着违心之论，则对于只能嗥叫的动物，实在免不得“颜厚有忸怩”。[①]假使真有一位一视同仁的造物主，高高在上，那么，对于人类的这些小聪明，也许倒以为多事，正如我们在万生园里，看见猴子翻筋斗，母象请安，虽然往往破颜一笑，但同时也觉得不舒服，甚至于感到悲哀，以为这些多余的聪明，倒不如没有的好罢。然而，既经为人，便也只好“党同伐异”，学着人们的说话，随俗来谈一谈，——辩一辩了。

现在说起我仇猫的原因来，自己觉得是理由充足，而且光明正大的。一、它的性情就和别的猛兽不同，凡捕食雀、鼠，总不肯一口咬死，定要尽情玩弄，放走，又捉住，捉住，又放走，直待自己玩厌了，这才吃下去，颇与人们的幸灾乐祸，慢慢地折磨弱者的坏脾气相同。二、它不是和狮虎同族的么？可是有这么一副媚态！但这也许是限于天分之故罢，假使它的身材比现在大十倍，那就真不知道它所取的是怎么一种态度。然而，这些口实，仿佛又是现在提起笔来的时候添出来的，虽然也象是当时涌上心来的理由。要说得可靠一点，或者倒不如说不过因为它们配合时候的嗥叫，手续竟有这么繁重，闹得别人心烦，尤其是夜间要看书，睡觉的时候。当这些时候，我便要用长竹竿去攻击它们。狗们在大道上配合时，常有闲汉拿了木棍痛打；我曾见大勃吕该尔（P. Bruegeld. Ä）的一张铜版画 Allegorie der Wollust 上，也画着这回事，可见这

① “颜厚有忸怩”：语见《尚书·五子之歌》，意思是脸皮虽厚，内心也感到惭愧。

样的举动，是中外古今一致的。自从那执拗的奥国学者弗罗特[①]（S. Freud）提倡了精神分析说——Psychoanalysis，听说章士钊先生是译作“心解”的，虽然简古，可是实在难解得很——以来，我们的名人名教授也颇有隐隐约约，检来应用的了，这些事便不免又要归宿到性欲上去。打狗的事我不管，至于我的打猫，却只因为它们嚷嚷，此外并无恶意，我自信我的嫉妒心还没有这么博大，当现下“动辄获咎”之秋，这是不可不预先声明的。例如人们当配合之前，也很有些手续，新的是写情书，少则一束，多则一捆；旧的是什么“问名”“纳采”[②]，磕头作揖，去年海昌蒋氏在北京举行婚礼，拜来拜去，就十足拜了三天，还印有一本红面子的《婚礼节文》，《序论》里大发议论道：“平心论之，既名为礼，当必繁重。专图简易，何用礼为？……然则世之有志于礼者，可以兴矣！不可退居于礼所不下之庶人矣！”然而我毫不生气，这是因为无须我到场；因此也可见我的仇猫，理由实在简简单单，只为了它们在我的耳朵边尽嚷的缘故。人们的各种礼式，局外人可以不见不闻，我就满不管，但如果当我正要看书或睡觉的时候，有人来勒令朗诵情书，奉陪作揖，那是为自卫起见，还要用长竹竿来抵御的。还有，平素不大交往的人，忽而寄给我一个红帖子，上面印着“为舍妹出阁”，“小儿完姻”，“敬请观礼”或“阖第光临”这些含有“阴险的暗示”的句子，使我不化钱便总觉得有些过意不去的，我也不十分高兴。

但是，这都是近时的话。再一回忆，我的仇猫却远在能够说出这些理由之前，也许是还在十岁上下的时候了。至今还分明记得，那原因是极其简单的：只因为它吃老鼠，——吃了我饲养着的可爱的小小的隐鼠。

听说西洋是不很喜欢黑猫的，不知道可确；但 Edgar Allan Poe[③]的小说里的黑猫，却实在有点骇人。日本的猫善于成精，传说中的“猫婆”，那食人的

---

①弗罗特（1856—1939）：通译为弗洛伊德，奥地利精神病学家，精神分析学说的创立者。该学说认为文学、艺术、哲学、宗教等一切精神现象，都是人们因受压抑而潜藏在下意识里的某种“生命力”（Libido），特别是性欲的潜力所产生的。

②“问名”和“纳采”都是旧时议婚中的仪式。“问名”是男方通过媒妁问女方的姓名和出生年月日；“纳采”是向女方送订婚的礼物。

③ Edgar Allan Poe：爱伦·坡（1809—1849），美国诗人、小说家。他在短篇小说《黑猫》中，写了一个囚犯自述的故事，这个人因杀死一只猫而被神秘的黑猫逼成了谋杀犯。

惨酷确是更可怕。中国古时候虽然曾有“猫鬼”，近来却很少听到猫的兴妖作怪，似乎古法已经失传，老实起来了。只是我在童年，总觉得它有点妖气，没有什么好感。那是一个我的幼时的夏夜，我躺在一株大桂树下的小板桌上乘凉，祖母摇着芭蕉扇坐在桌旁，给我猜谜，讲古事。忽然，桂树上沙沙地有趾爪的爬搔声，一对闪闪的眼睛在暗中随声而下，使我吃惊，也将祖母讲着的话打断，另讲猫的故事了——

“你知道么？猫是老虎的先生。”她说。“小孩子怎么会知道呢，猫是老虎的师父。老虎本来是什么也不会的，就投到猫的门下来。猫就教给它扑的方法，捉的方法，吃的方法，象自己的捉老鼠一样。这些教完了；老虎想，本领都学到了，谁也比不过它了，只有老师的猫还比自己强，要是杀掉猫，自己便是最强的脚色了。它打定主意，就上前去扑猫。猫是早知道它的来意的，一跳，便上了树，老虎却只能眼睁睁地在树下蹲着。它还没有将一切本领传授完，还没有教给它上树。”

这是侥幸的，我想，幸而老虎很性急，否则从桂树上就会爬下一匹老虎来。然而究竟很怕人，我要进屋子里睡觉去了。夜色更加黯然；桂叶瑟瑟地作响，微风也吹动了，想来草席定已微凉，躺着也不至于烦得翻来复去了。

几百年的老屋中的豆油灯的微光下，是老鼠跳梁的世界，飘忽地走着，吱吱地叫着，那态度往往比“名人名教授”还轩昂。猫是饲养着的，然而吃饭不管事。祖母她们虽然常恨鼠子们啮破了箱柜，偷吃了东西，我却以为这也算不得什么大罪，也和我不相干，况且这类坏事大概是大个子的老鼠做的，决不能诬陷到我所爱的小鼠身上去。这类小鼠大抵在地上走动，只有拇指那么大，也不很畏惧人，我们那里叫它“隐鼠”，与专住在屋上的伟大者是两种。我的床前就贴着两张花纸，一是“八戒招赘”，满纸长嘴大耳，我以为不甚雅观；别的一张“老鼠成亲”却可爱，自新郎、新妇以至傧相、宾客、执事，没有一个不是尖腮细腿，象煞读书人的，但穿的都是红衫绿裤。我想，能举办这样大仪式的，一定只有我所喜欢的那些隐鼠。现在是粗俗了，在路上遇见人类的迎娶仪仗，也不过当作性交的广告看，不甚留心；但那时的想看“老鼠成亲”的仪式，却极其神往，即使象海昌蒋氏似的连拜三夜，怕也未必会看得心烦。正月十四的夜，是我不肯轻易便睡，等候它们的仪仗从床下出来的夜。然而仍然只看见几个光着身子的隐鼠在地面游行，不象正在办着喜事。直到我熬不住了，快快睡去，一睁眼却已经天明，到了灯节了。也许鼠族的婚仪，不但不分请帖，来收罗贺礼，虽是真的“观礼”，也绝对不欢迎的罢，我想，这是它们向来的习惯，无法抗议的。

老鼠的大敌其实并不是猫。春后，你听到它“咋！咋咋咋咋！”地叫着，大家称为“老鼠数铜钱”的，便知道它的可怕的屠伯已经光临了。这声音是表现绝望的惊恐的，虽然遇见猫，还不至于这样叫。猫自然也可怕，但老鼠只要窜进一个小洞去，它也就奈何不得，逃命的机会还很多。独有那可怕的屠伯——蛇，身体是细长的，圆径和鼠子差不多，凡鼠子能到的地方，它也能到，追逐的时间也格外长，而且万难幸免，当“数钱”的时候，大概是已经没有第二步办法的了。

有一回，我就听得一间空屋里有着这种“数钱”的声音，推门进去，一条蛇伏在横梁上，看地上，躺着一匹隐鼠，口角流血，但两胁还是一起一落的。取来给躺在一个纸盒子里，大半天，竟醒过来了，渐渐地能够饮食，行走，到第二日，似乎就复了原，但是不逃走。放在地上，也时时跑到人面前来，而且缘腿而上，一直爬到膝髁。给放在饭桌上，便检吃些菜渣，舔舔碗沿；放在我的书桌上，则从容地游行，看见砚台便舔吃了研着的墨汁。这使我非常惊喜了。我听父亲说过的，中国有一种墨猴，只有拇指一般大，全身的毛是漆黑而且发亮的。它睡在笔筒里，一听到磨墨，便跳出来，等着，等到人写完字，套上笔，就舔尽了砚上的余墨，仍旧跳进笔筒里去了。我就极愿意有这样的一个墨猴，可是得不到；问那里有，那里买的呢，谁也不知道。“慰情聊胜无”，这隐鼠总可以算是我的墨猴了罢，虽然它舔吃墨汁，并不一定肯等到我写完字。

现在已经记不分明，这样地大约有一两月；有一天，我忽然感到寂寞了，真所谓“若有所失”。我的隐鼠，是常在眼前游行的，或桌上，或地上。而这一日却大半天没有见，大家吃午饭了，也不见它走出来，平时，是一定出现的。我再等着，再等它一半天，然而仍然没有见。

长妈妈，一个一向带领着我的女工，也许是以为我等得太苦了罢，轻轻地来告诉我一句话。这即刻使我愤怒而且悲哀，决心和猫们为敌。她说：隐鼠是昨天晚上被猫吃去了！

当我失掉了所爱的，心中有着空虚时，我要充填以报仇的恶念！

我的报仇，就从家里饲养着的一匹花猫起手，逐渐推广，至于凡所遇见的诸猫。最先不过是追赶，袭击；后来却愈加巧妙了，能飞石击中它们的头，或诱入空屋里面，打得它垂头丧气。这作战继续得颇长久，此后似乎猫都不来近我了。但对于它们纵使怎样战胜，大约也算不得一个英雄；况且中国毕生和猫打仗的人也未必多，所以一切韬略、战绩，还是全部省略了罢。

但许多天之后，也许是已经经过了大半年，我竟偶然得到一个意外的消息：

那隐鼠其实并非被猫所害，倒是它缘着长妈妈的腿要爬上去，被她一脚踏死了。

这确是先前所没有料想到的。现在我已经记不清当时是怎样一个感想，但和猫的感情却终于没有融和；到了北京，还因为它伤害了兔的儿女们，便旧隙夹新嫌，使出更辣的辣手。“仇猫”的话柄，也从此传扬开来。然而在现在，这些早已是过去的事了，我已经改变态度，对猫颇为客气，倘其万不得已，则赶走而已，决不打伤它们，更何况杀害。这是我近几年的进步。经验既多，一旦大悟，知道猫的偷鱼肉，拖小鸡，深夜大叫，人们自然十之九是憎恶的，而这憎恶是在猫身上。假如我出而为人们驱除这憎恶，打伤或杀害了它，它便立刻变为可怜，那憎恶倒移在我身上了。所以，目下的办法，是凡遇猫们捣乱，至于有人讨厌时，我便站出去，在门口大声叱曰：“嘘！滚！”小小平静，即回书房，这样，就长保着御侮保家的资格。其实这方法，中国的官兵就常在实做的，他们总不肯扫清土匪或扑灭敌人，因为这么一来，就要不被重视，甚至于因失其用处而被裁汰。我想，如果能将这方法推广应用，我大概也总可望成为所谓“指导青年”的“前辈”的罢，但现下也还未决心实践，正在研究而且推敲。

一九二六年二月二十一日。

本篇最初发表于1926年3月10日《莽原》半月刊第一卷第五期。

阿长与《山海经》

长妈妈，已经说过，是一个一向带领着我的女工，说得阔气一点，就是我的保姆。我的母亲和许多别的人都这样称呼她，似乎略带些客气的意思。只有祖母叫她阿长。我平时叫她“阿妈”，连“长”字也不带；但到憎恶她的时候，——例如知道了谋死我那隐鼠的却是她的时候，就叫她阿长。

我们那里没有姓长的；她生得黄胖而矮，“长”也不是形容词。又不是她的名字，记得她自己说过，她的名字是叫作什么姑娘的。什么姑娘，我现在已经忘却了，总之不是长姑娘；也终于不知道她姓什么。记得她也曾告诉过我这个名称的来历：先前的先前，我家有一个女工，身材生得很高大，这就是真阿长。后来她回去了，我那什么姑娘才来补她的缺，然而大家因为叫惯了，没有再改口，于是她从此也就成为长妈妈了。

虽然背地里说人长短不是好事情，但倘使要我说句真心话，我可只得说：我实在不大佩服她。最讨厌的是常喜欢切切察察，向人们低声絮说些什么事。还竖起第二个手指，在空中上下摇动，或者点着对手或自己的鼻尖。我的家里一有些小风波，不知怎的我总疑心和这“切切察察”有些关系。又不许我走动，拔一株草，翻一块石头，就说我顽皮，要告诉我的母亲去了。一到夏天，睡觉时她又伸开两脚两手，在床中间摆成一个“大”字，挤得我没有余地翻身，久睡在一角的席子上，又已经烤得那么热。推她呢，不动；叫她呢，也不闻。

“长妈妈生得那么胖，一定很怕热罢？晚上的睡相，怕不见得很好罢？……”

母亲听到我多回诉苦之后，曾经这样地问过她。我也知道这意思是要她多给我一些空席。她不开口。但到夜里，我热得醒来的时候，却仍然看见满床摆着一个“大”字，一条臂膊还搁在我的颈子上。我想，这实在是无法可想了。

但是她懂得许多规矩；这些规矩，也大概是我所不耐烦的。一年中最高兴的时节，自然要数除夕了。辞岁之后，从长辈得到压岁钱，红纸包着，放在枕边，只要过一宵，便可以随意使用。睡在枕上，看着红包，想到明天买来的小鼓，刀枪，泥人，糖菩萨……。然而她进来，又将一个福橘放在床头了。

“哥儿，你牢牢记住！”她极其郑重地说。“明天是正月初一，清早一睁开眼睛，第一句话就得对我说：‘阿妈，恭喜恭喜！’记得么？你要记着，这是一年的运气的事情。不许说别的话！说过之后，还得吃一点福橘。”她又拿起那橘子来在我的眼前摇了两摇，“那么，一年到头，顺顺流流……。”

梦里也记得元旦的，第二天醒得特别早，一醒，就要坐起来。她却立刻伸出臂膊，一把将我按住。我惊异地看她时，只见她惶急地看着我。

她又有所要求似的，摇着我的肩。我忽而记得了——

“阿妈，恭喜……”

“恭喜恭喜！大家恭喜！真聪明！恭喜恭喜！”她于是十分欢喜似的，笑将起来，同时将一点冰冷的东西，塞在我的嘴里。我大吃一惊之后，也就忽而记得，这就是所谓福橘，元旦辟头的磨难，总算已经受完，可以下床玩耍去了。

她教给我的道理还很多，例如说人死了，不该说死掉，必须说“老掉了”；死了人，生了孩子的屋子里，不应该走进去；饭粒落在地上，必须拣起来，最好是吃下去；晒裤子用的竹竿底下，是万不可钻过去的……。此外，现在大抵忘却了，只有元旦的古怪仪式记得最清楚。总之：都是些烦琐之至，至今想起来还觉得非常麻烦的事情。

然而我有一时也对她发生过空前的敬意。她常常对我讲“长毛”。她之所谓“长毛”者，不但洪秀全军，似乎连后来一切土匪强盗都在内，但除却革命党，因为那时还没有。她说得长毛非常可怕，他们的话就听不懂。她说先前长毛进城的时候，我家全都逃到海边去了，只留一个门房和年老的煮饭老妈子看家。后来长毛果然进门来了，那老妈子便叫他们“大王”，——据说对长毛就应该这样叫，——诉说自己的饥饿。长毛笑道：“那么，这东西就给你吃了罢！”将一个圆圆的东西掷了过来，还带着一条小辫子，正是那门房的头。煮饭老妈子从此就骇破了胆，后来一提起，还是立刻面如土色，自己轻轻地拍着胸埔道：“阿呀，骇死我了，骇死我了……。”

我那时似乎倒并不怕，因为我觉得这些事和我毫不相干的，我不是一个门房。但她大概也即觉到了，说道：“像你似的小孩子，长毛也要掳的，掳去做小长毛。还有好看的姑娘，也要掳。”

“那么，你是不要紧的。”我以为她一定最安全了，既不做门房，又不是小孩子，也生得不好看，况且颈子上还有许多炙疮疤。

“那里的话？！”她严肃地说。“我们就没有用处？我们也要被掳去。城外有兵来攻的时候，长毛就叫我们脱下裤子，一排一排地站在城墙上，外面的大炮就放不出来；再要放，就炸了！”

这实在是出于我意想之外的，不能不惊异。我一向只以为她满肚子是麻烦的礼节罢了，却不料她还有这样伟大的神力。从此对于她就有了特别的敬意，似乎实在深不可测；夜间的伸开手脚，占领全床，那当然是情有可原的了，倒应该我退让。

这种敬意，虽然也逐渐淡薄起来，但完全消失，大概是在知道她谋害了我的隐鼠之后。那时就极严重地诘问，而且当面叫她阿长。我想我又不真做小长毛，不去攻城，也不放炮，更不怕炮炸，我惧惮她什么呢！

但当我哀悼隐鼠，给它复仇的时候，一面又在渴慕着绘图的《山海经》了。这渴慕是从一个远房的叔祖惹起来的。他是一个胖胖的，和蔼的老人，爱种一点花木，如珠兰，茉莉之类，还有极其少见的，据说从北边带回去的马缨花。他的太太却正相反，什么也莫名其妙，曾将晒衣服的竹竿搁在珠兰的枝条上，枝折了，还要愤愤地咒骂道："死尸！"这老人是个寂寞者，因为无人可谈，就很爱和孩子们往来，有时简直称我们为"小友"。在我们聚族而居的宅子里，只有他书多，而且特别。制艺和试帖诗，自然也是有的；但我却只在他的书斋里，看见过陆玑的《毛诗草木鸟兽虫鱼疏》，还有许多名目很生的书籍。我那时最爱看的是《花镜》，上面有许多图。他说给我听，曾经有过一部绘图的《山海经》，画着人面的兽，九头的蛇，三脚的鸟，生着翅膀的人，没有头而以两乳当作眼睛的怪物，……可惜现在不知道放在那里了。

很愿意看看这样的图画，但不好意思力逼他去寻找，他是很疏懒的。问别人呢，谁也不肯真实地回答我。压岁钱还有几百文，买罢，又没有好机会。有书买的大街离我家远得很，我一年中只能在正月间去玩一趟，那时候，两家书店都紧紧地关着门。

玩的时候倒是没有什么的，但一坐下，我就记得绘图的《山海经》。

大概是太过于念念不忘了，连阿长也来问《山海经》是怎么一回事。这是我向来没有和她说过的，我知道她并非学者，说了也无益；但既然来问，也就都对她说了。

过了十多天，或者一个月罢，我还记得，是她告假回家以后的四五天，她穿着新的蓝布衫回来了，一见面，就将一包书递给我，高兴地说道：

"哥儿，有画儿的'三哼经'，我给你买来了！"

我似乎遇着了一个霹雳，全休都震悚起来；赶紧去接过来，打开纸包，是四本小小的书，略略一翻，人面的兽，九头的蛇，……果然都在内。

又使我发生新的敬意了，别人不肯做，或不能做的事，她却能够做成功。她确有伟大的神力。谋害隐鼠的怨恨，从此完全消灭了。

这四本书，乃是我最初得到，最为心爱的宝书。

书的模样，到现在还在眼前。可是从还在眼前的模样来说，却是一部刻印都十分粗拙的本子。纸张很黄；图象也很坏，甚至于几乎全用直线凑合，连动物的眼睛也都是长方形的。但那是我最为心爱的宝书，看起来，确是人面的兽；九头的蛇；一脚的牛；袋子似的帝江；没有头而“以乳为目，以脐为口”，还要“执干戚而舞”的刑天。

此后我就更搜集绘图的书，于是有了石印的《尔雅音图》和《毛诗品物图考》，又有了《点石斋丛画》和《诗画舫》。《山海经》也另买了一部石印的，每卷都有图赞，绿色的画，字是红的，比那木刻的精致得多了。这一部直到前年还在，是缩印的郝懿行疏。木刻的却已经记不清是什么时候失掉了。

我的保姆，长妈妈即阿长，辞了这人世，大概也有了三十年了罢。我终于不知道她的姓名，她的经历；仅知道有一个过继的儿子，她大约是青年守寡的孤孀。

仁厚黑暗的地母呵，愿在你怀里永安她的魂灵！

三月十日。

本篇最初发表于1926年3月25日《莽原》半月刊第一卷第六期。

《二十四孝图》

我总要上下四方寻求，得到一种最黑，最黑，最黑的咒文，先来诅咒一切反对白话，妨害白话者。即使人死了真有灵魂，因这最恶的心，应该堕入地狱，也将决不改悔，总要先来诅咒一切反对白话，妨害白话者。

自从所谓“文学革命”以来，供给孩子的书籍，和欧、美、日本的一比较，虽然很可怜，但总算有图有说，只要能读下去，就可以懂得的了。可是一班别有心肠的人们，便竭力来阻遏它，要使孩子的世界中，没有一丝乐趣。北京现在常用“马虎子”这一句话来恐吓孩子们。或者说，那就是《开河记》上所载的，给隋炀帝开河，蒸死小儿的麻叔谋；正确地写起来，须是“麻胡子”。那么，这麻叔谋乃是胡人了。但无论他是甚么人，他的吃小孩究竟也还有限，不过尽他的一生。妨害白话者的流毒却甚于洪水猛兽，非常广大，也非常长久，能使全中国化成一个麻胡，凡有孩子都死在他肚子里。

只要对于白话来加以谋害者，都应该灭亡！

这些话，绅士们自然难免要掩住耳朵的，因为就是所谓“跳到半天空，骂得体无完肤，——还不肯罢休。”而且文士们一定也要骂，以为大悖于“文格”，亦即大损于“人格”。岂不是“言者心声也”么？“文”和“人”当然是相关的，虽然人间世本来千奇百怪，教授们中也有“不尊敬”作者的人格而不能“不说他的小说好”的特别种族。但这些我都不管，因为我幸而还没有爬上“象牙之塔”去，正无须怎样小心。倘若无意中竟已撞上了，那就即刻跌下来罢。然而在跌下来的中途，当还未到地之前，还要说一遍：

只要对于白话来加以谋害者，都应该灭亡！

每看见小学生欢天喜地地看着一本粗细的《儿童世界》之类，另想到别国的儿童用书的精美，自然要觉得中国儿童的可怜。但回忆起我和我的同窗小友的童年，却不能不以为他幸福，给我们的永逝的韶光一个悲哀的吊唁。我们那时有什么可看呢，只要略有图画的本子，就要被塾师，就是当时的“引导青年的前辈”禁止，呵斥，甚而至于打手心。我的小同学因为专读“人之初性本善”读得要枯燥而死了，只好偷偷地翻开第一叶，看那题着“文星高照”四个字的恶鬼一般的魁星像，来满足他幼稚的爱美的天性。昨天看这个，今天也看这个，然而他们的眼睛里还闪出苏醒和欢喜的光辉来。

在书塾之外，禁令可比较的宽了，但这是说自己的事，各人大概不一样。我能在大众面前，冠冕堂皇地阅看的，是《文昌帝君阴骘文图说》和《玉历钞传》，都画着冥冥之中赏善罚恶的故事，雷公电母站在云中，牛头马面布满地下，不但“跳到半天空”是触犯天条的，即使半语不合，一念偶差，也都得受相当的报应。这所报的也并非“睚眦之怨”，因为那地方是鬼神为君，“公理”作宰，请酒下跪，全都无功，简直是无法可想。在中国的天地间，不但做人，便是做鬼，也艰难极了。然而究竟很有比阳间更好的处所：无所谓“绅士”，也没有“流言”。

阴间，倘要稳妥，是颂扬不得的。尤其是常常好弄笔墨的人，在现在的中国，流言的治下，而又大谈“言行一致”的时候。前车可鉴，听说阿尔志跋绥夫曾答一个少女的质问说，“惟有在人生的事实这本身中寻出欢喜者，可以活下去。倘若在那里什么也不见，他们其实倒不如死。”于是乎有一个叫作密哈罗夫的，寄信嘲骂他道：“……所以我完全诚实地劝你自杀来祸福你自己的生命，因为这第一是合于逻辑，第二是你的言语和行为不至于背驰。”

其实这论法就是谋杀，他就这样地在他的人生中寻出欢喜来。阿尔志跋绥夫只发了一大通牢骚，没有自杀。密哈罗夫先生后来不知道怎样，这一个欢喜失掉了，或者另外又寻到了“什么”了罢。诚然，“这些时候，勇敢，是安稳的；情热，是毫无危险的。”

然而，对于阴间，我终于已经颂扬过了，无法追改；虽有“言行不符”之嫌，但确没有受过阎王或小鬼的半文津贴，则差可以自解。总而言之，还是仍然写下去罢：

我所看的那些阴间的图画，都是家藏的老书，并非我所专有。我所收得的最先的画图本子，是一位长辈的赠品：《二十四孝图》。这虽然不过薄薄的一本书，但是下图上说，鬼少人多，又为我一人所独有，使我高兴极了。那里面的故事，似乎是谁都知道的；便是不识字的人，例如阿长，也只要一看图画便能够滔滔地讲出这一段的事迹。但是，我于高兴之余，接着就是扫兴，因为我请人讲完了二十四个故事之后，才知道“孝”有如此之难，对于先前痴心妄想，想做孝子的计划，完全绝望了。

“人之初，性本善”么？这并非现在要加研究的问题。但我还依稀记得，我幼小时候实未尝蓄意忤逆，对于父母，倒是极愿意孝顺的。不过年幼无知，只用了私见来解释“孝顺”的做法，以为无非是“听话”，“从命”，以及长大之后，给年老的父母好好地吃饭罢了。自从得了这一本孝子的教科书以后，才知道并不然，而且还要难到几十几百倍。其中自然也有可以勉力仿效的，如“子路负米”，“黄香扇枕”之类。“陆绩怀橘”也并不难，只要有阔人请我吃饭。“鲁迅先生作宾客而怀橘乎？”我便跪答云，“吾母性之所爱，欲归以遗母。”阔人大佩服，于是孝子就做稳了，也非常省事。“哭竹生笋”就可疑，怕我的精诚未必会这样感动天地。但是哭不出笋来，还不过抛脸而已，到“卧冰求鲤”，可就有性命之虞了。我乡的天气是温和的，严冬中，水面也只结一层薄冰，即使孩子的重量怎样小，躺上去，也一定哗喇一声，冰破落水，鲤鱼还不及游过来。自然，必须不顾性命，这才孝感神明，会有出乎意料之外的奇迹，但那时我还小，实在不明白这些。

其中最使我不解，甚至于发生反感的，是“老莱娱亲”和“郭巨埋儿”两件事。

我至今还记得，一个躺在父母跟前的老头子，一个抱在母亲手上的小孩子，是怎样地使我发生不同的感想呵。他们一手都拿着“摇咕咚”。这玩意儿确是可爱的，北京称为小鼓，盖即鼗也，朱熹曰：“鼗，小鼓，两旁有耳；持其柄而摇之，则旁耳还自击，”咕咚咕咚地响起来。然而这东西是不该拿在老莱子手里的，他应该扶一枝拐杖。现在这模样，简直是装佯，侮辱了孩子。我没有再看第二回，一到这一叶，便急速地翻过去了。

那时的《二十四孝图》，早已不知去向了，目下所有的只是一本日本小田海僊所画的本子，叙老莱子事云：“行年七十，言不称老，常著五色斑斓之衣，为婴儿戏于亲侧。又常取水上堂，诈跌仆地，作婴儿啼，以娱亲意。”大约旧本也差不多，而招我反感的便是“诈跌”。无论忤逆，无论孝顺，小孩子多不愿意“诈”作，听故事也不喜欢是谣言，这是凡有稍稍留心儿童心理的都知道的。

然而在较古的书上一查，却还不至于如此虚伪。师觉授《孝子传》云，“老莱子……常著斑斓之衣，为亲取饮，上堂脚跌，恐伤父母之心，僵仆为婴儿啼。”（《太平御览》四百十三引）较之今说，似稍近于人情。不知怎地，后之君子却一定要改得他“诈”起来，心里才能舒服。邓伯道弃子救侄，想来也不过“弃”而已矣，昏妄人也必须说他将儿子捆在树上，使他追不上来才肯歇手。正如将“肉麻当作有趣”一般，以不情为伦纪，诬蔑了古人，教坏了后人。老莱子即是一例，道学先生以为他白璧无瑕时，他却已在孩子的心中死掉了。

至于玩着“摇咕咚”的郭巨的儿子，却实在值得同情。他被抱在他母亲的臂膊上，高高兴兴地笑着；他的父亲却正在掘窟窿，要将他埋掉了。说明云，“汉郭巨家贫，有子三岁，母尝减食与之。巨谓妻曰，贫乏不能供母，子又分母之食。盍埋此子？”但是刘向《孝子传》所说，却又有些不同：巨家是富的，他都给了两弟；孩子是才生的，并没有到三岁。结末又大略相象了，“及掘坑二尺，得黄金一釜，上云：天赐郭巨，官不得取，民不得夺！”

我最初实在替这孩子捏一把汗，待到掘出黄金一釜，这才觉得轻松。然而我已经不但自己不敢再想做孝子，并且怕我父亲去做孝子了。家境正在坏下去，常听到父母愁柴米；祖母又老了，倘使我的父亲竟学了郭巨，那么，该埋的不正是我么？如果一丝不走样，也掘出一釜黄金来，那自然是如天之福，但是，那时我虽然年纪小，似乎也明白天下未必有这样的巧事。

现在想起来，实在很觉得傻气。这是因为现在已经知道了这些老玩意，本来谁也不实行。整饬伦纪的文电是常有的，却很少见绅士赤条条地躺在冰上面，将军跳下汽车去负米。何况现在早长大了，看过几部古书，买过几本新书，什么《太平御览》咧，《古孝子传》咧，《人口问题》咧，《节制生育》咧，《二十世纪是儿童的世界》咧，可以抵抗被埋的理由多得很。不过彼一时，此一时，彼时我委实有点害怕：掘好深坑，不见黄金，连“摇咕咚”一同埋下去，盖上土，踏得实实的，又有什么法子可想呢。我想，事情虽然未必实现，但我从此总怕听到我的父母愁穷，怕看见我的白发的祖母，总觉得她是和我不两立，至少，也是一个和我的生命有些妨碍的人。后来这印象日见其淡了，但总有一些留遗，一直到她去世——这大概是送给《二十四孝图》的儒者所万料不到的罢。

五月十日。

本篇最初发表于1926年5月25日《莽原》半月刊第一卷第十期。

五猖会

孩子们所盼望的，过年过节之外，大概要数迎神赛会的时候了。但我家的所在很偏僻，待到赛会的行列经过时，一定已在下午，仪仗之类，也减而又减，所剩的极其寥寥。往往伸着颈子等候多时，却只见十几个人抬着一个金脸或蓝脸红脸的神像匆匆地跑过去。于是，完了。

我常存着这样的一个希望：这一次所见的赛会，比前一次繁盛些。可是结果总是一个“差不多”；也总是只留下一个纪念品，就是当神像还未抬过之前，化一文钱买下的，用一点烂泥，一点颜色纸，一枝竹签和两三枝鸡毛所做的，吹起来会发出一种刺耳的声音的哨子，叫作“吹都都”的，吡吡地吹它两三天。

现在看看《陶庵梦忆》，觉得那时的赛会，真是豪奢极了，虽然明人的文章，怕难免有些夸大。因为祷雨而迎龙王，现在也还有的，但办法却已经很简单，不过是十多人盘旋着一条龙，以及村童们扮些海鬼。那时却还要扮故事，而且实在奇拔得可观。他记扮《水浒传》中人物云：“……于是分头四出，寻黑矮汉，寻梢长大汉，寻头陀[①]，寻胖大和尚，寻茁壮妇人，寻姣长妇人，寻青面，寻歪头，寻赤须，寻美髯，寻黑大汉，寻赤脸长须。大索城中；无，则之郭，之村，之山僻，之邻府州县。用重价聘之，得三十六人，梁山泊好汉，个个呵活，臻臻至至，人马称娖[②]而行……”这样的白描的活古人，谁能不动一看的雅兴呢？可惜这种盛举，早已和明社一同消灭了。

赛会虽然不像现在上海的旗袍，北京的谈国事，为当局所禁止，然而妇孺们是不许看的，读书人即所谓士子，也大抵不肯赶去看。只有游手好闲的闲人，这才跑到庙前或衙门前去看热闹；我关于赛会的知识，多半是从他们的叙述上得来的，并非考据家所贵重的“眼学”。然而记得有一回，也亲见过较盛的赛会。开首是一个孩子骑马先来，称为“塘报”；过了许久，“高照”到了，长竹竿揭

---

①头陀：梵语音译词。原本为佛教苦行之意，后用来称呼游方乞食的和尚。

②称娖：行列整齐的样子。

起一条很长的旗，一个汗流浃背的胖大汉用两手托着；他高兴的时候，就肯将竿头放在头顶或牙齿上，甚而至于鼻尖。其次是所谓“高跷”、“抬阁”、“马头”了；还有扮犯人的，红衣枷锁，内中也有孩子。我那时觉得这些都是有光荣的事业，与闻其事的即全是大有运气的人，——大概羡慕他们的出风头罢。我想，我为什么不生一场重病，使我的母亲也好到庙里去许下一个“扮犯人”的心愿的呢？……然而我到现在终于没有和赛会发生关系过。

要到东关看五猖会去了。这是我儿时所罕逢的一件盛事，因为那会是全县中最盛的会，东关又是离我家很远的地方，出城还有六十多里水路，在那里有两座特别的庙。一是梅姑庙，就是《聊斋志异》所记，室女守节，死后成神，却篡取别人的丈夫的；现在神座上确塑着一对少年男女，眉开眼笑，殊与“礼教”有妨。其一便是五猖庙了，名目就奇特。据有考据癖的人说：这就是五通神。然而也并无确据。神像是五个男人，也不见有什么猖獗之状；后面列坐着五位太太，却并不“分坐”，远不及北京戏园里界限之谨严。其实呢，这也是殊与“礼教”有妨的，——但他们既然是五猖，便也无法可想，而且自然也就“又作别论”了。

因为东关离城远，大清早大家就起来。昨夜预定好的三道明瓦窗的大船，已经泊在河埠头，船椅、饭菜、茶炊、点心盒子，都在陆续搬下去了。我笑着跳着，催他们要搬得快。忽然，工人的脸色很谨肃了，我知道有些蹊跷，四面一看，父亲就站在我背后。

“去拿你的书来。”他慢慢地说。

这所谓“书”，是指我开蒙时候所读的《鉴略》。因为我再没有第二本了。我们那里上学的岁数是多拣单数的，所以这使我记住我其时是七岁。

我忐忑着，拿了书来了。他使我同坐在堂中央的桌子前，教我一句一句地读下去。我担着心，一句一句地读下去。

两句一行，大约读了二三十行罢，他说：

“给我读熟。背不出，就不准去看会。”

他说完，便站起来，走进房里去了。

我似乎从头上浇了一盆冷水。但是，有什么法子呢？自然是读着，读着，强记着，——而且要背出来。

粤自盘古，生于太荒，

首出御世，肇开混茫。

就是这样的书，我现在只记得前四句，别的都忘却了；那时所强记的二三十行，自然也一齐忘却在里面了。记得那时听人说，读《鉴略》比读《千字文》、《百家姓》有用得多，因为可以知道从古到今的大概。知道从古到今的大概，那当然是很好的，然而我一字也不懂。“粤自盘古”就是“粤自盘古”，读下去，记住它，“粤自盘古”呵！“生于太荒”呵！……

应用的物件已经搬完，家中由忙乱转成静肃了。朝阳照着西墙，天气很清朗。母亲、工人、长妈妈即阿长，都无法营救，只默默地静候着我读熟，而且背出来。在百静中，我似乎头里要伸出许多铁钳，将什么“生于太荒”之流夹住；也听到自己急急诵读的声音发着抖，仿佛深秋的蟋蟀，在夜中鸣叫似的。

他们都等候着；太阳也升得更高了。

我忽然似乎已经很有把握，便即站了起来，拿书走进父亲的书房，一气背将下去，梦似的就背完了。

“不错。去罢。”父亲点着头，说。

大家同时活动起来，脸上都露出笑容，向河埠走去。工人将我高高地抱起，仿佛在祝贺我的成功一般，快步走在最前头。

我却并没有他们那么高兴。开船以后，水路中的风景，盒子里的点心，以及到了东关的五猖会的热闹，对于我似乎都没有什么大意思。

直到现在，别的完全忘却，不留一点痕迹了，只有背诵《鉴略》这一段，却还分明如昨日事。

我至今一想起，还诧异我的父亲何以要在那时候叫我来背书。

五月二十五日。

本篇最初发表于1926年6月10日《莽原》半月刊第一卷第十二期。

无 常

迎神赛会这一天出巡的神，如果是掌握生杀之权的，——不，这生杀之权四个字不大妥，凡是神，在中国仿佛都有些随意杀人的权柄似的，倒不如说是职掌人民的生死大事的罢，就如城隍和东岳大帝之类。那么，他的卤簿[1]中间就另有一群特别的脚色：鬼卒、鬼王，还有活无常。

这些鬼物们，大概都是由粗人和乡下人扮演的。鬼卒和鬼王是红红绿绿的衣裳，赤着脚；蓝脸，上面又画些鱼鳞，也许是龙鳞或别的什么鳞罢，我不大清楚。鬼卒拿着钢叉，叉环振得琅琅地响，鬼王拿的是一块小小的虎头牌。据传说，鬼王是只用一只脚走路的；但他究竟是乡下人，虽然脸上已经画上些鱼鳞或者别的什么鳞，却仍然只得用了两只脚走路。所以看客对于他们不很敬畏，也不大留心，除了念佛老妪和她的孙子们为面面圆到起见，也照例给他们一个“不胜屏营待命之至”[2]的仪节。

至于我们——我相信：我和许多人——所最愿意看的，却在活无常。他不但活泼而诙谐，单是那浑身雪白这一点，在红红绿绿中就有“鹤立鸡群”之概。只要望见一顶白纸的高帽子和他手里的破芭蕉扇的影子，大家就都有些紧张，而且高兴起来了。

人民之于鬼物，惟独与他最为稔熟，也最为亲密，平时也常常可以遇见他。譬如城隍庙或东岳庙中，大殿后面就有一间暗室，叫作“阴司间”，在才可辨色的昏暗中，塑着各种鬼：吊死鬼、跌死鬼、虎伤鬼、科场鬼，……而一进门口所看见的长而白的东西就是他。我虽然也曾瞻仰过一回这“阴司间”，但那时

---

①卤簿：指封建时代帝王或大臣外出时的侍从仪仗队。

②“不胜屏营待命之至”：旧时官府对上级呈文结束的套语。这里使用表示肃立敬畏。

胆子小，没有看明白。听说他一手还拿着铁索，因为他是勾摄生魂的使者。相传樊江东岳庙的“阴司间”的构造，本来是极其特别的：门口是一块活板，人一进门，踏着活板的这一端，塑在那一端的他便扑过来，铁索正套在你脖子上。后来吓死了一个人，钉实了，所以在我幼小的时候，这就已不能动。

倘使要看个分明，那么，《玉历钞传》上就画着他的像，不过《玉历钞传》也有繁简不同的本子的，倘是繁本，就一定有。身上穿的是斩衰凶服，腰间束的是草绳，脚穿草鞋，项挂纸锭；手上是破芭蕉扇、铁索、算盘；肩膀是耸起的，头发却披下来；眉眼的外梢都向下，象一个“八”字。头上一顶长方帽，下大顶小，按比例一算，该有二尺来高罢；在正面，就是遗老遗少们所戴瓜皮小帽的缀一粒珠子或一块宝石的地方，直写着四个字道：“一见有喜”。有一种本子上，却写的是“你也来了”。这四个字，是有时也见于包公殿的扁额上的，至于他的帽上是何人所写，他自己还是阎罗王，我可没有研究出。

《玉历钞传》上还有一种和活无常相对的鬼物，装束也相仿，叫作“死有分”。这在迎神时候也有的，但名称却讹作死无常了，黑脸、黑衣，谁也不爱看。在“阴司间”里也有的，胸口靠着墙壁，阴森森地站着；那才真真是“碰壁”。凡有进去烧香的人们，必须摩一摩他的脊梁，据说可以摆脱了晦气；我小时也曾摩过这脊梁来，然而晦气似乎终于没有脱，——也许那时不摩，现在的晦气还要重罢，这一节也还是没有研究出。

我也没有研究过小乘佛教的经典，但据耳食之谈，则在印度的佛经里，焰摩天是有的，牛首阿旁也有的，都在地狱里做主任。至于勾摄生魂的使者的这无常先生，却似乎于古无征，耳所习闻的只有什么“人生无常”之类的话。大概这意思传到中国之后，人们便将他具象化了。这实在是我们中国人的创作。

然而人们一见他，为什么就都有些紧张，而且高兴起来呢？

凡有一处地方，如果出了文士学者或名流，他将笔头一扭，就很容易变成“模范县”。我的故乡，在汉末虽曾经虞仲翔先生揄扬过，但是那究竟太早了，后来到底免不了产生所谓“绍兴师爷”，不过也并非男女老小全是“绍兴师爷”，别的“下等人”也不少。这些“下等人”，要他们发什么“我们现在走的是一条狭窄险阻的小路，左面是一个广漠无际的泥潭，右面也是一片广漠无际的浮砂，前面是遥遥茫茫荫在薄雾的里面的目的地”那样热昏似的妙语，是办不到的，可是在无意中，看得住这“荫在薄雾的里面的目的地”的道路很明白：求婚，结婚，养孩子，死亡。但这自然是专就我的故乡而言，若是“模范县”里的人民，那当然又作别论。他们——敝同乡“下等人”——的许多，活着，苦着，被流言，被反噬，因了积久的经验，知道阳间维持“公理”的只有一个会，而且这会的本身就是“遥遥茫茫”，于是乎势不得不发生对于阴间的神往。人是大抵自以为衔些冤抑的；活的“正人君子”们只能骗鸟，若问愚民，他就可以不假思索地回答你：公正的裁判是在阴间！

想到生的乐趣，生固然可以留恋；但想到生的苦趣，无常也不一定是恶客。无论贵贱，无论贫富，其时都是“一双空手见阎王”，有冤的得伸，有罪的就得罚。然而虽说是“下等人”，也何尝没有反省？自己做了一世人，又怎么样呢？未曾“跳到半天空”么？没有“放冷箭”么？无常的手里就拿着大算盘，你摆尽臭架子也无益。对付别人要滴水不羼的公理，对自己总还不如虽在阴司里也还能够寻到一点私情。然而那又究竟是阴间，阎罗天子、牛首阿旁，还有中国人自己想出来的马面，都是并不兼差，真正主持公理的脚色，虽然他们并没有在报上发表过什么大文章。当还未做鬼之前，有时先不欺心的人们，遥想着将来，就又不能不想在整块的公理中，来寻一点情面的末屑，这时候，我们的活无常先生便见得可亲爱了，利中取大，害中取小，我们的古哲墨翟先生谓之“小取”云。

在庙里泥塑的，在书上墨印的模样上，是看不出他那可爱来的。最好是去看戏。但看普通的戏也不行，必须看“大戏”或者“目连戏”。目连戏的热闹，张岱在《陶庵梦忆》上也曾夸张过，说是要连演两三天。在我幼小时候可已经不然了，也如大戏一样，始于黄昏，到次日的天明便完结。这都是敬神禳灾的演剧，全本里一定有一个恶人，次日的将近天明便是这恶人的收场的时候，“恶贯满盈”，阎王出票来勾摄了，于是乎这活的活无常便在戏台上出现。

我还记得自己坐在这一种戏台下的船上的情形，看客的心情和普通是两样的。平常愈夜深愈懒散，这时却愈起劲。他所戴的纸糊的高帽子，本来是挂在台角上的，这时预先拿进去了；一种特别乐器，也准备使劲地吹。这乐器好象喇叭，细而长，可有七八尺，大约是鬼物所爱听的罢，和鬼无关的时候就不用；吹起来，Nhatu，nhatu，nhatututuu 地响，所以我们叫它“目连嗐头”。

在许多人期待着恶人的没落的凝望中，他出来了，服饰比画上还简单，不拿铁索，也不带算盘，就是雪白的一条莽汉，粉面朱唇，眉黑如漆，蹙着，不知道是在笑还是在哭。但他一出台就须打一百零八个嚏，同时也放一百零八个屁，这才自述他的履历。可惜我记不清楚了，其中有一段大概是这样：——

“…………

大王出了牌票，叫我去拿隔壁的癞子。

问了起来呢，原来是我堂房的阿侄。

生的是什么病？伤寒，还带痢疾。

看的是什么郎中？下方桥的陈念义 la 儿子。

开的是怎样的药方？附子、肉桂，外加牛膝。

第一煎吃下去，冷汗发出；

第二煎吃下去，两脚笔直。

我道 nga 阿嫂哭得悲伤，暂放他还阳半刻。

大王道我是得钱买放，就将我捆打四十！”

这叙述里的“子”字都读作入声。陈念义是越中的名医，俞仲华曾将他写入《荡寇志》里，拟为神仙；可是一到他的令郎，似乎便不大高明了。la 者“的”也；“儿”读若“倪”，倒是古音罢；nga 者，“我的”或“我们的”之意也。

他口里的阎罗天子仿佛也不大高明，竟会误解他的人格，——不，鬼格。但连“还阳半刻”都知道，究竟还不失其“聪明正直之谓神”。不过这惩罚，却给了我们的活无常以不可磨灭的冤苦的印象，一提起，就使他更加蹙紧双眉，捏定破芭蕉扇，脸向着地，鸭了浮水似的跳舞起来。

Nhatu，nhatu，nhatu - nhatu - nhatutututuu！目连嗐头也冤苦不堪似的吹着。他因此决定了：

“难是弗放者个！

那怕你，铜墙铁壁！

那怕你，皇亲国戚！

…………”

“难”者，“今”也；“者个”者“的了”之意，词之决也。“虽有忮心，不怨飘瓦”[①]，他现在毫不留情了，然而这是受了阎罗老子的督责之故，不得已也。一切鬼众中，就是他有点人情；我们不变鬼则已，如果要变鬼，自然就只有他可以比较的相亲近。我至今还确凿记得，在故乡时候，和“下等人”一同，常常这样高兴地正视过这鬼而人，理而情，可怖而可爱的无常；而且欣赏他脸上的哭或笑，口头的硬语与诙谈……

迎神时候的无常，可和演剧上的又有些不同了。他只有动作，没有言语，跟定了一个捧着一盘饭菜的小丑似的脚色走，他要去吃；他却不给他。另外还

---

①“虽有忮心，不怨飘瓦”：出自《庄子·达生》。用在这里的意思是说，心里虽有愤恨，却也不好怨谁了。

加添了两名脚色，就是“正人君子”之所谓“老婆儿女”。凡“下等人”，都有一种通病：常喜欢以己之所欲，施之于人。虽是对于鬼，也不肯给他孤寂，凡有鬼神，大概总要给他们一对一对地配起来。无常也不在例外。所以，一个是漂亮的女人，只是很有些村妇样，大家都称她无常嫂；这样看来，无常是和我们平辈的，无怪他不摆教授先生的架子。一个是小孩子，小高帽，小白衣；虽然小，两肩却已经耸起了，眉目的外梢也向下。这分明是无常少爷了，大家却叫他阿领[①]，对于他似乎都不很表敬意；猜起来，仿佛是无常嫂的前夫之子似的。但不知何以相貌又和无常有这么象？吁！鬼神之事，难言之矣，只得姑且置之弗论。至于无常何以没有亲儿女，到今年可很容易解释了；鬼神能前知，他怕儿女一多，爱说闲话的就要旁敲侧击地锻成他拿卢布，所以不但研究，还早已实行了“节育”了。

这捧着饭菜的一幕，就是“送无常”。因为他是勾魂使者，所以民间凡有一个人死掉之后，就得用酒饭恭送他。至于不给他吃，那是赛会时候的开玩笑，实际上并不然。但是，和无常开玩笑，是大家都有此意的，因为他爽直，爱发议论，有人情，——要寻真实的朋友，倒还是他妥当。

有人说，他是生人走阴，就是原是人，梦中却入冥去当差的，所以很有些人情。我还记得住在离我家不远的小屋子里的一个男人，便自称是“走无常”，门外常常燃着香烛。但我看他脸上的鬼气反而多。莫非入冥做了鬼，倒会增加人气的么？吁！鬼神之事，难言之矣，这也只得姑且置之弗论了。

六月二十三日。

本篇最初发表于1926年7月10日《莽原》半月刊第一卷第十三期。

---

①阿领：妇女再嫁时领（带）来的同前夫所生的孩子。

从百草园到三味书屋

我家的后面有一个很大的园，相传叫作百草园。现在是早已并屋子一起卖给朱文公的子孙了，连那最末次的相见也已经隔了七八年，其中似乎确凿只有一些野草；但那时却是我的乐园。

不必说碧绿的菜畦，光滑的石井栏，高大的皂荚树，紫红的桑椹；也不必说鸣蝉在树叶里长吟，肥胖的黄蜂伏在菜花上，轻捷的叫天子（云雀）忽然从草间直窜向云霄里去了。单是周围的短短的泥墙根一带，就有无限趣味。油蛉在这里低唱，蟋蟀们在这里弹琴。翻开断砖来，有时会遇见蜈蚣；还有斑蝥，倘若用手指按住它的脊梁，便会拍的一声，从后窍喷出一阵烟雾。何首乌藤和木莲藤缠络着，木莲有莲房一般的果实，何首乌有拥肿的根。有人说，何首乌根是有象人形的，吃了便可以成仙，我于是常常拔它起来，牵连不断地拔起来，也曾因此弄坏了泥墙，却从来没有见过有一块根象人样。如果不怕刺，还可以摘到覆盆子，象小珊瑚珠攒成的小球，又酸又甜，色味都比桑椹要好得远。

长的草里是不去的，因为相传这园里有一条很大的赤练蛇。

长妈妈曾经讲给我一个故事听：先前，有一个读书人住在古庙里用功，晚间，在院子里纳凉的时候，突然听到有人在叫他。答应着，四面看时，却见一个美女的脸露在墙头上，向他一笑，隐去了。他很高兴；但竟给那走来夜谈的老和尚识破了机关。说他脸上有些妖气，一定遇见"美女蛇"了；这是人首蛇身的怪物，能唤人名，倘一答应，夜间便要来吃这人的肉的。他自然吓得要死，而那老和尚却道无妨，给他一个小盒子，说只要放在枕边，便可高枕而卧。他虽然照样办，却总是睡不着，——当然睡不着的。到半夜，果然来了，沙沙沙！门外象是风雨声。他正抖作一团时，却听得豁的一声，一道金光从枕边飞出，外面便什么声音也没有了，那金光也就飞回来，敛在盒子里。后来呢？后来，老和尚说，这是飞蜈蚣，它能吸蛇的脑髓，美女蛇就被它治死了。

结末的教训是：所以倘有陌生的声音叫你的名字，你万不可答应他。

这故事很使我觉得做人之险，夏夜乘凉，往往有些担心，不敢去看墙上，而且极想得到一盒老和尚那样的飞蜈蚣。走到百草园的草丛旁边时，也常常这样想。但直到现在，总还没有得到，但也没有遇见过赤练蛇和美女蛇。叫我名字的陌生声音自然是常有的，然而都不是美女蛇。

冬天的百草园比较的无味；雪一下，可就两样了。拍雪人（将自己的全形印在雪上）和塑雪罗汉需要人们鉴赏，这是荒园，人迹罕至，所以不相宜，只好来捕鸟。薄薄的雪，是不行的；总须积雪盖了地面一两天，鸟雀们久已无处觅食的时候才好。扫开一块雪，露出地面，用一支短棒支起一面大的竹筛来，下面撒些秕谷，棒上系一条长绳，人远远地牵着，看鸟雀下来啄食，走到竹筛底下的时候，将绳子一拉，便罩住了。但所得的是麻雀居多，也有白颊的“张飞鸟”，性子很躁，养不过夜的。

这是闰土的父亲所传授的方法，我却不大能用。明明见它们进去了，拉了绳，跑去一看，却什么都没有，费了半天力，捉住的不过三四只。闰土的父亲是小半天便能捕获几十只，装在叉袋里叫着撞着的。我曾经问他得失的缘由，他只静静地笑道：你太性急，来不及等它走到中间去。

我不知道为什么家里的人要将我送进书塾里去了，而且还是全城中称为最严厉的书塾。也许是因为拔何首乌毁了泥墙罢，也许是因为将砖头抛到间壁的梁家去了罢，也许是因为站在石井栏上跳下来罢，……都无从知道。总而言之：我将不能常到百草园了。Ade，我的蟋蟀们！ Ade，我的覆盆子们和木莲们！

出门向东，不上半里，走过一道石桥，便是我的先生的家了。从一扇黑油的竹门进去，第三间是书房。中间挂着一块扁道：三味书屋；扁下面是一幅画，画着一只很肥大的梅花鹿伏在古树下。没有孔子牌位，我们便对着那扁和鹿行礼。第一次算是拜孔子，第二次算是拜先生。

第二次行礼时，先生便和蔼地在一旁答礼。他是一个高而瘦的老人，须发都花白了，还戴着大眼镜。我对他很恭敬，因为我早听到，他是本城中极方正，质朴，博学的人。

不知从那里听来的，东方朔也很渊博，他认识一种虫，名曰“怪哉”，冤气所化，用酒一浇，就消释了。我很想详细地知道这故事，但阿长是不知道的，因为她毕竟不渊博。现在得到机会了，可以问先生。

“先生，‘怪哉’这虫，是怎么一回事？……”我上了生书，将要退下来的时候，赶忙问。

“不知道！”他似乎很不高兴，脸上还有怒色了。

我才知道做学生是不应该问这些事的，只要读书，因为他是渊博的宿儒，决不至于不知道，所谓不知道者，乃是不愿意说。年纪比我大的人，往往如此，我遇见过好几回了。

我就只读书，正午习字，晚上对课。先生最初这几天对我很严厉，后来却好起来了，不过给我读的书渐渐加多，对课也渐渐地加上字去，从三言到五言，终于到七言。

三味书屋后面也有一个园，虽然小，但在那里也可以爬上花坛去折腊梅花，在地上或桂花树上寻蝉蜕。最好的工作是捉了苍蝇喂蚂蚁，静悄悄地没有声音。然而同窗们到园里的太多，太久，可就不行了，先生在书房里便大叫起来：

“人都到那里去了？”

人们便一个一个陆续走回去；一同回去，也不行的。他有一条戒尺，但是不常用，也有罚跪的规矩，但也不常用，普通总不过瞪几眼，大声道：

“读书！”

于是大家放开喉咙读一阵书，真是人声鼎沸。有念“仁远乎哉我欲仁斯仁至矣”的，有念“笑人齿缺曰狗窦大开”的，有念“上九潜龙勿用”的，有念“厥土下上上错厥贡苞茅橘柚”的……。先生自己也念书。后来，我们的声音便低下去，静下去了，只有他还大声朗读着：

“铁如意，指挥倜傥，一座皆惊呢～～……；金叵罗，颠倒淋漓噫，千杯未醉嗬～～……。”

我疑心这是极好的文章，因为读到这里，他总是微笑起来，而且将头仰起，摇着，向后面拗过去，拗过去。

先生读书入神的时候，于我们是很相宜的。有几个便用纸糊的盔甲套在指甲上做戏。我是画画儿，用一种叫作“荆川纸”的，蒙在小说的绣像上一个个描下来，象习字时候的影写一样。读的书多起来，画的画也多起来；书没有读成，画的成绩却不少了，最成片断的是《荡寇志》和《西游记》的绣像，都有一大本。后来，因为要钱用，卖给一个有钱的同窗了。他的父亲是开锡箔店的；听说现在自己已经做了店主，而且快要升到绅士的地位了。这东西早已没有了罢。

九月十八日。

本篇最初发表于1926年10月10日《莽原》半月刊第一卷第十九期。

父亲的病

大约十多年前罢，S城中曾经盛传过一个名医的故事：

他出诊原来是一元四角，特拔十元，深夜加倍，出城又加倍。有一夜，一家城外人家的闺女生急病，来请他了，因为他其时已经阔得不耐烦，便非一百元不去。他们只得都依他。待去时，却只是草草地一看，说道“不要紧的”，开一张方，拿了一百元就走。那病家似乎很有钱，第二天又来请了。他一到门，只见主人笑面承迎，道，“昨晚服了先生的药，好得多了，所以再请你来复诊一回。”仍旧引到房里，老妈子便将病人的手拉出帐外来。他一按，冷冰冰的，也没有脉，于是点点头道，“唔，这病我明白了。”从从容容走到桌前，取了药方纸，提笔写道：

“凭票付英洋壹百元正。”下面是署名，画押。

“先生，这病看来很不轻了，用药怕还得重一点罢。”主人在背后说。

“可以，”他说。于是另开了一张方：

“凭票付英洋贰百元正。”下面仍是署名，画押。

这样，主人就收了药方，很客气地送他出来了。

我曾经和这名医周旋过两整年，因为他隔日一回，来诊我的父亲的病。那时虽然已经很有名，但还不至于阔得这样不耐烦；可是诊金却已经是一元四角。现在的都市上，诊金一次十元并不算奇，可是那时是一元四角已是巨款，很不容易张罗的了；又何况是隔日一次。他大概的确有些特别，据舆论说，用药就与众不同。我不知道药品，所觉得的，就是“药引”的难得，新方一换，就得忙一大场。先买药，再寻药引。“生姜”两片，竹叶十片去尖，他是不用的了。起码是芦根，须到河边去掘；一到经霜三年的甘蔗，便至少也得搜寻两三天。可是说也奇怪，大约后来总没有购求不到的。

据舆论说，神妙就在这地方。先前有一个病人，百药无效；待到遇见了什么叶天士先生，只在旧方上加了一味药引：梧桐叶。只一服，便霍然而愈了。“医者，意也。”其时是秋天，而梧桐先知秋气。其先百药不投，今以秋气动之，以气感气，所以……。我虽然并不了然，但也十分佩服，知道凡有灵药，一定是很不容易得到的，求仙的人，甚至于还要拼了性命，跑进深山里去采呢。

这样有两年，渐渐地熟识，几乎是朋友了。父亲的水肿是逐日利害，将要不能起床；我对于经霜三年的甘蔗之流也逐渐失了信仰，采办药引似乎再没有先前一般踊跃了。正在这时候，他有一天来诊，问过病状，便极其诚恳地说：“我所有的学问，都用尽了。这里还有一位陈莲河先生，本领比我高。我荐他来看一看，我可以写一封信。可是，病是不要紧的，不过经他的手，可以格外好得快……。”

这一天似乎大家都有些不欢，仍然由我恭敬地送他上轿。进来时，看见父亲的脸色很异样，和大家谈论，大意是说自己的病大概没有希望的了；他因为看了两年，毫无效验，脸又太熟了，未免有些难以为情，所以等到危急时候，便荐一个生手自代，和自己完全脱了干系。但另外有什么法子呢？本城的名医，除他之外，实在也只有一个陈莲河了。明天就请陈莲河。

陈莲河的诊金也是一元四角。但前回的名医的脸是圆而胖的，他却长而胖了：这一点颇不同。还有用药也不同。前回的名医是一个人还可以办的，这一回却是一个人有些办不妥帖了，因为他一张药方上，总兼有一种特别的丸散和一种奇特的药引。

芦根和经霜三年的甘蔗，他就从来没有用过。最平常的是“蟋蟀一对”，旁注小字道：“要原配，即本在一窠中者。”似乎昆虫也要贞节，续弦或再醮，连做药资格也丧失了。但这差使在我并不为难，走进百草园，十对也容易得，将它们用线一缚，活活地掷入沸汤中完事。然而还有“平地木十株”呢，这可谁也不知道是什么东西了，问药店，问乡下人，问卖草药的，问老年人，问读书人，问木匠，都只是摇摇头，临末才记起了那远房的叔祖，爱种一点花木的老人，跑去一问，他果然知道，是生在山中树下的一种小树，能结红子如小珊瑚珠的，普通都称为“老弗大”。

“踏破铁鞋无觅处，得来全不费功夫。”药引寻到了，然而还有一种特别的丸药：败鼓皮丸。这“败鼓皮丸”就是用打破的旧鼓皮做成；水肿一名鼓胀，一用打破的鼓皮自然就可以克伏他。清朝的刚毅因为憎恨“洋鬼子”，预备打他们，练了些兵称作“虎神营”，取虎能食羊，神能伏鬼的意思，也就是这道理。可惜这一种神药，全城中只有一家出售的，离我家就有五里，但这却不象平地木那样，必须暗中摸索了，陈莲河先生开方之后，就恳切详细地给我们说明。

“我有一种丹，”有一回陈莲河先生说，“点在舌上，我想一定可以见效。因为舌乃心之灵苗……价钱也并不贵，只要两块钱一盒……”

我父亲沉思了一会，摇摇头。

“我这样用药还会不大见效，”有一回陈莲河先生又说，“我想，可以请人看一看，可有什么冤愆……医能医病，不能医命，对不对？自然，这也许是前世的事……”

我的父亲沉思了一会，摇摇头。

凡国手，都能够起死回生的，我们走过医生的门前，常可以看见这样的扁额。现在是让步一点了，连医生自己也说道："西医长于外科，中医长于内科。"但是S城那时不但没有西医，并且谁也还没有想到天下有所谓西医，因此无论什么，都只能由轩辕岐伯的嫡派门徒包办。轩辕时候是巫医不分的，所以直到现在，他的门徒就还见鬼，而且觉得“舌乃心之灵苗”。这就是中国人的“命”，连名医也无从医治的。

不肯用灵丹点在舌头上，又想不出“冤愆”来，自然，单吃了一百多天的“败鼓皮丸”有什么用呢？依然打不破水肿，父亲终于躺在床上喘气了。还请一回陈莲河先生，这回是特拔，大洋十元。他仍旧泰然的开了一张方，但已停止败鼓皮丸不用，药引也不很神妙了，所以只消半天，药就煎好，灌下去，却从口角上回了出来。

从此我便不再和陈莲河先生周旋，只在街上有时看见他坐在三名轿夫的快轿里飞一般抬过；听说他现在还康健，一面行医，一面还做中医什么学报，正在和只长于外科的西医奋斗哩。

中西的思想确乎有一点不同。听说中国的孝子们，一到将要“罪孽深重祸延父母”的时候，就买几斤人参，煎汤灌下去，希望父母多喘几天气，即使半天也好。我的一位教医学的先生却教给我医生的职务道：可医的应该给他医治，不可医的应该给他死得没有痛苦。——但这先生自然是西医。

父亲的喘气颇长久，连我也听得很吃力，然而谁也不能帮助他。我有时竟至于电光一闪似的想道："还是快一点喘完了罢……"立刻觉得这思想就不该，就是犯了罪；但同时又觉得这思想实在是正当的，我很爱我的父亲。便是现在，也还是这样想。

早晨，住在一门里的衍太太进来了。她是一个精通礼节的妇人，说我们不应该空等着。于是给他换衣服；又将纸锭和一种什么《高王经》烧成灰，用纸包了给他捏在拳头里……。

“叫呀，你父亲要断气了。快叫呀！”衍太太说。

“父亲！父亲！”我就叫起来。

“大声！他听不见。还不快叫？！”

“父亲！！！父亲！！！”

他已经平静下去的脸，忽然紧张了，将眼微微一睁，仿佛有一些苦痛。

“叫呀！快叫呀！”她催促说。

“父亲！！！”

“什么呢？……不要嚷……。不……。”他低低地说，又较急地喘着气，好一会，这才复了原状，平静下去了。

“父亲！！！”我还叫他，一直到他咽了气。

我现在还听到那时的自己的这声音，每听到时，就觉得这却是我对于父亲的最大的错处。

十月七日。

本篇最初发表于1926年11月10日《莽原》半月刊第一卷第二十一期。

琐 记

衍太太现在是早经做了祖母，也许竟做了曾祖母了；那时却还年青，只有一个儿子比我大三四岁。她对自己的儿子虽然狠，对别家的孩子却好的，无论闹出什么乱子来，也决不去告诉各人的父母，因此我们就最愿意在她家里或她家的四近玩。

举一个例说罢，冬天，水缸里结了薄冰的时候，我们大清早起一看见，便吃冰。有一回给沈四太太看到了，大声说道：“莫吃呀，要肚子疼的呢！”这声音又给我母亲听到了，跑出来我们都挨了一顿骂，并且有大半天不准玩。我们推论祸首，认定是沈四太太，于是提起她就不用尊称了，给她另外起了一个绰号，叫作“肚子疼”。

衍太太却决不如此。假如她看见我们吃冰，一定和蔼地笑着说，“好，再吃一块。我记着，看谁吃的多。”

但我对于她也有不满足的地方。一回是很早的时候了，我还很小，偶然走进她家去，她正在和她的男人看书。我走近去，她便将书塞在我的眼前道，“你看，你知道这是什么？”我看那书上画着房屋，有两个人光着身子仿佛在打架，但又不很象。正迟疑间，他们便大笑起来了。这使我很不高兴，似乎受了一个极大的侮辱，不到那里去大约有十多天。一回是我已经十多岁了，和几个孩子比赛打旋子，看谁旋得多。她就从旁计着数，说道，“好，八十二个了！再旋一个，八十三！好，八十四！……”但正在旋着的阿祥，忽然跌倒了，阿祥的婶母也恰恰走进来。她便接着说道，“你看，不是跌了么？不听我的话。我叫你不要旋，不要旋……”

虽然如此，孩子们总还喜欢到她那里去。假如头上碰得肿了一大块的时候，去寻母亲去罢，好的是骂一通，再给擦一点药；坏的是没有药擦，还添几个栗凿和一通骂。衍太太却绝不埋怨，立刻给你用烧酒调了水粉，搽在疙瘩上，说这不但止痛，将来还没有瘢痕。

父亲故去之后，我也还常到她家里去，不过已不是和孩子们玩耍了，却是和衍太太或她的男人谈闲天。我其时觉得很有许多东西要买，看的和吃的，只是没有钱。有一天谈到这里，她便说道，“母亲的钱，你拿来用就是了，还不就是你的么？”我说母亲没有钱，她就说可以拿首饰去变卖；我说没有首饰，她却道，“也许你没有留心。到大厨的抽屉里，角角落落去寻去，总可以寻出一点珠子这类东西……”

这些话我听去似乎很异样，便又不到她那里去了，但有时又真想去打开大厨，细细地寻一寻。大约此后不到一月，就听到一种流言，说我已经偷了家里的东西去变卖了，这实在使我觉得有如掉在冷水里。流言的来源，我是明白的，倘是现在，只要有地方发表，我总要骂出流言家的狐狸尾巴来，但那时太年青，一遇流言，便连自己也仿佛觉得真是犯了罪，怕遇见人们的眼睛，怕受到母亲的爱抚。

好。那么，走罢！

但是，那里去呢？S城人的脸早经看熟，如此而已，连心肝也似乎有些了然。总得寻别一类人们去，去寻为S城人所诟病的人们，无论其为畜生或魔鬼。那时为全城所笑骂的是一个开得不久的学校，叫作中西学堂，汉文之外，又教些洋文和算学。然而已经成为众矢之的了；熟读圣贤书的秀才们，还集了《四书》的句子，做一篇八股来嘲诮它，这名文便即传遍了全城，人人当作有趣的话柄。我只记得那“起讲”的开头是：——

“徐子以告夷子曰：吾闻用夏变夷者，未闻变于夷者也。今也不然：鴃舌之音，闻其声，皆雅言也。……”

以后可忘却了，大概也和现今的国粹保存大家的议论差不多。但我对于这中西学堂，却也不满足，因为那里面只教汉文、算学、英文和法文。功课较为别致的，还有杭州的求是书院，然而学费贵。

无须学费的学校在南京，自然只好往南京去。第一个进去的学校，目下不知道称为什么了，光复以后，似乎有一时称为雷电学堂，很象《封神榜》上“太极阵”、“混元阵”一类的名目。总之，一进仪凤门，便可以看见它那二十丈高的桅杆和不知多高的烟通。功课也简单，一星期中，几乎四整天是英文：“It is a cat.”“Is it a rat？”一整天是读汉文：“君子曰，颍考叔可谓纯孝也已矣，爱其母，施及庄公。”一整天是做汉文：《知己知彼百战百胜论》，《颍考叔论》，《云从龙风从虎论》，《咬得菜根则百事可做论》。

初进去当然只能做三班生，卧室里是一桌一凳一床，床板只有两块。头二班学生就不同了，二桌二凳或三凳一床，床板多至三块。不但上讲堂时挟着一堆厚而且大的洋书，气昂昂地走着，决非只有一本“泼赖妈”和四本《左传》的三班生所敢正视；便是空着手，也一定将肘弯撑开，象一只螃蟹，低一班的在后面总不能走出他之前。这一种螃蟹式的名公巨卿，现在都阔别得很久了，前四五年，竟在教育部的破脚躺椅上，发现了这姿势，然而这位老爷却并非雷电学堂出身的，可见螃蟹态度，在中国也颇普遍。

可爱的是桅杆。但并非如“东邻”的“支那通”所说,因为它“挺然翘然”，又是什么的象征。乃是因为它高，乌鸦喜鹊，都只能停在它的半途的木盘上。人如果爬到顶，便可以近看狮子山，远眺莫愁湖，——但究竟是否真可以眺得那么远,我现在可委实有点记不清楚了。而且不危险,下面张着网,即使跌下来，也不过如一条小鱼落在网子里；况且自从张网以后，听说也还没有人曾经跌下来。

原先还有一个池，给学生学游泳的，这里面却淹死了两个年幼的学生。当我进去时，早填平了，不但填平，上面还造了一所小小的关帝庙。庙旁是一座焚化字纸的砖炉，炉口上方横写着四个大字道：“敬惜字纸”。只可惜那两个淹死鬼失了池子，难讨替代，总在左近徘徊，虽然已有“伏魔大帝关圣帝君”镇压着。办学的人大概是好心肠的，所以每年七月十五，总请一群和尚到雨天操场来放焰口，一个红鼻而胖的大和尚戴上毗卢帽，捏诀，念咒：“回资啰，普弥耶吽！唵耶吽！唵！耶！吽！！！”

我的前辈同学被关圣帝君镇压了一整年，就只在这时候得到一点好处，——虽然我并不深知是怎样的好处。所以当这些时，我每每想：做学生总得自己小心些。

总觉得不大合适，可是无法形容出这不合适来。现在是发见了大致相近的字眼了,“乌烟瘴气”,庶几乎其可也。只得走开。近来是单是走开也就不容易,“正人君子”者流会说你骂人骂到聘书，或者是发“名士”脾气，给你几句正经的俏皮话。不过那时还不打紧，学生所得的津贴，第一年不过二两银子，最初三个月的试习期内是零用五百文。于是毫无问题，去考矿路学堂去了，也许是矿路学堂,已经有些记不真,文凭又不在手头,更无从查考。试验并不难,录取的。

这回不是 It is a cat 了,是 Der Mann,Das Weib,Das Kind。汉文仍旧是“颍考叔可谓纯孝也已矣”，但外加《小学集注》。论文题目也小有不同，譬如《工欲善其事必先利其器论》，是先前没有做过的。

此外还有所谓格致，地学，金石学，……都非常新鲜。但是还得声明：后两项，就是现在之所谓地质学和矿物学，并非讲舆地和钟鼎碑版的。只是画铁轨横断面图却有些麻烦，平行线尤其讨厌。但第二年的总办是一个新党，他坐在马车上的时候大抵看着《时务报》，考汉文也自己出题目，和教员出的很不同。有一次是《华盛顿论》，汉文教员反而惴惴地来问我们道："华盛顿是什么东西呀？……"

看新书的风气便流行起来，我也知道了中国有一部书叫《天演论》。星期日跑到城南去买了来，白纸石印的一厚本，价五百文正。翻开一看，是写得很好的字，开首便道：

"赫胥黎独处一室之中，在英伦之南，背山而面野，槛外诸境，历历如在机下。乃悬想二千年前，当罗马大将恺撒未到时，此间有何景物？计惟有天造草昧……"

哦，原来世界上竟还有一个赫胥黎坐在书房里那么想，而且想得那么新鲜？一口气读下去，"物竞""天择"也出来了，苏格拉第、柏拉图也出来了，斯多葛也出来了。学堂里又设立了一个阅报处，《时务报》不待言，还有《译学汇编》，那书面上的张廉卿一流的四个字，就蓝得很可爱。

"你这孩子有点不对了，拿这篇文章去看去，抄下来去看去。"一位本家的老辈严肃地对我说，而且递过一张报纸来。接来看时，"臣许应骙跪奏……，"那文章现在是一句也不记得了，总之是参康有为变法的，也不记得可曾抄了没有。

仍然自己不觉得有什么"不对"，一有闲空，就照例地吃侉饼、花生米、辣椒，看《天演论》。

但我们也曾经有过一个很不平安的时期。那是第二年，听说学校就要裁撤了。这也无怪，这学堂的设立，原是因为两江总督（大约是刘坤一罢）听到青龙山的煤矿出息好，所以开手的。待到开学时，煤矿那面却已将原先的技师辞退，换了一个不甚了然的人了。理由是：一、先前的技师薪水太贵；二、他们觉得开煤矿并不难。于是不到一年，就连煤在那里也不甚了然起来，终于是所得的煤，只能供烧那两架抽水机之用，就是抽了水掘煤，掘出煤来抽水，结一笔出入两清的账。既然开矿无利，矿路学堂自然也就无须乎开了，但是不知怎的，却又并不裁撤。到第三年我们下矿洞去看的时候，情形实在颇凄凉，抽水机当然还在转动，矿洞里积水却有半尺深，上面也点滴而下，几个矿工便在这里面鬼一般工作着。

毕业，自然大家都盼望的，但一到毕业，却又有些爽然若失。爬了几次桅，不消说不配做半个水兵；听了几年讲，下了几回矿洞，就能掘出金、银、铜、铁、锡来么？实在连自己也茫无把握，没有做《工欲善其事必先利其器论》的那么容易。爬上天空二十丈和钻下地面二十丈，结果还是一无所能，学问是“上穷碧落下黄泉，两处茫茫皆不见”了。所余的还只有一条路：到外国去。

留学的事，官僚也许可了，派定五名到日本去。其中的一个因为祖母哭得死去活来，不去了，只剩了四个。日本是同中国很两样的，我们应该如何准备呢？有一个前辈同学在，比我们早一年毕业，曾经游历过日本，应该知道些情形。跑去请教之后，他郑重地说：——

“日本的袜是万不能穿的，要多带些中国袜。我看纸票也不好，你们带去的钱不如都换了他们的现银。”

四个人都说遵命。别人不知其详，我是将钱都在上海换了日本的银元，还带了十双中国袜——白袜。

后来呢？后来，要穿制服和皮鞋，中国袜完全无用；一元的银元日本早已废置不用了，又赔钱换了半元的银元和纸票。

十月八日。

本篇最初发表于1926年11月25日《莽原》半月刊第一卷第二十二期。

藤野先生

东京也无非是这样。上野的樱花烂熳的时节，望去确也象绯红的轻云，但花下也缺不了成群结队的“清国留学生”的速成班，头顶上盘着大辫子，顶得学生制帽的顶上高高耸起，形成一座富士山。也有解散辫子，盘得平的，除下帽来，油光可鉴，宛如小姑娘的发髻一般，还要将脖子扭几扭。实在标致极了。

中国留学生会馆的门房里有几本书买，有时还值得去一转；倘在上午，里面的几间洋房里倒也还可以坐坐的。但到傍晚，有一间的地板便常不免要咚咚咚地响得震天，兼以满房烟尘斗乱；问问精通时事的人，答道，“那是在学跳舞。”

到别的地方去看看，如何呢？

我就往仙台的医学专门学校去。从东京出发，不久便到一处驿站，写道：日暮里。不知怎地，我到现在还记得这名目。其次却只记得水户了，这是明的遗民朱舜水先生客死的地方。仙台是一个市镇，并不大；冬天冷得利害；还没有中国的学生。

大概是物以希为贵罢。北京的白菜运往浙江，便用红头绳系住菜根，倒挂在水果店头，尊为“胶菜”；福建野生着的芦荟，一到北京就请进温室，且美其名曰“龙舌兰”。我到仙台也颇受了这样的优待，不但学校不收学费，几个职员还为我的食宿操心。我先是住在监狱旁边一个客店里的，初冬已经颇冷，蚊子却还多，后来用被盖了全身，用衣服包了头脸，只留两个鼻孔出气。在这呼吸不息的地方，蚊子竟无从插嘴，居然睡安稳了。饭食也不坏。但一位先生却以为这客店也包办囚人的饭食，我住在那里不相宜，几次三番，几次三番地说。我虽然觉得客店兼办囚人的饭食和我不相干，然而好意难却，也只得别寻相宜的住处了。于是搬到别一家，离监狱也很远，可惜每天总要喝难以下咽的芋梗汤。

从此就看见许多陌生的先生，听到许多新鲜的讲义。解剖学是两个教授分任的。最初是骨学。其时进来的是一个黑瘦的先生，八字须，戴着眼镜，挟着一迭大大小小的书。一将书放在讲台上，便用了缓慢而很有顿挫的声调，向学生介绍自己道：

“我就是叫作藤野严九郎的……。”

后面有几个人笑起来了。他接着便讲述解剖学在日本发达的历史，那些大大小小的书，便是从最初到现今关于这一门学问的著作。起初有几本是线装的；还有翻刻中国译本的，他们的翻译和研究新的医学，并不比中国早。

那坐在后面发笑的是上学年不及格的留级学生，在校已经一年，掌故颇为熟悉的了。他们便给新生讲演每个教授的历史。这藤野先生，据说是穿衣服太模胡了，有时竟会忘记带领结；冬天是一件旧外套，寒颤颤的，有一回上火车去，致使管车的疑心他是扒手，叫车里的客人大家小心些。

他们的话大概是真的，我就亲见他有一次上讲堂没有带领结。

过了一星期，大约是星期六，他使助手来叫我了。到得研究室，见他坐在人骨和许多单独的头骨中间，——他其时正在研究着头骨，后来有一篇论文在本校的杂志上发表出来。

“我的讲义，你能抄下来么？”他问。

“可以抄一点。”

“拿来我看！”

我交出所抄的讲义去，他收下了，第二三天便还我，并且说，此后每一星期要送给他看一回。我拿下来打开看时，很吃了一惊，同时也感到一种不安和感激。原来我的讲义已经从头到末，都用红笔添改过了，不但增加了许多脱漏的地方，连文法的错误，也都一一订正。这样一直继续到教完了他所担任的功课：骨学、血管学、神经学。

可惜我那时太不用功，有时也很任性。还记得有一回藤野先生将我叫到他的研究室里去，翻出我那讲义上的一个图来，是下臂的血管，指着，向我和蔼的说道：

“你看，你将这条血管移了一点位置了。——自然，这样一移，的确比较的好看些，然而解剖图不是美术，实物是那么样的，我们没法改换它。现在我给你改好了，以后你要全照着黑板上那样的画。”

但是我还不服气，口头答应着，心里却想道：

“图还是我画的不错；至于实在的情形，我心里自然记得的。”

学年试验完毕之后，我便到东京玩了一夏天，秋初再回学校，成绩早已发表了，同学一百余人之中，我在中间，不过是没有落第。这回藤野先生所担任的功课，是解剖实习和局部解剖学。

解剖实习了大概一星期，他又叫我去了，很高兴地，仍用了极有抑扬的声调对我说道：

“我因为听说中国人是很敬重鬼的，所以很担心，怕你不肯解剖尸体。现在总算放心了，没有这回事。”

但他也偶有使我很为难的时候。他听说中国的女人是裹脚的，但不知道详细，所以要问我怎么裹法，足骨变成怎样的畸形，还叹息道，“总要看一看才知道。究竟是怎么一回事呢？”

有一天，本级的学生会干事到我寓里来了，要借我的讲义看。我检出来交给他们，却只翻检了一通，并没有带走。但他们一走，邮差就送到一封很厚的信，拆开看时，第一句是：

“你改悔罢！”

这是《新约》上的句子罢，但经托尔斯泰新近引用过的。其时正值日俄战争，托老先生便写了一封给俄国和日本的皇帝的信，开首便是这一句。日本报纸上很斥责他的不逊，爱国青年也愤然，然而暗地里却早受了他的影响了。其次的话，大略是说上年解剖学试验的题目，是藤野先生讲义上做了记号，我预先知道的，所以能有这样的成绩。末尾是匿名。

我这才回忆到前几天的一件事。因为要开同级会，干事便在黑板上写广告，末一句是“请全数到会勿漏为要”，而且在“漏”字旁边加了一个圈。我当时虽然觉到圈得可笑，但是毫不介意，这回才悟出那字也在讥刺我了，犹言我得了教员漏泄出来的题目。

我便将这事告知了藤野先生；有几个和我熟识的同学也很不平，一同去诘责干事托辞检查的无礼，并且要求他们将检查的结果，发表出来。终于这流言消灭了，干事却又竭力运动，要收回那一封匿名信去。结末是我便将这托尔斯泰式的信退还了他们。

中国是弱国，所以中国人当然是低能儿，分数在六十分以上，便不是自己的能力了：也无怪他们疑惑。但我接着便有参观枪毙中国人的命运了。第二年添教霉菌学，细菌的形状是全用电影来显示的，一段落已完而还没有到下课的时候，便影几片时事的片子，自然都是日本战胜俄国的情形。但偏有中国人夹在里边：给俄国人做侦探，被日本军捕获，要枪毙了，围着看的也是一群中国人；在讲堂里的还有一个我。

“万岁！”他们都拍掌欢呼起来。

这种欢呼，是每看一片都有的，但在我，这一声却特别听得刺耳。此后回到中国来，我看见那些闲看枪毙犯人的人们，他们也何尝不酒醉似的喝彩，——呜呼，无法可想！但在那时那地，我的意见却变化了。

到第二学年的终结，我便去寻藤野先生，告诉他我将不学医学，并且离开这仙台。他的脸色仿佛有些悲哀，似乎想说话，但竟没有说。

“我想去学生物学，先生教给我的学问，也还有用的。”其实我并没有决意要学生物学，因为看得他有些凄然，便说了一个慰安他的谎话。

“为医学而教的解剖学之类，怕于生物学也没有什么大帮助。”他叹息说。

将走的前几天，他叫我到他家里去，交给我一张照相，后面写着两个字道：“惜别”，还说希望将我的也送他。但我这时适值没有照相了；他便叮嘱我将来照了寄给他，并且时时通信告诉他此后的状况。

我离开仙台之后，就多年没有照过相，又因为状况也无聊，说起来无非使他失望，便连信也怕敢写了。经过的年月一多，话更无从说起，所以虽然有时想写信，却又难以下笔，这样的一直到现在，竟没有寄过一封信和一张照片。从他那一面看起来，是一去之后，杳无消息了。

但不知怎地，我总还时时记起他，在我所认为我师的之中，他是最使我感激，给我鼓励的一个。有时我常常想：他的对于我的热心的希望，不倦的教诲，小而言之，是为中国，就是希望中国有新的医学；大而言之，是为学术，就是希望新的医学传到中国去。他的性格，在我的眼里和心里是伟大的，虽然他的姓名并不为许多人所知道。

他所改正的讲义，我曾经订成三厚本，收藏着的，将作为永久的纪念。不幸七年前迁居的时候，中途毁坏了一口书箱，失去半箱书，恰巧这讲义也遗失在内了。责成运送局去找寻，寂无回信。只有他的照相至今还挂在我北京寓居的东墙上，书桌对面。每当夜间疲倦，正想偷懒时，仰面在灯光中瞥见他黑瘦的面貌，似乎正要说出抑扬顿挫的话来，便使我忽又良心发现，而且增加勇气了，于是点上一枝烟，再继续写些为“正人君子”之流所深恶痛疾的文字。

十月十二日。

本篇最初发表于1926年12月10日《莽原》半月刊第一卷第二十三期。

范爱农

在东京的客店里，我们大抵一起来就看报。学生所看的多是《朝日新闻》和《读卖新闻》，专爱打听社会上琐事的就看《二六新闻》。一天早晨，辟头就看见一条从中国来的电报，大概是：——

"安徽巡抚恩铭被 Jo Shiki Rin 刺杀，刺客就擒。"

大家一怔之后，便容光焕发地互相告语，并且研究这刺客是谁，汉字是怎样三个字。但只要是绍兴人，又不专看教科书的，却早已明白了。这是徐锡麟，他留学回国之后，在做安徽候补道，办着巡警事物，正合于刺杀巡抚的地位。

大家接着就预测他将被极刑，家族将被连累。不久，秋瑾姑娘在绍兴被杀的消息也传来了，徐锡麟是被挖了心，给恩铭的亲兵炒食净尽。人心很愤怒。有几个人便密秘地开一个会，筹集川资；这时用得着日本浪人了，撕乌贼鱼下酒，慷慨一通之后，他便登程去接徐伯荪的家属去。

照例还有一个同乡会，吊烈士，骂满洲；此后便有人主张打电报到北京，痛斥满政府的无人道。会众即刻分成两派：一派要发电，一派不要发。我是主张发电的，但当我说出之后，即有一种钝滞的声音跟着起来：

"杀的杀掉了，死的死掉了，还发什么屁电报呢。"

这是一个高大身材，长头发，眼球白多黑少的人，看人总象在渺视。他蹲在席子上，我发言大抵就反对；我早觉得奇怪，注意着他的了，到这时才打听别人：说这话的是谁呢，有那么冷？认识的人告诉我说：他叫范爱农，是徐伯荪的学生。

我非常愤怒了，觉得他简直不是人，自己的先生被杀了，连打一个电报还害怕，于是便坚执地主张要发电，同他争起来。结果是主张发电的居多数，他屈服了。其次要推出人来拟电稿。

"何必推举呢？自然是主张发电的人啰～～～。"他说。

我觉得他的话又在针对我，无理倒也并非无理的。但我便主张这一篇悲壮的文章必须深知烈士生平的人做，因为他比别人关系更密切，心里更悲愤，做出来就一定更动人。于是又争起来。结果是他不做，我也不做，不知谁承认做去了；其次是大家走散，只留下一个拟稿的和一两个干事，等候做好之后去拍发。从此我总觉得这范爱农离奇，而且很可恶。天下可恶的人，当初以为是满人，这时才知道还在其次；第一倒是范爱农。中国不革命则已，要革命，首先就必须将范爱农除去。

然而这意见后来似乎逐渐淡薄，到底忘却了，我们从此也没有再见面。直到革命的前一年，我在故乡做教员，大概是春末时候罢，忽然在熟人的客座上看见了一个人，互相熟视了不过两三秒钟，我们便同时说：

"哦哦，你是范爱农！"

"哦哦，你是鲁迅！"

不知怎地我们便都笑了起来，是互相的嘲笑和悲哀。他眼睛还是那样，然而奇怪，只这几年，头上却有了白发了，但也许本来就有，我先前没有留心到。他穿着很旧的布马褂，破布鞋，显得很寒素。谈起自己的经历来，他说他后来没有了学费，不能再留学，便回来了。回到故乡之后，又受着轻蔑，排斥，迫害，几乎无地可容。现在是躲在乡下，教着几个小学生糊口。但因为有时觉得很气闷，所以也趁了航船进城来。

他又告诉我现在爱喝酒，于是我们便喝酒。从此他每一进城，必定来访我，非常相熟了。我们醉后常谈些愚不可及的疯话，连母亲偶然听到了也发笑。一天我忽而记起在东京开同乡会时的旧事，便问他：

"那一天你专门反对我，而且故意似的，究竟是什么缘故呢？"

"你还不知道？我一向就讨厌你的，——不但我，我们。"

"你那时之前，早知道我是谁么？"

"怎么不知道。我们到横滨，来接的不就是子英和你么？你看不起我们，摇摇头，你自己还记得么？"

我略略一想，记得的，虽然是七八年前的事。那时是子英来约我的，说到横滨去接新来留学的同乡。汽船一到，看见一大堆，大概一共有十多人，一上岸便将行李放到税关上去候查检，关吏在衣箱中翻来翻去，忽然翻出一双绣花的弓鞋来，便放下公事，拿着子细地看。我很不满，心里想，这些鸟男人，怎么带这东西来呢。自己不注意，那时也许就摇了摇头。检验完毕，在客店小坐之后，即须上火车。不料这一群读书人又在客车上让起坐位来了，甲要乙坐在这位子，乙要丙去坐，揖让未终，火车已开，车身一摇，即刻跌倒了三四个。

我那时也很不满，暗地里想：连火车上的坐位，他们也要分出尊卑来……。自己不注意，也许又摇了摇头。然而那群雍容揖让的人物中就有范爱农，却直到这一天才想到。岂但他呢，说起来也惭愧，这一群里，还有后来在安徽战死的陈伯平烈士，被害的马宗汉烈士；被囚在黑狱里，到革命后才见天日而身上永带着匪刑的伤痕的也还有一两人。而我都茫无所知，摇着头将他们一并运上东京了。徐伯荪虽然和他们同船来，却不在这车上，因为他在神户就和他的夫人坐车走了陆路了。

我想我那时摇头大约有两回，他们看见的不知道是那一回。让坐时喧闹，检查时幽静，一定是在税关上的那一回了，试问爱农，果然是的。

“我真不懂你们带这东西做什么？是谁的？”

“还不是我们师母的？”他瞪着他多白的眼。

“到东京就要假装大脚，又何必带这东西呢？”

“谁知道呢？你问她去。”

到冬初，我们的景况更拮据了，然而还喝酒，讲笑话。忽然是武昌起义，接着是绍兴光复。第二天爱农就上城来，戴着农夫常用的毡帽，那笑容是从来没有见过的。

“老迅，我们今天不喝酒了。我要去看看光复的绍兴。我们同去。”

我们便到街上去走了一通，满眼是白旗。然而貌虽如此，内骨子是依旧的，因为还是几个旧乡绅所组织的军政府，什么铁路股东是行政司长，钱店掌柜是军械司长……。这军政府也到底不长久，几个少年一嚷，王金发带兵从杭州进来了，但即使不嚷或者也会来。他进来以后，也就被许多闲汉和新进的革命党所包围，大做王都督。在衙门里的人物，穿布衣来的，不上十天也大概换上皮袍子了，天气还并不冷。

我被摆在师范学校校长的饭碗旁边，王都督给了我校款二百元。爱农做监学，还是那件布袍子，但不大喝酒了，也很少有工夫谈闲天。他办事，兼教书，实在勤快得可以。

“情形还是不行，王金发他们。”一个去年听过我的讲义的少年来访我，慷慨地说，“我们要办一种报来监督他们。不过发起人要借用先生的名字。还有一个是子英先生，一个是德清先生。为社会，我们知道你决不推却的。”

我答应他了。两天后便看见出报的传单，发起人诚然是三个。五天后便见报，开首便骂军政府和那里面的人员；此后是骂都督，都督的亲戚、同乡、姨太太……。

这样地骂了十多天，就有一种消息传到我的家里来，说都督因为你们诈取了他的钱，还骂他，要派人用手枪来打死你们了。

别人倒还不打紧，第一个着急的是我的母亲，叮嘱我不要再出去。但我还是照常走，并且说明，王金发是不来打死我们的，他虽然绿林大学出身，而杀人却不很轻易。况且我拿的是校款，这一点他还能明白的，不过说说罢了。

果然没有来杀。写信去要经费，又取了二百元。但仿佛有些怒意，同时传令道：再来要，没有了！

不过爱农得到了一种新消息，却使我很为难。原来所谓“诈取”者，并非指学校经费而言，是指另有送给报馆的一笔款。报纸上骂了几天之后，王金发便叫人送去了五百元。于是乎我们的少年们便开起会议来，第一个问题是：收不收？决议曰：收。第二个问题是：收了之后骂不骂？决议曰：骂。理由是：收钱之后，他是股东；股东不好，自然要骂。

我即刻到报馆去问这事的真假。都是真的。略说了几句不该收他钱的话，一个名为会计的便不高兴了，质问我道：

“报馆为什么不收股本？”

“这不是股本……”

“不是股本是什么？”

我就不再说下去了，这一点世故是早已知道的，倘我再说出连累我们的话来，他就会面斥我太爱惜不值钱的生命，不肯为社会牺牲，或者明天在报上就可以看见我怎样怕死发抖的记载。

然而事情很凑巧，季弗写信来催我往南京了。爱农也很赞成，但颇凄凉，说：

“这里又是那样，住不得。你快去罢……。”

我懂得他无声的话，决计往南京。先到都督府去辞职，自然照准，派来了一个拖鼻涕的接收员，我交出账目和余款一角又两铜元，不是校长了。后任是孔教会会长傅力臣。

报馆案是我到南京后两三个星期了结的，被一群兵们捣毁。子英在乡下，没有事；德清适值在城里，大腿上被刺了一尖刀。他大怒了。自然，这是很有些痛的，怪他不得。他大怒之后，脱下衣服，照了一张照片，以显示一寸来宽的刀伤，并且做一篇文章叙述情形，向各处分送，宣传军政府的横暴。我想，这种照片现在是大约未必还有人收藏着了，尺寸太小，刀伤缩小到几乎等于无，如果不加说明，看见的人一定以为是带些疯气的风流人物的裸体照片，倘遇见孙传芳大帅，还怕要被禁止的。

我从南京移到北京的时候，爱农的学监也被孔教会会长的校长设法去掉了。他又成了革命前的爱农。我想为他在北京寻一点小事做，这是他非常希望的，然而没有机会。他后来便到一个熟人的家里去寄食，也时时给我信，景况愈困穷，言辞也愈凄苦。终于又非走出这熟人的家不可，便在各处飘浮。不久，忽然从同乡那里得到一个消息，说他已经掉在水里，淹死了。

我疑心他是自杀。因为他是浮水的好手，不容易淹死的。

夜间独坐在会馆里，十分悲凉，又疑心这消息并不确，但无端又觉得这是极其可靠的，虽然并无证据。一点法子都没有，只做了四首诗，后来曾在一种日报上发表，现在是将要忘记完了。只记得一首里的六句，起首四句是："把酒论天下，先生小酒人，大圜犹酩酊，微醉合沉沦。"中间忘掉两句，末了是"旧朋云散尽，余亦等轻尘。"

后来我回故乡去，才知道一些较为详细的事。爱农先是什么事也没得做，因为大家讨厌他。他很困难，但还喝酒，是朋友请他的。他已经很少和人们来往，常见的只剩下几个后来认识的较为年青的人了，然而他们似乎也不愿意多听他的牢骚，以为不如讲笑话有趣。

"也许明天就收到一个电报，拆开来一看，是鲁迅来叫我的。"他时常这样说。

一天，几个新的朋友约他坐船去看戏，回来已过夜半，又是大风雨，他醉着，却偏要到船舷上去小解。大家劝阻他，也不听，自己说是不会掉下去的。但他掉下去了，虽然能浮水，却从此不起来。

第二天打捞尸体，是在菱荡里找到的，直立着。

我至今不明白他究竟是失足还是自杀。

他死后一无所有，遗下一个幼女和他的夫人。有几个人想集一点钱作他女孩将来的学费的基金，因为一经提议，即有族人来争这笔款的保管权，——其实还没有这笔款，大家觉得无聊，便无形消散了。

现在不知他唯一的女儿景况如何？倘在上学，中学已该毕业了罢。

十一月十八日。

本篇最初发表于1926年12月25日《莽原》半月刊第一卷第二十四期。

后 记

我在第三篇讲《二十四孝》的开头，说北京恐吓小孩的“马虎子”应作“麻胡子”，是指麻叔谋，而且以他为胡人。现在知道是错了，“胡”应作“祜”，是叔谋之名，见唐人李济翁做的《资暇集》卷下，题云《非麻胡》。原文如此：

俗怖婴儿曰：麻胡来！不知其源者，以为多髯之神而验刺者，非也。隋将军麻祜，性酷虐，炀帝令开汴河，威棱既盛，至稚童望风而畏，互相恐吓曰：麻祜来！稚童语不正，转祜为胡。只如宪宗朝泾将郝玭，蕃中皆畏惮，其国婴儿啼者，以玭怖之则止。又，武宗朝，闾阎孩孺相胁云：薛尹来！咸类此也。况《魏志》载张文远辽来之明证乎？（原注：麻祜庙在睢阳。鄜方节度李丕即其后。丕为重建碑。）

原来我的识见，就正和唐朝的“不知其源者”相同，贻讥于千载之前，真是咎有应得，只好苦笑。但又不知麻祜庙碑或碑文，现在尚在睢阳或存于方志中否？倘在，我们当可以看见和小说《开河记》所载相反的他的功业。

因为想寻几张插画，常维钧兄给我在北京搜集了许多材料，有几种是为我所未曾见过的。如光绪己卯（1879）肃州胡文炳作的《二百卅孝图》——原书有注云：“卅读如习。”我真不解他何以不直称四十，而必须如此麻烦——即其一。我所反对的“郭巨埋儿”，他于我还未出世的前几年，已经删去了。序有云：

……坊间所刻《二十四孝》，善矣。然其中郭巨埋儿一事，揆之天理人情，殊不可以训。……炳窃不自量，妄为编辑。凡矫枉过正而刻意求名者，概从割爱；惟择其事之不诡于正，而人人可为者，类为六门。……

这位肃州胡老先生的勇决，委实令我佩服了。但这种意见，恐怕是怀抱者不乏其人，而且由来已久的，不过大抵不敢毅然删改，笔之于书。如同治十一年（1872）刻的《百孝图》，前有纪常郑绩序，就说：

……况迩来世风日下，沿习浇漓，不知孝出天性自然，反以孝作另成一事。且择古人投炉埋儿为忍心害理，指割股抽肠为损亲遗体。殊未审孝只在乎心，不在乎迹。尽孝无定形，行孝无定事。古之孝者非在今所宜，今之孝者难泥古之事。因此时此地不同，而其人其事各异，求其所以尽孝之心则一也。子夏曰：事父母能竭其力。故孔门问孝，所答何尝有同然乎？……

则同治年间就有人以埋儿等事为“忍心害理”，灼然可知。至于这一位“纪常郑绩”先生的意思，我却还是不大懂，或者象是说：这些事现在可以不必学，但也不必说他错。

这部《百孝图》的起源有点特别，是因为见了“粤东颜子”的《百美新咏》而作的。人重色而己重孝，卫道之盛心可谓至矣。虽然是“会稽俞葆真兰浦编辑”，与不佞有同乡之谊，——但我还只得老实说：不大高明。例如木兰从军的出典，他注云：“隋史”。这样名目的书，现今是没有的；倘是《隋书》，那里面又没有木兰从军的事。

而中华民国九年（1920），上海的书店却偏偏将它用石印翻印了，书名的前后各添了两个字：《男女百孝图全传》。第一叶上还有一行小字道：家庭教育的好模范。又加了一篇“吴下大错王鼎谨识”的序，开首先发同治年间“纪常郑绩”先生一流的感慨：

慨自欧化东渐，海内承学之士，嚣嚣然侈谈自由平等之说，致道德日就沦胥，人心日益浇漓，寡廉鲜耻，无所不为，侥幸行险，人思幸进，求所谓砥砺廉隅，束身自爱者，世不多睹焉。……起观斯世之忍心害理，几全如陈叔宝之无心肝。长此滔滔，伊何底止？。……

其实陈叔宝模胡到好象“全无心肝”，或者有之，若拉他来配“忍心害理”，却未免有些冤枉。这是有几个人以评“郭巨埋儿”和“李娥投炉”的事的。

至于人心，有几点确也似乎正在浇漓起来。自从《男女之秘密》、《男女交合新论》出现后，上海就很有些书名喜欢用“男女”二字冠首。现在是连“以正人心而厚风俗”的《百孝图》上也加上了。这大概为因不满于《百美新咏》而教孝的“会稽俞葆真兰浦”先生所不及料的罢。

从说“百行之先”的孝而忽然拉到“男女”上去，仿佛也近乎不庄重，——浇漓。但我总还想趁便说几句，——自然竭力来减省。

我们中国人即使对于“百行之先”，我敢说，也未必就不想到男女上去的。太平无事，闲人很多，偶有“杀身成仁舍生取义”的，本人也许忙得不暇检点，而活着的旁观者总会加以绵密的研究。曹娥的投江觅父，淹死后抱父尸出，是载在正史，很有许多人知道的。但这一个“抱”字却发生过问题。

我幼小时候，在故乡曾经听到老年人这样讲：

“……死了的曹娥，和她父亲的尸体，最初是面对面抱着浮上来的。然而过往行人看见的都发笑了，说：哈哈！这么一个年青姑娘抱着这么一个老头子！于是那两个死尸又沉下去了；停了一刻又浮起来，这回是背对背的负着。”

好！在礼义之邦里，连一个年幼——呜呼，“娥年十四”而已——的死孝女要和死父亲一同浮出，也有这么艰难！

我检查《百孝图》和《二百卅孝图》，画师都很聪明，所画的是曹娥还未跳入江中，只在江干啼哭。但吴友如画的《女二十四孝图》(1892)却正是两尸一同浮出的这一幕，而且也正画作“背对背”，如第一图的上方。我想，他大约也知道我所听到的那故事的。还有《后二十四孝图说》，也是吴友如画，也有曹娥，则画作正在投江的情状，如第一图下。

就我现今所见的教孝的图说而言，古今颇有许多遇盗，遇虎，遇火，遇风的孝子，那应付的方法，十之九是“哭”和“拜”。

中国的哭和拜，什么时候才完呢？

至于画法，我以为最简古的倒要算日本的小田海僊本，这本子早已印入《点石斋丛画》里，变成国货，很容易入手的了。吴友如画的最细巧，也最能引动人。但他于历史画其实是不大相宜的；他久居上海的租界里，耳濡目染，最擅长的倒在作“恶鸨虐妓”，“流氓拆梢”一类的时事画，那真是勃勃有生气，令人在纸上看出上海的洋场来。但影响殊不佳，近来许多小说和儿童读物的插画中，往往将一切女性画成妓女样，一切孩童都画得象一个小流氓，大半就因为太看了他的画本的缘故。

而孝子的事迹也比较地更难画，因为总是惨苦的多。譬如“郭巨埋儿”，无论如何总难以画到引得孩子眉飞色舞，自愿躺到坑里去。还有“尝粪心忧”，也不容易引人入胜。还有老莱子的“戏彩娱亲”，题诗上虽说“喜色满庭帏”，而图画上却绝少有有趣的家庭的气息。

我现在选取了三种不同的标本，合成第二图。上方的是《百孝图》中的一部分，“陈村何云梯”画的，画的是“取水上堂诈跌卧地作婴儿啼”这一段。也带出“双亲开口笑”来。中间的一小块是我从“直北李锡彤”画的《二十四孝图诗合刊》上描下来的，画的是“著五色斑斓之衣为婴儿戏于亲侧”这一段；手里捏着“摇咕咚”，就是“婴儿戏”这三个字的点题。但大约李先生觉得一个高大的老头子玩这样的把戏究竟不象样，将他的身子竭力收缩，画成一个有胡子的小孩子了。然而仍然无趣。至于线的错误和缺少，那是不能怪作者的，也不能埋怨我，只能去骂刻工。查这刻工当前清同治十二年（1873）时，是在“山东省布政司街南首路西鸿文堂刻字处”。下方的是“民国壬戌”（1922）慎独山房刻本，无画人姓名，但是双料画法，一面“诈跌卧地”，一面“为婴儿戏”，将两件事合起来，而将“斑斓之衣”忘却了。吴友如画的一本，也合两事为一，也忘了斑斓之衣，只是老莱子比较的胖一些，且绾着双丫髻，——不过还是无趣味。

人说，讽刺和冷嘲只隔一张纸，我以为有趣和肉麻也一样。孩子对父母撒娇可以看得有趣，若是成人，便未免有些不顺眼。放达的夫妻在人面前的互相爱怜的态度，有时略一跨出有趣的界线，也容易变为肉麻。老莱子的作态的图，正无怪谁也画不好。象这些图画上似的家庭里，我是一天也住不舒服的，你看这样一位七十多岁的老太爷整年假惺惺地玩着一个“摇咕咚”。

汉朝人在宫殿和墓前的石室里，多喜欢绘画或雕刻古来的帝王、孔子弟子、列士、列女、孝子之类的图。宫殿当然一椽不存了；石室却偶然还有，而最完全的是山东嘉祥县的武氏石室。我仿佛记得那上面就刻着老莱子的故事。但现在手头既没有拓本，也没有《金石萃编》，不能查考了；否则，将现时的和约一千八百年前的图画比较起来，也是一种颇有趣味的事。

关于老莱子的，《百孝图》上还有这样的一段：——

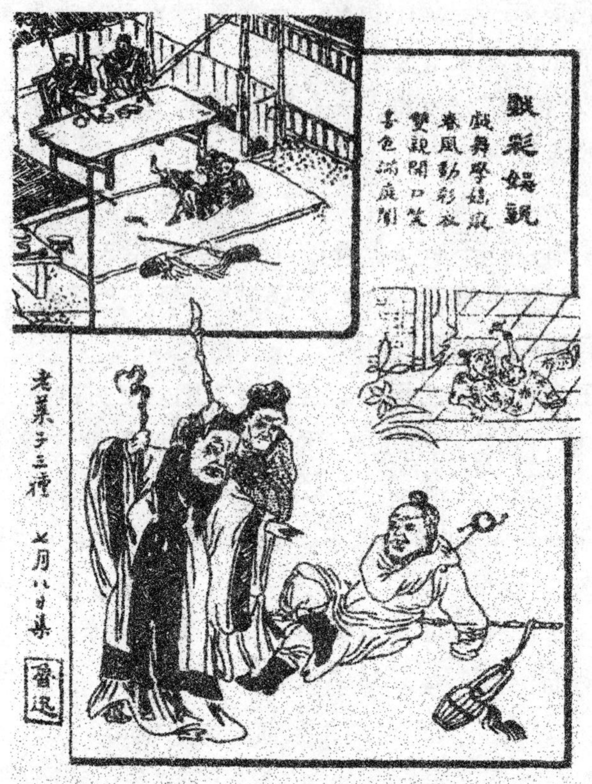

……莱子又有弄雏娱亲之事：尝弄雏于双亲之侧，欲亲之喜。（原注：《高士传》）

谁做的《高士传》呢？嵇康的，还是皇甫谧的？也还是手头没有书，无从查考。只在新近因为白得了一个月的薪水，这才发狠买来的《太平御览》上查了一通，到底查不着，倘不是我粗心，那就是出于别的唐宋人的类书里的了。但这也没有什么大关系。我所觉得特别的，是文中的那“雏”字。

我想，这“雏”未必一定是小禽鸟。孩子们喜欢弄来玩耍的，用泥和绸或布做成的人形，日本也叫 Hina，写作“雏”。他们那里往往存留中国的古语；而老莱子在父母面前弄孩子的玩具，也比弄小禽鸟更自然。所以英语的 Doll，即我们现在称为“洋囡囡”或“泥人儿”，而文字上只好写作“傀儡”的，说不定古人就称“雏”，后来中绝，便只残存于日本了。但这不过是我一时的臆测，此外也并无什么坚实的凭证。

这弄雏的事，似乎也还没有画过图。

我所搜集的另一批，是内有“无常”的画像的书籍。一曰《玉历钞传警世》

（或无下二字），一曰《玉历至宝钞》（或作编）。其实是两种都差不多的。关于搜集的事，我首先仍要感谢常维钧兄，他寄给我北京龙光斋本，又鉴光斋本；天津思过斋本，又石印局本；南京李光明庄本。其次是章矛尘兄，给我杭州玛瑙经房本，绍兴许广记本，最近石印本。又其次是我自己，得到广州宝经阁本，又翰元楼本。

这些《玉历》，有繁简两种，是和我的前言相符的。但我调查了一切无常的画像之后，却恐慌起来了。因为书上的“活无常”是花袍、纱帽、背后插刀；而拿算盘，戴高帽子的却是“死有分”！虽然面貌有凶恶和和善之别，脚下有草鞋和布鞋之殊，也不过画工偶然的随便，而最关紧要的题字，则全体一致，曰：“死有分”。呜呼，这明明是专在和我为难。

然而我还不能心服。一者因为这些书都不是我幼小时候所见的那一部，二者因为我还确信我的记忆并没有错。不过撕下一叶来做插画的企图，却被无声无臭地打得粉碎了。只得选取标本各——南京本的死有分和广州本的活无常——之外，还自己动手，添画一个我所记得的目连戏或迎神赛会中的“活无

常”来塞责，如第三图上方。好在我并非画家，虽然太不高明，读者也许不至

于嗔责罢。先前想不到后来，曾经对于吴友如先生辈颇说过几句蹊跷话，不料曾几何时，即须自己出丑了，现在就预先辩解几句在这里存案。但是，如果无效，那也只好直抄徐（印世昌）大总统的哲学：听其自然。

还有不能心服的事，是我觉得虽是宣传《玉历》的诸公，于阴间的事情其实也不大了然。例如一个人初死时的情状，那图像就分成两派。一派是只来一位手执钢叉的鬼卒，叫作“勾魂使者”，此外什么都没有；一派是一个马面，两个无常——阳无常和阴无常——而并非活无常和死有分。倘说，那两个就是活无常和死有分罢，则和单个的画像又不一致。如第四图版上的 A，阳无常何尝是花袍纱帽？只有阴无常却和单画的死有分颇相象的，但也放下算盘拿了扇。这还可以说大约因为其时是夏天，然而怎么又长了那么长的络腮胡子了呢？难道夏天时疫多，他竟忙得连修刮的工夫都没有了么？这图的来源是天津思过斋的本子，合并声明；还有北京和广州本上的，也相差无几。

B 是从南京的李光明庄刻本上取来的，图画和 A 相同，而题字则正相反了：天津本指为阴无常者，它却道是阳无常。但和我的主张是一致的。那么，倘有一个素衣高帽的东西，不问他胡子之有无，北京人、天津人、广州人只管去称为阴无常或死有分，我和南京人则叫他活无常，各随自己的便罢。“名者，实之宾也”，不关什么紧要的。

不过我还要添上一点 C 图，是绍兴许广记刻本中的一部分，上面并无题字，不知宣传者于意云何。我幼小时常常走过许广记的门前，也闲看他们刻图画，是专爱用弧线和直线，不大肯作曲线的，所以无常先生的真相，在这里也难以判然。只是他身边另有一个小高帽，却还能分明看出，为别的本子上所无。这就是我所说过的在赛会时候出现的阿领。他连办公时间也带着儿子(？)走，我想，大概是在叫他跟随学习，预备长大之后，可以“无改于父之道”的。

除勾摄人魂外，十殿阎罗王中第四殿五官王的案桌旁边，也什九站着一个高帽脚色。如 D 图，1 取自天津的思过斋本，模样颇漂亮；2 是南京本，舌头拖出来了，不知何故；3 是广州的宝经阁本，扇子破了；4 是北京龙光斋本，无扇，下巴之下一条黑，我看不透它是胡子还是舌头；5 是天津石印局本，也颇漂亮，然而站到第七殿泰山王的公案桌边去了：这是很特别的。

又，老虎噬人的图上，也一定画有一个高帽的脚色，拿着纸扇子暗地里在指挥。不知道这也就是无常呢，还是所谓“伥鬼”？但我乡戏文上的伥鬼都不戴高帽子。

研究这一类三魂渺渺，七魄茫茫，“死无对证”的学问，是很新颖，也极占

便宜的。假使征集材料，开始讨论，将各种往来的信件都编印起来，恐怕也可

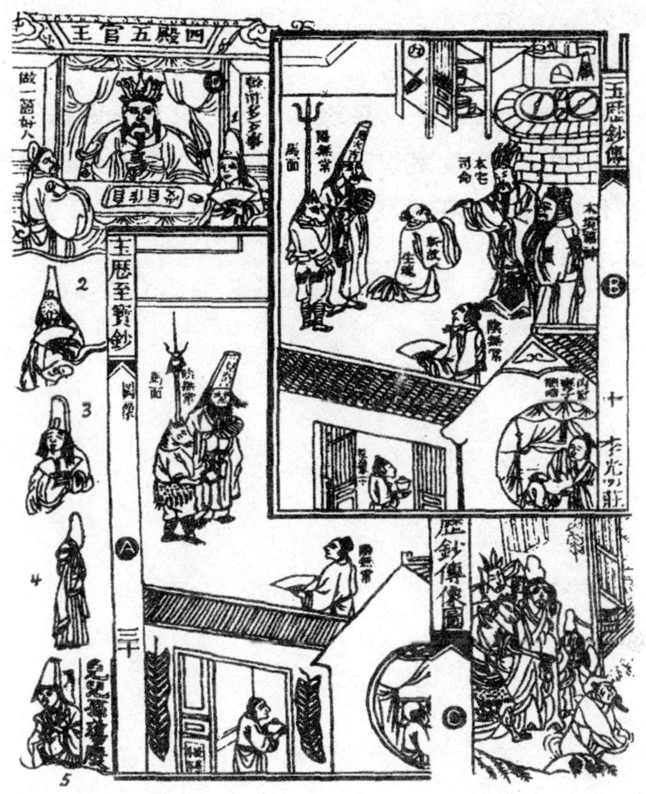

以出三四本颇厚的书，并且因此升为“学者”。但是，“活无常学者”，名称不大冠冕，我不想干下去了，只在这里下一个武断：

《玉历》式的思想是很粗浅的：“活无常”和“死有分”，合起来是人生的象征。人将死时，本只须死有分来到。因为他一到，这时候，也就可见“活无常”。

但民间又有一种自称“走阴”或“阴差”的，是生人暂时入冥，帮办公事的脚色。因为他帮同勾魂摄魄，大家也就称之为“无常”；又以其本是生魂也，则别之曰“阳”，但从此便和“活无常”隐然相混了。如第四图版之A，题为“阳无常”的，是平常人的普通装束，足见明明是阴差，他的职务只在领鬼卒进门，所以站在阶下。

既有了生魂入冥的“阳无常”，便以“阴无常”来称职务相似而并非生魂的死有分了。

做目连戏和迎神赛会虽说是祷祈，同时也等于娱乐，扮演出来的应该是阴差，而普通状态太无趣，——无所谓扮演，——不如奇特些好，于是就将“那一个无常”的衣装给他穿上了；——自然原也没有知道得很清楚。然而从此也

更传讹下去。所以南京人和我之所谓活无常，是阴差而穿着死有分的衣冠，顶着真的活无常的名号，大背经典，荒谬得很的。

不知海内博雅君子，以为如何?

我本来并不准备做什么后记，只想寻几张旧画像来做插图，不料目的不达，便变成一面比较，剪贴，一面乱发议论了。那一点本文或作或辍地几乎做了一年，这一点后记也或作或辍地几乎做了两个月。天热如此，汗流浃背，是亦不可以已乎：爰为结。

一九二七年七月十一日，写完于广州东堤寓楼之西窗下。

本篇最初发表于1927年8月10日《莽原》半月刊第二卷第十五期。

野 草

《野草》写于五四后期，是鲁迅先生唯一的一本散文诗集。写作于 1925 年 1 月 24 日。1927 年 7 月由北京北新书局出版。收入 1924—1926 年所作 23 篇散文诗，书前有题辞一篇，表达了 20 年代中期作者内心世界的苦闷和对现实社会的抗争。

《野草》是鲁迅的最薄、最美、再版最多的一本散文诗集，写于五四退潮时期。作品以隐晦的笔法表达了一个启蒙思想家在白色恐怖下孤军奋战的落寞、迷茫与疑惧，同时表达出对“糊里糊涂生、乱七八糟死”的民众的失望与希望之情。

题 辞

当我沉默着的时候，我觉得充实；我将开口，同时感到空虚。

过去的生命已经死亡。我对于这死亡有大欢喜，因为我借此知道它曾经存活。死亡的生命已经朽腐。我对于这朽腐有大欢喜，因为我借此知道它还非空虚。

生命的泥委弃在地面上，不生乔木，只生野草，这是我的罪过。

野草，根本不深，花叶不美，然而吸取露，吸取水，吸取陈死人的血和肉，各各夺取它的生存。当生存时，还是将遭践踏，将遭删刈，直至于死亡而朽腐。

但我坦然，欣然。我将大笑，我将歌唱。

我自爱我的野草，但我憎恶这以野草作装饰的地面。

地火在地下运行，奔突；熔岩一旦喷出，将烧尽一切野草，以及乔木，于是并且无可朽腐。

但我坦然，欣然。我将大笑，我将歌唱。

天地有如此静穆，我不能大笑而且歌唱。天地即不如此静穆，我或者也将不能。我以这一丛野草，在明与暗，生与死，过去与未来之际，献于友与仇，人与兽，爱者与不爱者之前作证。

为我自己，为友与仇，人与兽，爱者与不爱者，我希望这野草的死亡与朽腐，火速到来。要不然，我先就未曾生存，这实在比死亡与朽腐更其不幸。

去罢，野草，连着我的题辞！

一九二七年四月二十六日，鲁迅记于广州之白云楼上。

本篇最初发表于1927年7月2日北京《语丝》周刊第一三八期。

秋 夜

在我的后园，可以看见墙外有两株树，一株是枣树，还有一株也是枣树。

这上面的夜的天空，奇怪而高，我生平没有见过这样的奇怪而高的天空。他仿佛要离开人间而去，使人们仰面不再看见。然而现在却非常之蓝，闪闪地着几十个星星的眼，冷眼。他的口角上现出微笑，似乎自以为大有深意，而将繁霜洒在我的园里的野花草上。

我不知道那些花草真叫什么名字，人们叫他们什么名字。我记得有一种开过极细小的粉红花，现在还开着，但是更极细小了，她在冷的夜气中，瑟缩地做梦，梦见春的到来，梦见秋的到来，梦见瘦的诗人将眼泪擦在她最末的花瓣上，告诉她秋虽然来，冬虽然来，而此后接着还是春，胡蝶乱飞，蜜蜂都唱起春词来了。她于是一笑，虽然颜色冻得红惨惨地，仍然瑟缩着。

枣树，他们简直落尽了叶子。先前，还有一两个孩子来打他们别人打剩的枣子，现在是一个也不剩了，连叶子也落尽了，他知道小粉红花的梦，秋后要有春；他也知道落叶的梦，春后还是秋。他简直落尽叶子，单剩干子，然而脱了当初满树是果实和叶子时候的弧形，欠伸得很舒服。但是，有几枝还低亚着，护定他从打枣的竿梢所得的皮伤，而最直最长的几枝，却已默默地铁似的直刺着奇怪而高的天空，使天空闪闪地鬼眼；直刺着天空中圆满的月亮，使月亮窘得发白。

鬼眼的天空越加非常之蓝，不安了，仿佛想离去人间，避开枣树，只将月亮剩下。然而月亮也暗暗地躲到东边去了。

而一无所有的干子，却仍然默默地铁似的直刺着奇怪而高的天空，一意要制他的死命，不管他各式各样地睒着许多蛊惑的眼睛。

哇的一声，夜游的恶鸟飞过了。

我忽而听到夜半的笑声，吃吃地，似乎不愿意惊动睡着的人，然而四围的空气都应和着笑。夜半，没有别的人，我即刻听出这声音就在我嘴里，我也即刻被这笑声所驱逐，回进自己的房。灯火的带子也即刻被我旋高了。

后窗的玻璃上丁丁地响，还有许多小飞虫乱撞。不多久，几个进来了，许是从窗纸的破孔进来的。他们一进来，又在玻璃的灯罩上撞得丁丁地响。一个从上面撞进去了，他于是遇到火，而且我以为这火是真的。两三个却休息在灯的纸罩上喘气。那罩是昨晚新换的罩，雪白的纸，折出波浪纹的叠痕，一角还画出一枝猩红色的栀子。

猩红的栀子开花时，枣树又要做小粉红花的梦，青葱地弯成弧形了……我又听到夜半的笑声；我赶紧砍断我的心绪，看那老在白纸罩上的小青虫，头大尾小，向日葵子似的，只有半粒小麦那么大，遍身的颜色苍翠得可爱，可怜。

我打一个呵欠，点起一支纸烟，喷出烟来，对着灯默默地敬奠这些苍翠精致的英雄们。

一九二四年九月十五日。

本篇最初发表于1924年12月1日《语丝》周刊第三期。

影的告别

人睡到不知道时候的时候，就会有影来告别，说出那些话——

有我所不乐意的在天堂里，我不愿去；有我所不乐意的在地狱里，我不愿去；有我所不乐意的在你们将来的黄金世界里，我不愿去。

然而你就是我所不乐意的。

朋友，我不想跟随你了，我不愿住。

我不愿意！

呜乎呜乎，我不愿意，我不如彷徨于无地。

我不过一个影，要别你而沉没在黑暗里了。然而黑暗又会吞并我，然而光明又会使我消失。

然而我不愿彷徨于明暗之间，我不如在黑暗里沉没。

然而我终于彷徨于明暗之间，我不知道是黄昏还是黎明。我姑且举灰黑的手装作喝干一杯酒，我将在不知道时候的时候独自远行。

呜乎呜乎，倘若黄昏，黑夜自然会来沉没我，否则我要被白天消失，如果现是黎明。

朋友，时候近了。

我将向黑暗里彷徨于无地。

你还想我的赠品。我能献你甚么呢？无已，则仍是黑暗和虚空而已。但是，我愿意只是黑暗，或者会消失于你的白天；我愿意只是虚空，决不占你的心地。

我愿意这样，朋友——

我独自远行，不但没有你，并且再没有别的影在黑暗里。只有我被黑暗沉没，那世界全属于我自己。

一九二四年九月二十四日。

本篇最初发表于1924年12月8日《语丝》周刊第四期。

求乞者

我顺着剥落的高墙走路，踏着松的灰土。另外有几个人，各自走路。微风起来，露在墙头的高树的枝条带着还未干枯的叶子在我头上摇动。

微风起来，四面都是灰土。

一个孩子向我求乞，也穿着夹衣，也不见得悲戚，而拦着磕头，追着哀呼。

我厌恶他的声调，态度。我憎恶他并不悲哀，近于儿戏；我烦厌他这追着哀呼。

我走路。另外有几个人各自走路。微风起来，四面都是灰土。

一个孩子向我求乞，也穿着夹衣，也不见得悲戚，但是哑的，摊开手，装着手势。

我就憎恶他这手势。而且，他或者并不哑，这不过是一种求乞的法子。

我不布施，我无布施心，我但居布施者之上，给与烦腻，疑心，憎恶。

我顺着倒败的泥墙走路，断砖叠在墙缺口，墙里面没有什么。微风起来，送秋寒穿透我的夹衣；四面都是灰土。

我想着我将用什么方法求乞：发声，用怎样声调？装哑，用怎样手势？……

另外有几个人各自走路。

我将得不到布施，得不到布施心；我将得到自居于布施之上者的烦腻，疑心，憎恶。

我将用无所为和沉默求乞……

我至少将得到虚无。

微风起来，四面都是灰土。另外有几个人各自走路。

灰土，灰土，……

…………………

灰土……

一九二四年九月二十四日。

本篇最初发表于1924年12月8日《语丝》周刊第四期。

我的失恋

——拟古的新打油诗

我的所爱在山腰；
想去寻她山太高，
低头无法泪沾袍。
爱人赠我百蝶巾；
回她什么：猫头鹰。
从此翻脸不理我，
不知何故兮使我心惊。

我的所爱在闹市；
想去寻她人拥挤，
仰头无法泪沾耳。
爱人赠我双燕图；
回她什么：冰糖壶卢。
从此翻脸不理我，
不知何故兮使我胡涂。

我的所爱在河滨；
想去寻她河水深，
歪头无法泪沾襟。
爱人赠我金表索；
回她什么：发汗药。
从此翻脸不理我，
不知何故兮使我神经衰弱。

我的所爱在豪家；
想去寻她兮没有汽车，
摇头无法泪如麻。
爱人赠我玫瑰花；
回她什么：赤练蛇。
从此翻脸不理我，
不知何故兮——由她去罢。

一九二四年十月三日。

本篇最初发表于1924年12月8日《语丝》周刊第四期。

复 仇

人的皮肤之厚，大概不到半分，鲜红的热血，就循着那后面，在比密密层层地爬在墙壁上的槐蚕更其密的血管里奔流，散出温热。于是各以这温热互相蛊惑，煽动，牵引，拼命地希求偎倚，接吻，拥抱，以得生命的沉酣的大欢喜。

但倘若用一柄尖锐的利刃，只一击，穿透这桃红色的，菲薄的皮肤，将见那鲜红的热血激箭似的以所有温热直接灌溉杀戮者；其次，则给以冰冷的呼吸，示以淡白的嘴唇，使之人性茫然，得到生命的飞扬的极致的大欢喜；而其自身，则永远沉浸于生命的飞扬的极致的大欢喜中。

这样，所以，有他们俩裸着全身，捏着利刃，对立于广漠的旷野之上。

他们俩将要拥抱，将要杀戮……

路人们从四面奔来，密密层层地，如槐蚕爬上墙壁，如马蚁要扛鲞头。衣服都漂亮，手倒空的。然而从四面奔来，而且拚命地伸长颈子，要赏鉴这拥抱或杀戮。他们已经豫觉着事后的自己的舌上的汗或血的鲜味。

然而他们俩对立着，在广漠的旷野之上，裸着全身，捏着利刃，然而也不拥抱，也不杀戮，而且也不见有拥抱或杀戮之意。

他们俩这样地至于永久，圆活的身体，已将干枯，然而毫不见有拥抱或杀戮之意。

路人们于是乎无聊；觉得有无聊钻进他们的毛孔，觉得有无聊从他们自己的心中由毛孔钻出，爬满旷野，又钻进别人的毛孔中。他们于是觉得喉舌干燥，脖子也乏了；终至于面面相觑，慢慢走散；甚而至于居然觉得干枯到失了生趣。

于是只剩下广漠的旷野，而他们俩在其间裸着全身，捏着利刃，干枯地立着；以死人似的眼光，赏鉴这路人们的干枯，无血的大戮，而永远沉浸于生命的飞扬的极致的大欢喜中。

一九二四年十二月二十日。

本篇最初发表于 1924 年 12 月 29 日《语丝》周刊第七期。

复 仇（其二）

因为他自以为神之子，以色列的王，所以去钉十字架。

兵丁们给他穿上紫袍，戴上荆冠，庆贺他；又拿一根苇子打他的头，吐他，屈膝拜他；戏弄完了，就给他脱了紫袍，仍穿他自己的衣服。

看哪，他们打他的头，吐他，拜他……

他不肯喝那用没药[①]调和的酒，要分明地玩味以色列人怎样对付他们的神之子，而且较永久地悲悯他们的前途，然而仇恨他们的现在。

四面都是敌意，可悲悯的，可咒诅的。

丁丁地响，钉尖从掌心穿透，他们要钉杀他们的神之子了，可悯的人们呵，使他痛得柔和。丁丁地响，钉尖从脚背穿透，钉碎了一块骨，痛楚也透到心髓中，然而他们自己钉杀着他们的神之子了，可咒诅的人们呵，这使他痛得舒服。

十字架竖起来了；他悬在虚空中。

他没有喝那用没药调和的酒，要分明地玩味以色列人怎样对付他们的神之子，而且较永久地悲悯他们的前途，然而仇恨他们的现在。

路人都辱骂他，祭司长和文士也戏弄他，和他同钉的两个强盗也讥诮他。

看哪，和他同钉的……

四面都是敌意，可悲悯的，可咒诅的。

他在手足的痛楚中，玩味着可悯的人们的钉杀神之子的悲哀和可咒诅的人们要钉杀神之子，而神之子就要被钉杀了的欢喜。突然间，碎骨的大痛楚透到心髓了，他即沉酣于大欢喜和大悲悯中。

他腹部波动了，悲悯和咒诅的痛楚的波。

遍地都黑暗了。

---

①没药：药名，一作“末药”，梵语音译。由没药树树皮中渗出的脂液凝结而成。有镇静、麻醉等作用。《马可福音》第十五章有兵丁拿没药调和的酒给耶稣，耶稣不受的记载。

“以罗伊，以罗伊，拉马撒巴各大尼?！”（翻出来，就是：我的上帝，你为什么离弃我?！）

上帝离弃了他，他终于还是一个“人之子”；然而以色列人连“人之子”都钉杀了。

钉杀了“人之子”的人们的身上，比钉杀了“神之子”的尤其血污，血腥。

一九二四年十二月二十日。

本篇最初发表于1924年12月29日《语丝》周刊第七期。

希 望

我的心分外地寂寞。

然而我的心很平安：没有爱憎，没有哀乐，也没有颜色和声音。

我大概老了。我的头发已经苍白，不是很明白的事么？我的手颤抖着，不是很明白的事么？那么，我的魂灵的手一定也颤抖着，头发也一定苍白了。

然而这是许多年前的事了。

这以前，我的心也曾充满过血腥的歌声：血和铁，火焰和毒，恢复和报仇。而忽而这些都空虚了，但有时故意地填以没奈何的自欺的希望。希望，希望，用这希望的盾，抗拒那空虚中的暗夜的袭来，虽然盾后面也依然是空虚中的暗夜。

然而就是如此，陆续地耗尽了我的青春。我早先岂不知我的青春已经逝去了？但以为身外的青春固在：星，月光，僵坠的胡蝶，暗中的花，猫头鹰的不祥之言，杜鹃的啼血，笑的渺茫，爱的翔舞……虽然是悲凉漂渺的青春罢，然而究竟是青春。

然而现在何以如此寂寞？难道连身外的青春也都逝去，世上的青年也多衰老了么？

我只得由我来肉薄这空虚中的暗夜了。我放下了希望之盾，我听到Petöfi Sándor（1823-49）的“希望”之歌：

希望是甚么？是娼妓：
她对谁都蛊惑，将一切都献给；
待你牺牲了极多的宝贝——
你的青春——她就弃掉你。

这伟大的抒情诗人，匈牙利的爱国者，为了祖国而死在可萨克兵的矛尖上，已经七十五年了。悲哉死也，然而更可悲的是他的诗至今没有死。

但是，可惨的人生！桀骜英勇如Petöfi，也终于对了暗夜止步，回顾着茫茫的东方了。他说：

绝望之为虚妄，正与希望相同。

倘使我还得偷生在不明不暗的这“虚妄”中，我就还要寻求那逝去的悲凉漂渺的青春，但不妨在我的身外。因为身外的青春倘一消灭，我身中的迟暮也即凋零了。

然而现在没有星和月光，没有僵坠的胡蝶以至笑的渺茫，爱的翔舞。然而青年们很平安。

我只得由我来肉薄这空虚中的暗夜了，纵使寻不到身外的青春，也总得自己来一掷我身中的迟暮。但暗夜又在那里呢？现在没有星，没有月光以至笑的渺茫和爱的翔舞；青年们很平安，而我的面前又竟至于并且没有真的暗夜。

绝望之为虚妄，正与希望相同！

一九二五年一月一日。

本篇最初发表于1925年1月19日《语丝》周刊第十期。

雪

暖国的雨，向来没有变过冰冷的坚硬的灿烂的雪花。博识的人们觉得他单调，他自己也以为不幸否耶？江南的雪，可是滋润美艳之至了；那是还在隐约着的青春的消息，是极壮健的处子的皮肤。雪野中有血红的宝珠山茶，白中隐青的单瓣梅花，深黄的磬口的蜡梅花；雪下面还有冷绿的杂草。胡蝶确乎没有；蜜蜂是否来采山茶花和梅花的蜜，我可记不真切了。但我的眼前仿佛看见冬花开在雪野中，有许多蜜蜂们忙碌地飞着，也听得他们嗡嗡地闹着。

孩子们呵着冻得通红，像紫芽姜一般的小手，七八个一齐来塑雪罗汉。因为不成功，谁的父亲也来帮忙了。罗汉就塑得比孩子们高得多，虽然不过是上小下大的一堆，终于分不清是壶卢还是罗汉；然而很洁白，很明艳，以自身的滋润相粘结，整个地闪闪地生光。孩子们用龙眼核给他做眼珠，又从谁的母亲的脂粉奁中偷得胭脂来涂在嘴唇上。这回确是一个大阿罗汉了。他也就目光灼灼地嘴唇通红地坐在雪地里。

第二天还有几个孩子来访问他；对了他拍手，点头，嘻笑。但他终于独自坐着了。晴天又来消释他的皮肤，寒夜又使他结一层冰，化作不透明的水晶模样；连续的晴天又使他成为不知道算什么，而嘴上的胭脂也褪尽了。

但是，朔方的雪花在纷飞之后，却永远如粉，如沙，他们决不粘连，撒在屋上，地上，枯草上，就是这样。屋上的雪是早已就有消化了的，因为屋里居人的火的温热。别的，在晴天之下，旋风忽来，便蓬勃地奋飞，在日光中灿灿地生光，如包藏火焰的大雾，旋转而且升腾，弥漫太空，使太空旋转而且升腾地闪烁。

在无边的旷野上，在凛冽的天宇下，闪闪地旋转升腾着的是雨的精魂……

是的，那是孤独的雪，是死掉的雨，是雨的精魂。

一九二五年一月十八日。

本篇最初发表于1925年1月26日《语丝》周刊第十一期。

风 筝

北京的冬季，地上还有积雪，灰黑色的秃树枝丫叉于晴朗的天空中，而远处有一二风筝浮动，在我是一种惊异和悲哀。

故乡的风筝时节，是春二月，倘听到沙沙的风轮声，仰头便能看见一个淡墨色的蟹风筝或嫩蓝色的蜈蚣风筝。还有寂寞的瓦片风筝，没有风轮，又放得很低，伶仃地显出憔悴可怜模样。但此时地上的杨柳已经发芽，早的山桃也多吐蕾，和孩子们的天上的点缀相照应，打成一片春日的温和。我现在在那里呢？四面都还是严冬的肃杀，而久经诀别的故乡的久经逝去的春天，却就在这天空中荡漾了。

但我是向来不爱放风筝的，不但不爱，并且嫌恶他，因为我以为这是没出息孩子所做的玩艺。和我相反的是我的小兄弟，他那时大概十岁内外罢，多病，瘦得不堪，然而最喜欢风筝，自己买不起，我又不许放，他只得张着小嘴，呆看着空中出神，有时至于小半日。远处的蟹风筝突然落下来了，他惊呼；两个瓦片风筝的缠绕解开了，他高兴得跳跃。他的这些，在我看来都是笑柄，可鄙的。

有一天，我忽然想起，似乎多日不很看见他了，但记得曾见他在后园拾枯竹。我恍然大悟似的，便跑向少有人去的一间堆积杂物的小屋去，推开门，果然就在尘封的什物堆中发见了他。他向着大方凳，坐在小凳上；便很惊惶地站了起来，失了色瑟缩着。大方凳旁靠着一个胡蝶风筝的竹骨，还没有糊上纸，凳上是一对做眼睛用的小风轮，正用红纸条装饰着，将要完工了。我在破获秘密的满足中，又很愤怒他的瞒了我的眼睛，这样苦心孤诣地来偷做没出息孩子的玩艺。我即刻伸手折断了胡蝶的一支翅骨，又将风轮掷在地下，踏扁了。论长幼，论力气，他是都敌不过我的，我当然得到完全的胜利，于是傲然走出，留他绝望地站在小屋里。后来他怎样，我不知道，也没有留心。

然而我的惩罚终于轮到了，在我们离别得很久之后，我已经是中年。我不幸偶而看了一本外国的讲论儿童的书，才知道游戏是儿童最正当的行为，玩具是儿童的天使。于是二十年来毫不忆及的幼小时候对于精神的虐杀的这一幕，忽地在眼前展开，而我的心也仿佛同时变了铅块，很重很重的堕下去了。

但心又不竟堕下去而至于断绝，他只是很重很重地堕着，堕着。

我也知道补过的方法的：送他风筝，赞成他放，劝他放，我和他一同放。我们嚷着，跑着，笑着。——然而他其时已经和我一样，早已有了胡子了。

我也知道还有一个补过的方法的：去讨他的宽恕，等他说，“我可是毫不怪你呵。”那么，我的心一定就轻松了，这确是一个可行的方法。有一回，我们会面的时候，是脸上都已添刻了许多“生”的辛苦的条纹，而我的心很沉重。我们渐渐谈起儿时的旧事来，我便叙述到这一节，自说少年时代的胡涂。“我可是毫不怪你呵。”我想，他要说了，我即刻便受了宽恕，我的心从此也宽松了罢。

“有过这样的事么？”他惊异地笑着说，就像旁听着别人的故事一样。他什么也不记得了。

全然忘却，毫无怨恨，又有什么宽恕之可言呢？无怨的恕，说谎罢了。

我还能希求什么呢？我的心只得沉重着。

现在，故乡的春天又在这异地的空中了，既给我久经逝去的儿时的回忆，而一并也带着无可把握的悲哀。我倒不如躲到肃杀的严冬中去罢，——但是，四面又明明是严冬，正给我非常的寒威和冷气。

一九二五年一月二十四日。

本篇最初发表于1925年2月2日《语丝》周刊第十二期。

好的故事

灯火渐渐地缩小了，在预告石油的已经不多；石油又不是老牌，早熏得灯罩很昏暗。鞭爆的繁响在四近，烟草的烟雾在身边：是昏沉的夜。

我闭了眼睛，向后一仰，靠在椅背上；捏着《初学记》的手搁在膝髁上。

我在蒙胧中，看见一个好的故事。

这故事很美丽，幽雅，有趣。许多美的人和美的事，错综起来像一天云锦，而且万颗奔星似的飞动着，同时又展开去，以至于无穷。

我仿佛记得曾坐小船经过山阴道，两岸边的乌桕，新禾，野花，鸡，狗，丛树和枯树，茅屋，塔，伽蓝，农夫和村妇，村女，晒着的衣裳，和尚，蓑笠，天，云，竹，……都倒影在澄碧的小河中，随着每一打桨，各各夹带了闪烁的日光，并水里的萍藻游鱼，一同荡漾。诸影诸物：无不解散，而且摇动，扩大，互相融和；刚一融和，却又退缩，复近于原形。边缘都参差如夏云头，镶着日光，发出水银色焰。凡是我所经过的河，都是如此。

现在我所见的故事也如此。水中的青天的底子，一切事物统在上面交错，织成一篇，永是生动，永是展开，我看不见这一篇的结束。

河边枯柳树下的几株瘦削的一丈红，该是村女种的罢。大红花和斑红花，都在水里面浮动，忽而碎散，拉长了，缕缕的胭脂水，然而没有晕。茅屋，狗，塔，村女，云，……也都浮动着。大红花一朵朵全被拉长了，这时是泼剌奔迸的红锦带。带织入狗中，狗织入白云中，白云织入村女中。……在一瞬间，他们又将退缩了。但斑红花影也已碎散，伸长，就要织进塔，村女，狗，茅屋，云里去。

现在我所见的故事清楚起来了，美丽，幽雅，有趣，而且光明。青天上面，有无数美的人和美的事，我一一看见，一一知道。

我就要凝视他们……。

我正要凝视他们时，骤然一惊，睁开眼，云锦也已皱蹙，凌乱，仿佛有谁掷一块大石下河水中，水波陡然起立，将整篇的影子撕成片片了。我无意识地赶忙捏住几乎坠地的《初学记》，眼前还剩着几点虹霓色的碎影。

我真爱这一篇好的故事，趁碎影还在，我要追回他，完成他，留下他。我抛了书，欠身伸手去取笔，——何尝有一丝碎影，只见昏暗的灯光，我不在小船里了。

但我总记得见过这一篇好的故事，在昏沉的夜……

一九二五年二月二十四日[①]。

本篇最初发表于1925年2月9日《语丝》周刊第十三期。

①文末所注写作日期迟于发表日期，有误；《鲁迅日记》1925年1月28日记有“作《野草》一篇”，当指本文。

过 客

时：或一日的黄昏。

地：或一处。

人：老翁——约七十岁，白须发，黑长袍。

女孩——约十岁，紫发，乌眼珠，白地黑方格长衫。

过客——约三四十岁，状态困顿倔强，眼光阴沉，黑须，乱发，黑色短衣裤皆破碎，赤足著破鞋，肋下挂一个口袋，支着等身的竹杖。

东，是几株杂树和瓦砾；西，是荒凉破败的丛葬；其间有一条似路非路的痕迹。一间小土屋向这痕迹开着一扇门；门侧有一段枯树根。

（女孩正要将坐在树根上的老翁搀起。）

翁——孩子。喂，孩子！怎么不动了呢？

孩——（向东望着，）有谁走来了，看一看罢。

翁——不用看他。扶我进去罢。太阳要下去了。

孩——我，——看一看。

翁——唉，你这孩子！天天看见天，看见土，看见风，还不够好看么？什么也不比这些好看。你偏是要看谁。太阳下去时候出现的东西，不会给你什么好处的。……还是进去罢。

孩——可是，已经近来了。阿阿，是一个乞丐。

翁——乞丐？不见得罢。

（过客从东面的杂树间跄踉走出，暂时踌躇之后，慢慢地走近老翁去。）

客——老丈，你晚上好？

翁——阿，好！托福。你好？

客——老丈，我实在冒昧，我想在你那里讨一杯水喝。我走得渴极了。这地方又没有一个池塘，一个水洼。

翁——唔，可以可以。你请坐罢。（向女孩）孩子，你拿水来，杯子要洗干净。

（女孩默默地走进土屋去。）

翁——客官，你请坐。你是怎么称呼的。

客——称呼？——我不知道。从我还能记得的时候起，我就只一个人。我不知道我本来叫什么。我一路走，有时人们也随便称呼我，各式各样地，我也记不清楚了，况且相同的称呼也没有听到过第二回。

翁——阿阿。那么，你是从那里来的呢？

客——（略略迟疑，）我不知道。从我还能记得的时候起，我就在这么走。

翁——对了。那么，我可以问你到那里去么？

客——自然可以。——但是，我不知道。从我还能记得的时候起，我就在这么走，要走到一个地方去，这地方就在前面。我单记得走了许多路，现在来到这里了。我接着就要走向那边去，（西指，）前面！

（女孩小心地捧出一个木杯来，递去。）

客——（接杯，）多谢，姑娘。（将水两口喝尽，还杯，）多谢，姑娘。这真是少有的好意。我真不知道应该怎样感激！

翁——不要这么感激。这于你是没有好处的。

客——是的，这于我没有好处。可是我现在很恢复了些力气了。我就要前去。老丈，你大约是久住在这里的，你可知道前面是怎么一个所在么？

翁——前面？前面，是坟。

客——（诧异地，）坟？

孩——不，不，不的。那里有许多许多野百合，野蔷薇，我常常去玩，去看他们的。

客——（西顾，仿佛微笑，）不错。那些地方有许多许多野百合，野蔷薇，我也常常去玩过，去看过的。但是，那是坟。（向老翁，）老丈，走完了那坟地之后呢？

翁——走完之后？那我可不知道。我没有走过。

客——不知道？！

孩——我也不知道。

翁——我单知道南边；北边；东边，你的来路。那是我最熟悉的地方，也许倒是于你们最好的地方。你莫怪我多嘴，据我看来，你已经这么劳顿了，还不如回转去，因为你前去也料不定可能走完。

客——料不定可能走完？……（沉思，忽然惊起，）那不行！我只得走。回到那里去，就没一处没有名目，没一处没有地主，没一处没有驱逐和牢笼，没一处没有皮面的笑容，没一处没有眶外的眼泪。我憎恶他们，我不回转去！

翁——那也不然。你也会遇见心底的眼泪，为你的悲哀。

客——不。我不愿看见他们心底的眼泪，不要他们为我的悲哀！

翁——那么，你，（摇头，）你只得走了。

客——是的，我只得走了。况且还有声音常在前面催促我，叫唤我，使我息不下。可恨的是我的脚早经走破了，有许多伤，流了许多血。（举起一足给老人看，）因此，我的血不够了；我要喝些血。但血在那里呢？可是我也不愿意喝无论谁的血。我只得喝些水，来补充我的血。一路上总有水，我倒也并不感到什么不足。只是我的力气太稀薄了，血里面太多了水的缘故罢。今天连一个小水洼也遇不到，也就是少走了路的缘故罢。

翁——那也未必。太阳下去了，我想，还不如休息一会的好罢，像我似的。

客——但是，那前面的声音叫我走。

翁——我知道。

客——你知道？你知道那声音么？

翁——是的。他似乎曾经也叫过我。

客——那也就是现在叫我的声音么？

翁——那我可不知道。他也就是叫过几声，我不理他，他也就不叫了，我也就记不清楚了。

客——唉唉，不理他……。（沉思，忽然吃惊，倾听着，）不行！我还是走的好。我息不下。可恨我的脚早经走破了。（准备走路。）

孩——给你！（递给一片布，）裹上你的伤去。

客——多谢，（接取，）姑娘。这真是……这真是极少有的好意。这能使我可以走更多的路。（就断砖坐下，要将布缠在踝上，）但是，不行！（竭力站起，）姑娘，还了你罢，还是裹不下。况且这太多的好意，我没法感激。

翁——你不要这么感激，这于你没有好处。

客——是的，这于我没有什么好处。但在我，这布施是最上的东西了。你看，我全身上可有这样的。

翁——你不要当真就是。

客——是的。但是我不能。我怕我会这样：倘使我得到了谁的布施，我就要像兀鹰看见死尸一样，在四近徘徊，祝愿她的灭亡，给我亲自看见；或者咒诅她以外的一切全都灭亡，连我自己，因为我就应该得到咒诅。但是我还没有这样的力量；即使有这力量，我也不愿意她有这样的境遇，因为她们大概总不愿意有这样的境遇。我想，这最稳当。（向女孩，）姑娘，你这布片太好，可是太小一点了，还了你罢。

孩——（惊惧，退后，）我不要了！你带走！

客——（似笑，）哦哦，……因为我拿过了？

孩——（点头，指口袋，）你装在那里，去玩玩。

客——（颓唐地退后，）但这背在身上，怎么走呢？……

翁——你息不下，也就背不动。——休息一会，就没有什么了。

客——对咧，休息……（默想，但忽然惊醒，倾听。）不，我不能！我还是走好。

翁——你总不愿意休息么？

客——我愿意休息。

翁——那么，你就休息一会罢。

客——但是，我不能……。

翁——你总还是觉得走好么？

客——是的。还是走好。

翁——那么，你也还是走好罢。

客——（将腰一伸，）好，我告别了。我很感谢你们。（向着女孩，）姑娘，这还你，请你收回去。

（女孩惊惧，敛手，要躲进土屋里去。）

翁——你带去罢。要是太重了，可以随时抛在坟地里面的。

孩——（走向前，）阿阿，那不行！

客——阿阿，那不行的。

翁——那么，你挂在野百合、野蔷薇上就是了。

孩——（拍手，）哈哈！好！

客——哦哦……

（极暂时中，沉默。）

翁——那么，再见了。祝你平安。（站起，向女孩，）孩子，扶我进去罢。你看，太阳早已下去了。（转身向门。）

客——多谢你们。祝你们平安。（徘徊，沉思，忽然吃惊，）然而我不能！我只得走。我还是走好罢……。（即刻昂了头，奋然向西走去。）

（女孩扶老人走进土屋，随即阖了门。过客向野地里跄踉地闯进去，夜色跟在他后面。）

一九二五年三月二日。

本篇最初发表于1925年3月9日《语丝》周刊第十七期。

死 火

我梦见自己在冰山间奔驰。

这是高大的冰山，上接冰天，天上冻云弥漫，片片如鱼鳞模样。山麓有冰树林，枝叶都如松杉。一切冰冷，一切青白。

但我忽然坠在冰谷中。

上下四旁无不冰冷，青白。而一切青白冰上，却有红影无数，纠结如珊瑚网。我俯看脚下，有火焰在。

这是死火。有炎炎的形，但毫不摇动，全体冰结，像珊瑚枝；尖端还有凝固的黑烟，疑这才从火宅[①]中出，所以枯焦。这样，映在冰的四壁，而且互相反映，化为无量数影，使这冰谷，成红珊瑚色。

哈哈！

当我幼小的时候，本就爱看快舰激起的浪花，洪炉喷出的烈焰。不但爱看，还想看清。可惜他们都息息变幻，永无定形。虽然凝视又凝视，总不留下怎样一定的迹象。

死的火焰，现在先得到了你了！

我拾起死火，正要细看，那冷气已使我的指头焦灼；但是，我还熬着，将他塞入衣袋中间。冰谷四面，登时完全青白。我一面思索着走出冰谷的法子。

我的身上喷出一缕黑烟，上升如铁线蛇。冰谷四面，又登时满有红焰流动，如大火聚[②]，将我包围。我低头一看，死火已经燃烧，烧穿了我的衣裳，流在冰地上了。

“唉，朋友！你用了你的温热，将我惊醒了。”他说。

---

①火宅：佛家语，《法华经·譬喻品》中说：“三界（按这里指欲界、色界、无色界，泛指世界）无安，犹如火宅，众苦充满，甚可怖畏，常有生老病死忧患，如是等火，炽然不息。”

②火聚：佛家语，猛火聚集的地方。

我连忙和他招呼，问他名姓。

“我原先被人遗弃在冰谷中，”他答非所问地说，“遗弃我的早已灭亡，消尽了。我也被冰冻冻得要死。倘使你不给我温热，使我重行烧起，我不久就须灭亡。”

“你的醒来，使我欢喜。我正在想着走出冰谷的方法；我愿意携带你去，使你永不冰结，永得燃烧。”

“唉唉！那么，我将烧完！”

“你的烧完，使我惋惜。我便将你留下，仍在这里罢。”

“唉唉！那么，我将冻灭了！”

“那么，怎么办呢？”

“但你自己，又怎么办呢？”他反而问。

“我说过了：我要出这冰谷……。”

“那我就不如烧完！”

他忽而跃起，如红彗星，并我都出冰谷口外。有大石车突然驰来，我终于碾死在车轮底下，但我还来得及看见那车就坠入冰谷中。

“哈哈！你们是再也遇不着死火了！”我得意地笑着说，仿佛就愿意这样似的。

一九二五年四月二十三日。

本篇最初发表于1925年5月4日《语丝》周刊第二十五期。

狗的驳诘

我梦见自己在隘巷中行走，衣履破碎，像乞食者。

一条狗在背后叫起来了。

我傲慢地回顾，叱咤说：

“呔！住口！你这势利的狗！”

“嘻嘻！”他笑了，还接着说，“不敢，愧不如人呢。”

“什么！？”我气愤了，觉得这是一个极端的侮辱。

“我惭愧：我终于还不知道分别铜和银；还不知道分别布和绸；还不知道分别官和民；还不知道分别主和奴；还不知道……”

我逃走了。

“且慢！我们再谈谈……”他在后面大声挽留。

我一径逃走，尽力地走，直到逃出梦境，躺在自己的床上。

一九二五年四月二十三日。

本篇最初发表于1925年5月4日《语丝》周刊第二十五期。

失掉的好地狱

我梦见自己躺在床上，在荒寒的野外，地狱的旁边。一切鬼魂们的叫唤无不低微，然有秩序，与火焰的怒吼，油的沸腾，钢叉的震颤相和鸣，造成醉心的大乐，布告三界：地下太平。

有一伟大的男子站在我面前，美丽，慈悲，遍身有大光辉，然而我知道他是魔鬼。

“一切都已完结，一切都已完结！可怜的鬼魂们将那好的地狱失掉了！”他悲愤地说，于是坐下，讲给我一个他所知道的故事！

“天地作蜂蜜色的时候，就是魔鬼战胜天神，掌握了主宰一切的大威权的时候。他收得天国，收得人间，也收得地狱。他于是亲临地狱，坐在中央，遍身发大光辉，照见一切鬼众。

“地狱原已废弛得很久了：剑树消却光芒；沸油的边际早不腾涌；大火聚有时不过冒些青烟，远处还萌生曼陀罗花，花极细小，惨白可怜。那是不足为奇的，因为地上曾经大被焚烧，自然失了他的肥沃。

“鬼魂们在冷油温火里醒来，从魔鬼的光辉中看见地狱小花，惨白可怜，被大蛊惑，倏忽间记起人世，默想至不知几多年，遂同时向着人间，发一声反狱的绝叫。

“人类便应声而起，仗义执言，与魔鬼战斗。战声遍满三界，远过雷霆。终于运大谋略，布大网罗，使魔鬼并且不得不从地狱出走。最后的胜利，是地狱门上也竖了人类的旌旗！

“当鬼魂们一齐欢呼时，人类的整饬地狱使者已临地狱，坐在中央，用了人类的威严，叱咤一切鬼众。

“当鬼魂们又发一声反狱的绝叫时，即已成为人类的叛徒，得到永劫沉沦的罚，迁入剑树林的中央。

“人类于是完全掌握了主宰地狱的大威权，那威棱且在魔鬼以上。人类于是整顿废弛，先给牛首阿旁以最高的俸草；而且，添薪加火，磨砺刀山，使地狱全体改观，一洗先前颓废的气象。

“曼陀罗花立即焦枯了。油一样沸；刀一样铦；火一样热；鬼众一样呻吟，一样宛转，至于都不暇记起失掉的好地狱。

“这是人类的成功，是鬼魂的不幸……

“朋友，你在猜疑我了。是的，你是人！我且去寻野兽和恶鬼……”

一九二五年六月十六日。

本篇最初发表于1925年6月20日《语丝》周刊第三十二期。

墓碣文

我梦见自己正和墓碣对立，读着上面的刻辞。那墓碣似是沙石所制，剥落很多，又有苔藓丛生，仅存有限的文句——

“……于浩歌狂热之际中寒；于天上看见深渊。于一切眼中看见无所有；于无所希望中得救。……

“……有一游魂，化为长蛇，口有毒牙。不以啮人，自啮其身，终以殒颠。……

“……离开！……”

我绕到碣后，才见孤坟，上无草木，且已颓坏。即从大阙口中，窥见死尸，胸腹俱破，中无心肝。而脸上却绝不显哀乐之状，但蒙蒙如烟然。

我在疑惧中不及回身，然而已看见墓碣阴面的残存的文句——

“……抉心自食，欲知本味。创痛酷烈，本味何能知？……”

“……痛定之后，徐徐食之。然其心已陈旧，本味又何由知？……”

“……答我。否则，离开！……”

我就要离开。而死尸已在坟中坐起，口唇不动，然而说——

“待我成尘时，你将见我的微笑！”

我疾走，不敢反顾，生怕看见他的追随。

一九二五年六月十七日。

本篇最初发表于1925年6月22日《语丝》周刊第三十二期。

颓败线的颤动

我梦见自己在做梦。自身不知所在，眼前却有一间在深夜中紧闭的小屋的内部，但也看见屋上瓦松的茂密的森林。

板桌上的灯罩是新拭的，照得屋子里分外明亮。在光明中，在破榻上，在初不相识的披毛的强悍的肉块底下，有瘦弱渺小的身躯，为饥饿，苦痛，惊异，羞辱，欢欣而颤动。弛缓，然而尚且丰腴的皮肤光润了；青白的两颊泛出轻红，如铅上涂了胭脂水。

灯火也因惊惧而缩小了，东方已经发白。

然而空中还弥漫地摇动着饥饿，苦痛，惊异，羞辱，欢欣的波涛……

“妈！”约略两岁的女孩被门的开阖声惊醒，在草席围着的屋角的地上叫起来了。

“还早哩，再睡一会罢！”她惊惶地说。

“妈！我饿，肚子痛。我们今天能有什么吃的？”

“我们今天有吃的了。等一会有卖烧饼的来，妈就买给你。”她欣慰地更加紧捏着掌中的小银片，低微的声音悲凉地发抖，走近屋角去一看她的女儿，移开草席，抱起来放在破榻上。

“还早哩，再睡一会罢。”她说着，同时抬起眼睛，无可告诉地一看破旧的屋顶以上的天空。

空中突然另起了一个很大的波涛，和先前的相撞击，回旋而成旋涡，将一切并我尽行淹没，口鼻都不能呼吸。

我呻吟着醒来，窗外满是如银的月色，离天明还很辽远似的。

我自身不知所在，眼前却有一间在深夜中紧闭的小屋的内部，我自己知道是在续着残梦。可是梦的年代隔了许多年了。屋的内外已经这样整齐；里面是青年的夫妻，一群小孩子，都怨恨鄙夷地对着一个垂老的女人。

“我们没有脸见人，就只因为你，”男人气忿地说。“你还以为养大了她，其实正是害苦了她，倒不如小时候饿死的好！”

“使我委屈一世的就是你！”女的说。

“还要带累了我！”男的说。

“还要带累他们哩！”女的说，指着孩子们。

最小的一个正玩着一片干芦叶，这时便向空中一挥，仿佛一柄钢刀，大声说道：

“杀！”

那垂老的女人口角正在痉挛，登时一怔，接着便都平静，不多时候，她冷静地，骨立的石像似的站起来了。她开开板门，迈步在深夜中走出，遗弃了背后一切的冷骂和毒笑。

她在深夜中尽走，一直走到无边的荒野；四面都是荒野，头上只有高天，并无一个虫鸟飞过。她赤身露体地，石像似的站在荒野的中央，于一刹那间照见过往的一切：饥饿，苦痛，惊异，羞辱，欢欣，于是发抖；害苦，委屈，带累，于是痉挛；杀，于是平静。……又于一刹那间将一切并合：眷念与决绝，爱抚与复仇，养育与歼除，祝福与咒诅……。她于是举两手尽量向天，口唇间漏出人与兽的，非人间所有，所以无词的言语。

当她说出无词的言语时，她那伟大如石像，然而已经荒废的，颓败的身躯的全面都颤动了。这颤动点点如鱼鳞，每一鳞都起伏如沸水在烈火上；空中也即刻一同振颤，仿佛暴风雨中的荒海的波涛。

她于是抬起眼睛向着天空，并无词的言语也沉默尽绝，惟有颤动，辐射若太阳光，使空中的波涛立刻回旋，如遭飓风，汹涌奔腾于无边的荒野。

我梦魇了，自己却知道是因为将手搁在胸脯上了的缘故；我梦中还用尽平生之力，要将这十分沉重的手移开。

一九二五年六月二十九日。

本篇最初发表于1925年7月13日《语丝》周刊第三十五期。

立 论

我梦见自己正在小学校的讲堂上预备作文，向老师请教立论的方法。

“难！”老师从眼镜圈外斜射出眼光来，看着我，说，“我告诉你一件事——

“一家人家生了一个男孩，合家高兴透顶了。满月的时候，抱出来给客人看，——大概自然是想得一点好兆头。

“一个说：‘这孩子将来要发财的。’他于是得到一番感谢。

“一个说：‘这孩子将来要做官的。’他于是收回几句恭维。

“一个说：‘这孩子将来是要死的。’他于是得到一顿大家合力的痛打。

“说要死的必然，说富贵的许谎。但说谎的得好报，说必然的遭打。你……”

“我愿意既不谎人，也不遭打。那么，老师，我得怎么说呢？”

“那么，你得说：‘啊呀！这孩子呵！您瞧！多么……。阿唷！哈哈！Hehe! he,hehehehe!’”

一九二五年七月八日。

本篇最初发表于1925年7月13日《语丝》周刊第三十五期。

死 后

我梦见自己死在道路上。

这是那里，我怎么到这里来，怎么死的，这些事我全不明白。总之，待到我自己知道已经死掉的时候，就已经死在那里了。

听到几声喜鹊叫，接着是一阵乌老鸦。空气很清爽，——虽然也带些土气息，——大约正当黎明时候罢。我想睁开眼睛来，他却丝毫也不动，简直不像是我的眼睛；于是想抬手，也一样。

恐怖的利镞忽然穿透我的心了。在我生存时，曾经玩笑地设想：假使一个人的死亡，只是运动神经的废灭，而知觉还在，那就比全死了更可怕。谁知道我的预想竟的中了，我自己就在证实这预想。

听到脚步声，走路的罢。一辆独轮车从我的头边推过，大约是重载的，轧轧地叫得人心烦，还有些牙齿。很觉得满眼绯红，一定是太阳上来了。那么，我的脸是朝东的。但那都没有什么关系。切切嚓嚓的人声，看热闹的。他们踹起黄土来，飞进我的鼻孔，使我想打喷嚏了，但终于没有打，仅有想打的心。

陆陆续续地又是脚步声，都到近旁就停下，还有更多的低语声：看的人多起来了。我忽然很想听听他们的议论。但同时想，我生存时说的什么批评不值一笑的话，大概是违心之论罢：才死，就露了破绽了。然而还是听；然而毕竟得不到结论，归纳起来不过是这样——“死了？……”

“嗡。——这……”

“哼！……”

“啧。……唉！……”

我十分高兴，因为始终没有听到一个熟识的声音。否则，或者害得他们伤心；或则要使他们快意；或则要使他们加添些饭后闲谈的材料，多破费宝贵的工夫；这都会使我很抱歉。现在谁也看不见，就是谁也不受影响。好了，总算对得起人了！

但是，大约是一个马蚁，在我的脊梁上爬着，痒痒的。我一点也不能动，已经没有除去他的能力了；倘在平时，只将身子一扭，就能使他退避。而且，大腿上又爬着一个哩！你们是做什么的？虫豸！？

事情可更坏了：嗡的一声，就有一个青蝇停在我的颧骨上，走了几步，又一飞，开口便舐我的鼻尖。我懊恼地想：足下，我不是什么伟人，你无须到我身上来寻做论的材料……。但是不能说出来。他却从鼻尖跑下，又用冷舌头来舐我的嘴唇了，不知道可是表示亲爱。还有几个则聚在眉毛上，跨一步，我的毛根就一摇。实在使我烦厌得不堪，——不堪之至。

忽然，一阵风，一片东西从上面盖下来，他们就一同飞开了，临走时还说——

"惜哉！……"

我愤怒得几乎昏厥过去。

木材摔在地上的钝重的声音同着地面的震动，使我忽然清醒，前额上感着芦席的条纹。但那芦席就被掀去了，又立刻感到了日光的灼热。还听得有人说——

"怎么要死在这里？……"

这声音离我很近，他正弯着腰罢。但人应该死在那里呢？我先前以为人在地上虽没有任意生存的权利，却总有任意死掉的权利的。现在才知道并不然，也很难适合人们的公意。可惜我久没了纸笔；即有也不能写，而且即使写了也没有地方发表了。只好就这样地抛开。

有人来抬我，也不知道是谁。听到刀鞘声，还有巡警在这里罢，在我所不应该"死在这里"的这里。我被翻了几个转身，便觉得向上一举，又往下一沉；又听得盖了盖，钉着钉。但是，奇怪，只钉了两个。难道这里的棺材钉，是只钉两个的么？

我想：这回是六面碰壁，外加钉子。真是完全失败，呜呼哀哉了！……

"气闷！……"我又想。

然而我其实却比先前已经宁静得多，虽然知不清埋了没有。在手背上触到草席的条纹，觉得这尸衾倒也不恶。只不知道是谁给我化钱的，可惜！但是，可恶，收敛的小子们！我背后的小衫的一角皱起来了，他们并不给我拉平，现在抵得我很难受。你们以为死人无知，做事就这样地草率么？哈哈！

我的身体似乎比活的时候要重得多，所以压着衣皱便格外的不舒服。但我想，不久就可以习惯的；或者就要腐烂，不至于再有什么大麻烦。此刻还不如静静地静着想。

"您好？您死了么？"

是一个颇为耳熟的声音。睁眼看时，却是勃古斋旧书铺的跑外的小伙计。

不见约有二十多年了，倒还是那一副老样子。我又看看六面的壁，委实太毛糙，简直毫没有加过一点修刮，锯绒还是毛毵毵的。

“那不碍事，那不要紧。”他说，一面打开暗蓝色布的包裹来。“这是明板《公羊传》，嘉靖黑口本，给您送来了。您留下他罢。这是……。”

“你！”我诧异地看定他的眼睛，说，“你莫非真正胡涂了？你看我这模样，还要看什么明板？……”

“那可以看，那不碍事。”

我即刻闭上眼睛，因为对他很烦厌。停了一会，没有声息，他大约走了。但是似乎一个马蚁又在脖子上爬起来，终于爬到脸上，只绕着眼眶转圈子。

万不料人的思想，是死掉之后也还会变化的。忽而，有一种力将我的心的平安冲破；同时，许多梦也都做在眼前了。几个朋友祝我安乐，几个仇敌祝我灭亡。我却总是既不安乐，也不灭亡地不上不下地生活下来，都不能副任何一面的期望。现在又影一般死掉了，连仇敌也不使知道，不肯赠给他们一点惠而不费的欢欣。……

我觉得在快意中要哭出来。这大概是我死后第一次的哭。

然而终于也没有眼泪流下；只看见眼前仿佛有火花一闪，我于是坐了起来。

一九二五年七月十二日。

本篇最初发表于1925年7月20日《语丝》周刊第三十六期。

这样的战士

要有这样的一种战士——

已不是蒙昧如非洲土人而背着雪亮的毛瑟枪的；也并不疲惫如中国绿营兵而却佩着盒子炮。他毫无乞灵于牛皮和废铁的甲胄；他只有自己，但拿着蛮人所用的，脱手一掷的投枪。

他走进无物之阵，所遇见的都对他一式点头。他知道这点头就是敌人的武器，是杀人不见血的武器，许多战士都在此灭亡，正如炮弹一般，使猛士无所用其力。

那些头上有各种旗帜，绣出各样好名称：慈善家，学者，文士，长者，青年，雅人，君子……。头下有各样外套，绣出各式好花样：学问，道德，国粹，民意，逻辑，公义，东方文明……。

但他举起了投枪。

他们都同声立了誓来讲说，他们的心都在胸膛的中央，和别的偏心的人类两样。他们都在胸前放着护心镜，就为自己也深信心在胸膛中央的事作证。

但他举起了投枪。

他微笑，偏侧一掷，却正中了他们的心窝。

一切都颓然倒地；——然而只有一件外套，其中无物。无物之物已经脱走，得了胜利，因为他这时成了戕害慈善家等类的罪人。

但他举起了投枪。

他在无物之阵中大踏步走，再见一式的点头，各种的旗帜，各样的外套……。

但他举起了投枪。

他终于在无物之阵中老衰，寿终。他终于不是战士，但无物之物则是胜者。

在这样的境地里，谁也不闻战叫：太平。

太平……。

但他举起了投枪！

一九二五年十二月十四日。

本篇最初发表于1925年12月21日《语丝》周刊第五十八期。

聪明人和傻子和奴才

奴才总不过是寻人诉苦。只要这样，也只能这样。有一日，他遇到一个聪明人。

“先生！”他悲哀地说，眼泪联成一线，就从眼角上直流下来。“你知道的。我所过的简直不是人的生活。吃的是一天未必有一餐，这一餐又不过是高粱皮，连猪狗都不要吃的，尚且只有一小碗……。”

“这实在令人同情。”聪明人也惨然说。

“可不是么！”他高兴了，“可是做工是昼夜无休息的：清早担水晚烧饭，上午跑街夜磨面，晴洗衣裳雨张伞，冬烧汽炉夏打扇。半夜要煨银耳，侍候主人耍钱；头钱从来没分，有时还挨皮鞭……。”

“唉唉……。”聪明人叹息着，眼圈有些发红，似乎要下泪。

“先生！我这样是敷衍不下去的。我总得另外想法子。可是什么法子呢？……”

“我想，你总会好起来……。”

“是么？但愿如此。可是我对先生诉了冤苦，又得你的同情和慰安，已经舒坦得不少了。可见天理没有灭绝……。”

但是，不几日，他又不平起来了，仍然寻人去诉苦。

“先生！”他流着眼泪说，“你知道的。我住的简直比猪窠还不如。主人并不将我当人；他对他的叭儿狗还要好到几万倍……。”

“混账！”那人大叫起来，使他吃惊了。那人是一个傻子。

“先生，我住的只是一间破小屋，又湿，又阴，满是臭虫，睡下去就咬得真可以。秽气冲着鼻子，四面又没有一个窗……。”

“你不会要你的主人开一个窗的么？”

“这怎么行？……”

“那么，你带我去看去！”

傻子跟奴才到他屋外，动手就砸那泥墙。

“先生！你干什么？”他大惊地说。

“我给你打开一个窗洞来。”

“这不行！主人要骂的！”

“管他呢！”他仍然砸。

“人来呀！强盗在毁咱们的屋子了！快来呀！迟一点可要打出窟窿来了！……”他哭嚷着，在地上团团地打滚。

一群奴才都出来了，将傻子赶走。

听到了喊声，慢慢地最后出来的是主人。

“有强盗要来毁咱们的屋子，我首先叫喊起来，大家一同把他赶走了。”他恭敬而得胜地说。

“你不错。”主人这样夸奖他。

这一天就来了许多慰问的人，聪明人也在内。

“先生。这回因为我有功，主人夸奖了我了。你先前说我总会好起来；实在是有先见之明……。”他大有希望似的高兴地说。

“可不是么……。”聪明人也代为高兴似的回答他。

一九二五年十二月二十六日。

本篇最初发表于1926年1月4日《语丝》周刊第六十期。

腊 叶

灯下看《雁门集》，忽然翻出一片压干的枫叶来。

这使我记起去年的深秋。繁霜夜降，木叶多半凋零，庭前的一株小小的枫树也变成红色了。我曾绕树徘徊，细看叶片的颜色，当他青葱的时候是从没有这么注意的。他也并非全树通红，最多的是浅绛，有几片则在绯红地上，还带着几团浓绿。一片独有一点蛀孔，镶着乌黑的花边，在红，黄和绿的斑驳中，明眸似的向人凝视。我自念：这是病叶呵！便将他摘了下来，夹在刚才买到的《雁门集》里。大概是愿使这将坠的被蚀而斑斓的颜色，暂得保存，不即与群叶一同飘散罢。

但今夜他却黄蜡似的躺在我的眼前，那眸子也不复似去年一般灼灼。假使再过几年，旧时的颜色在我记忆中消去，怕连我也不知道他何以夹在书里面的原因了。将坠的病叶的斑斓，似乎也只能在极短时中相对，更何况是葱郁的呢。看看窗外，很能耐寒的树木也早经秃尽了；枫树更何消说得。当深秋时，想来也许有和这去年的模样相似的病叶的罢，但可惜我今年竟没有赏玩秋树的余闲。

一九二五年十二月二十六日。

本篇最初发表于1926年1月4日《语丝》周刊第六十期。

淡淡的血痕中

——记念几个死者和生者和未生者

目前的造物主，还是一个怯弱者。

他暗暗地使天变地异，却不敢毁灭一个这地球；暗暗地使生物衰亡，却不敢长存一切尸体；暗暗地使人类流血，却不敢使血色永远鲜浓；暗暗地使人类受苦，却不敢使人类永远记得。

他专为他的同类——人类中的怯弱者——设想，用废墟荒坟来衬托华屋，用时光来冲淡苦痛和血痕；日日斟出一杯微甘的苦酒，不太少，不太多，以能微醉为度，递给人间，使饮者可以哭，可以歌，也如醒，也如醉，若有知，若无知，也欲死，也欲生。他必须使一切也欲生；他还没有灭尽人类的勇气。

几片废墟和几个荒坟散在地上，映以淡淡的血痕，人们都在其间咀嚼着人我的渺茫的悲苦。但是不肯吐弃，以为究竟胜于空虚，各各自称为“天之僇民”，以作咀嚼着人我的渺茫的悲苦的辩解，而且悚息着静待新的悲苦的到来。新的，这就使他们恐惧，而又渴欲相遇。

这都是造物主的良民。他就需要这样。

叛逆的猛士出于人间；他屹立着，洞见一切已改和现有的废墟和荒坟，记得一切深广和久远的苦痛，正视一切重叠淤积的凝血，深知一切已死，方生，将生和未生。他看透了造化的把戏；他将要起来使人类苏生，或者使人类灭尽，这些造物主的良民们。

造物主，怯弱者，羞惭了，于是伏藏。天地在猛士的眼中于是变色。

一九二六年四月八日。

本篇最初发表于1926年4月19日《语丝》周刊第七十五期。

一 觉

飞机负了掷下炸弹的使命，像学校的上课似的，每日上午在北京城上飞行。每听得机件搏击空气的声音，我常觉到一种轻微的紧张，宛然目睹了“死”的袭来，但同时也深切地感着“生”的存在。

隐约听到一二爆发声以后，飞机嗡嗡地叫着，冉冉地飞去了。也许有人死伤了罢，然而天下却似乎更显得太平。窗外的白杨的嫩叶，在日光下发乌金光；榆叶梅也比昨日开得更烂漫。收拾了散乱满床的日报，拂去昨夜聚在书桌上的苍白的微尘，我的四方的小书斋，今日也依然是所谓“窗明几净”。

因为或一种原因，我开手编校那历来积压在我这里的青年作者的文稿了；我要全都给一个清理。我照作品的年月看下去，这些不肯涂脂抹粉的青年们的魂灵便依次屹立在我眼前。他们是绰约的，是纯真的，——阿，然而他们苦恼了，呻吟了，愤怒，而且终于粗暴了，我的可爱的青年们！

魂灵被风沙打击得粗暴，因为这是人的魂灵，我爱这样的魂灵；我愿意在无形无色的鲜血淋漓的粗暴上接吻。漂渺的名园中，奇花盛开着，红颜的静女正在超然无事地逍遥，鹤唳一声，白云郁然而起……。这自然使人神往的罢，然而我总记得我活在人间。

我忽然记起一件事：两三年前，我在北京大学的教员预备室里，看见进来了一个并不熟识的青年，默默地给我一包书，便出去了，打开看时，是一本《浅草》。就在这默默中，使我懂得了许多话。阿，这赠品是多么丰饶呵！可惜那《浅草》不再出版了，似乎只成了《沉钟》的前身。那《沉钟》就在这风沙肮脏洞中，深深地在人海的底里寂寞地鸣动。

野蓟经了几乎致命的摧折，还要开一朵小花，我记得托尔斯泰曾受了很大的感动，因此写出一篇小说来。但是，草木在旱干的沙漠中间，拚命伸长他的根，吸取深地中的水泉，来造成碧绿的林莽，自然是为了自己的“生”的，然而使疲劳枯渴的旅人，一见就怡然觉得遇到了暂时息肩之所，这是如何的可以感激，而且可以悲哀的事！？

《沉钟》的《无题》——代启事——说："有人说：我们的社会是一片沙漠。——如果当真是一片沙漠，这虽然荒漠一点也还静肃；虽然寂寞一点也还会使你感觉苍茫。何至于像这样的混沌，这样的阴沉，而且这样的离奇变幻！"

是的，青年的魂灵屹立在我眼前，他们已经粗暴了，或者将要粗暴了，然而我爱这些流血和隐痛的魂灵，因为他使我觉得是在人间，是在人间活着。

在编校中夕阳居然西下，灯火给我接续的光。各样的青春在眼前——驰去了，身外但有昏黄环绕。我疲劳着，捏着纸烟，在无名的思想中静静地合了眼睛，看见很长的梦。忽而惊觉，身外也还是环绕着昏黄；烟篆在不动的空气中上升，如几片小小夏云，徐徐幻出难以指名的形象。

一九二六年四月十日。

本篇最初发表于1926年4月19日《语丝》周刊第七十五期。

其　他

本部分精选了鲁迅先生散见于其他作品集中的散文作品，篇篇可谓经典。透过这一篇篇或冷峻、或饱含深情的文字，我们更能了解创作时的社会环境。揭露与讽刺之中所隐含的是鲁迅先生那颗赤诚与博爱的心！

夜 颂

游 光

爱夜的人，也不但是孤独者，有闲者，不能战斗者，怕光明者。

人的言行，在白天和在深夜，在日下和在灯前，常常显得两样。夜是造化所织的幽玄的天衣，普覆一切人，使他们温暖，安心，不知不觉的自己渐渐脱去人造的面具和衣裳，赤条条地裹在这无边际的黑絮似的大块里。

虽然是夜，但也有明暗。有微明，有昏暗，有伸手不见掌，有漆黑一团糟。爱夜的人要有听夜的耳朵和看夜的眼睛，自在暗中，看一切暗。君子们从电灯下走入暗室中，伸开了他的懒腰；爱侣们从月光下走进树阴里，突变了他的眼色。夜的降临，抹杀了一切文人学士们当光天化日之下，写在耀眼的白纸上的超然，混然，恍然，勃然，粲然的文章，只剩下乞怜，讨好，撒谎，骗人，吹牛，捣鬼的夜气，形成一个灿烂的金色的光圈，像见于佛画上面似的，笼罩在学识不凡的头脑上。

爱夜的人于是领受了夜所给与的光明。

高跟鞋的摩登女郎在马路边的电光灯下，阁阁的走得很起劲，但鼻尖也闪烁着一点油汗，在证明她是初学的时髦，假如长在明晃晃的照耀中，将使她碰着“没落”的命运。一大排关着的店铺的昏暗助她一臂之力，使她放缓开足的马力，吐一口气，这时才觉得沁人心脾的夜里的拂拂的凉风。

爱夜的人和摩登女郎，于是同时领受了夜所给与的恩惠。

一夜已尽，人们又小心翼翼的起来，出来了；便是夫妇们，面目和五六点钟之前也何其两样。从此就是热闹，喧嚣。而高墙后面，大厦中间，深闺里，黑狱里，客室里，秘密机关里，却依然弥漫着惊人的真的大黑暗。

现在的光天化日，熙来攘往，就是这黑暗的装饰，是人肉酱缸上的金盖，是鬼脸上的雪花膏。只有夜还算是诚实的。我爱夜，在夜间作《夜颂》。

六月八日。

本篇最初发表于1933年6月10日《申报·自由谈》。

忆韦素园君

我也还有记忆的，但是，零落得很。我自己觉得我的记忆好像被刀刮过了的鱼鳞，有些还留在身体上，有些是掉在水里了，将水一搅，有几片还会翻腾，闪烁，然而中间混着血丝，连我自己也怕得因此污了赏鉴家的眼目。

现在有几个朋友要纪念韦素园君，我也须说几句话。是的，我是有这义务的。我只好连身外的水也搅一下，看看泛起怎样的东西来。

怕是十多年之前了罢，我在北京大学做讲师，有一天。在教师豫备室里遇见了一个头发和胡子统统长得要命的青年，这就是李霁野。我的认识素园，大约就是霁野绍介的罢，然而我忘记了那时的情景。现在留在记忆里的，是他已经坐在客店的一间小房子里计画出版了。

这一间小房子，就是未名社①。

那时我正在编印两种小丛书，一种是《乌合丛书》，专收创作，一种是《未名丛刊》，专收翻译，都由北新书局出版。出版者和读者的不喜欢翻译书，那时和现在也并不两样，所以《未名丛刊》是特别冷落的。恰巧，素园他们愿意绍介外国文学到中国来，便和李小峰②商量，要将《未名丛刊》移出，由几个同人自办。小峰一口答应了，于是这一种丛书便和北新书局脱离。稿子是我们自己的，另筹了一笔印费，就算开始。因这丛书的名目，连社名也就叫了“未名”——但并非“没有名目”的意思，是“还没有名目”的意思，恰如孩子的“还未成丁”似的。

未名社的同人，实在并没有什么雄心和大志，但是，愿意切切实实的，点

---

①未名社：文学团体，1925 年秋成立于北京，主要成员有鲁迅、韦素园、曹靖华、李霁野、台静农等。先后出版过《莽原》半月刊、《未名半月刊》和《未名丛刊》、《未名新集》等。1931 年秋后因经济困难，无形解体。

②李小峰（1897–1971）：江苏江阴人。北京大学毕业，曾参加新潮社和语丝社，后为北新书局主持人。

点滴滴的做下去的意志，却是大家一致的。而其中的骨干就是素园。

于是他坐在一间破小屋子，就是未名社里办事了，不过小半好像也因为他生着病，不能上学校去读书，因此便天然的轮着他守寨。

我最初的记忆是在这破寨里看见了素园，一个瘦小，精明，正经的青年，窗前的几排破旧外国书，在证明他穷着也还是钉住着文学。然而，我同时又有了一种坏印象，觉得和他是很难交往的，因为他笑影少。"笑影少"原是未名社同人的一种特色，不过素园显得最分明，一下子就能够令人感得。但到后来，我知道我的判断是错误了，和他也并不难于交往。他的不很笑，大约是因为年龄的不同，对我的一种特别态度罢，可惜我不能化为青年，使大家忘掉彼我，得到确证了。这真相，我想，霁野他们是知道的。

但待到我明白了我的误解之后，却同时又发见了一个他的致命伤：他太认真；虽然似乎沉静，然而他激烈。认真会是人的致命伤的么？至少，在那时以至现在，可以是的。一认真，便容易趋于激烈，发扬则送掉自己的命，沉静着，又啮碎了自己的心。

这里有一点小例子。——我们是只有小例子的。

那时候，因为段祺瑞[①]总理和他的帮闲们的迫压，我已经逃到厦门，但北京的狐虎之威还正是无穷无尽。段派的女子师范大学校长林素园[②]，带兵接收学校去了，演过全副武行之后，还指留着的几个教员为"共产党"。这个名词，一向就给有些人以"办事"上的便利，而且这方法，也是一种老谱，本来并不希罕的。但素园却好像激烈起来了，从此以后，他给我的信上，有好一晌竟憎恶"素园"两字而不用，改称为"漱园"。同时社内也发生了冲突，高长虹[③]从上海寄信来，说素园压下了向培良的稿子，叫我讲一句话。我一声也不响。于是在《狂飙》上骂起来了，先骂素园，后是我。素园在北京压下了培良的稿子，却由上海的高长虹来抱不平，要在厦门的我去下判断，我颇觉得是出色的滑稽，

①段祺瑞（1864—1936）：安徽合肥人，北洋皖系军阀。曾任北洋政府国务总理、北京临时执政府执政等。

②林素园：福建人，研究系的小官僚。1925 年 8 月，北洋政府教育部为镇压北京女子师范大学学潮，下令停办该校，改为北京女子学院师范部，林被任为师范部学长。同年 9 月 5 日，他率领军警赴女师大实行武装接收。

③高长虹：山西盂县人，狂飙社主要成员之一，是当时一个思想上带有虚无主义和无政府主义色彩的青年作者。

而且一个团体，虽是小小的文学团体罢，每当光景艰难时，内部是一定有人起来捣乱的，这也并不希罕。然而素园却很认真，他不但写信给我，叙述着详情，还作文登在杂志上剖白。在“天才”们的法庭上，别人剖白得清楚的么？——我不禁长长的叹了一口气，想到他只是一个文人，又生着病，却这么拚命的对付着内忧外患，又怎么能够持久呢。自然，这仅仅是小忧患，但在认真而激烈的个人，却也相当的大的。

不久，未名社就被封，几个人还被捕。也许素园已经咯血，进了病院了罢，他不在内。但后来，被捕的释放，未名社也启封了，忽封忽启，忽捕忽放，我至今还不明白这是怎么的一个玩意。

我到广州，是第二年——一九二七年的秋初，仍旧陆续的接到他几封信，是在西山病院里，伏在枕头上写就的，因为医生不允许他起坐。他措辞更明显，思想也更清楚，更广大了，但也更使我担心他的病。有一天，我忽然接到一本书，是布面装订的素园翻译的《外套》[①]。我一看明白，就打了一个寒噤：这明明是他送给我的一个纪念品，莫非他已经自觉了生命的期限了么？

我不忍再翻阅这一本书，然而我没有法。

我因此记起，素园的一个好朋友也咯过血，一天竟对着素园咯起来，他慌张失措，用了爱和忧急的声音命令道：“你不许再吐了！”我那时却记起了伊孛生的《勃兰特》[②]。他不是命令过去的人，从新起来，却并无这神力，只将自己埋在崩雪下面的么？……

我在空中看见了勃兰特和素园，但是我没有话。

一九二九年五月末，我最以为侥幸的是自己到西山病院去，和素园谈了天。他为了日光浴，皮肤被晒得很黑了，精神却并不萎顿。我们和几个朋友都很高兴。但我在高兴中，又时时夹着悲哀：忽而想到他的爱人，已由他同意之后，和别人订了婚；忽而想到他竟连绍介外国文学给中国的一点志愿，也怕难于达

---

①《外套》：俄国作家果戈理所作中篇小说，韦素园的译本出版于1926年9月，为《未名丛刊》之一。据《鲁迅日记》，他收到韦素园的赠书是在1929年8月3日。

②伊孛生（HIbsen，1928–1906）：通译易卜生，挪威剧作家。《勃兰特》是他作的诗剧，剧中人勃兰特企图用个人的力量鼓动人们起来反对世俗旧习。他带领一群信徒上山去寻找理想的境界，在途中，人们不堪登山之苦，对他的理想产生了怀疑，于是把他击倒，最后他在雪崩下丧生。

到；忽而想到他在这里静卧着，不知道他自以为是在等候全愈，还是等候灭亡；忽而想到他为什么要寄给我一本精装的《外套》？……

壁上还有一幅陀思妥也夫斯基[①]的大画像。对于这先生，我是尊敬，佩服的，但我又恨他残酷到了冷静的文章。他布置了精神上的苦刑，一个个拉了不幸的人来，拷问给我们看。现在他用沉郁的眼光，凝视着素园和他的卧榻，好像在告诉我：这也是可以收在作品里的不幸的人。

自然，这不过是小不幸，但在素园个人，是相当的大的。

一九三二年八月一日晨五时半，素园终于病殁在北平同仁医院里了，一切计画，一切希望，也同归于尽。我所抱憾的是因为避祸，烧去了他的信札，我只能将一本《外套》当作唯一的纪念，永远放在自己的身边。

自素园病殁之后，转眼已是两年了，这其间，对于他，文坛上并没有人开口。这也不能算是希罕的，他既非天才，也非豪杰，活的时候，既不过在默默中生存，死了之后，当然也只好在默默中泯没。但对于我们，却是值得记念的青年，因为他在默默中支持了未名社。

未名社现在是几乎消灭了，那存在期，也并非长久。然而自素园经营以来，绍介了果戈理（N.Gogol），陀思妥也夫斯基（F.Dostoevsky），安特列夫（L.Andreev），绍介了望•蔼覃（F.vanEeden），绍介了爱伦堡（I.Ehrenburg）的《烟袋》和拉夫列涅夫（B.Lavrenev）的《四十一》。还印行了《未名新集》，其中有丛芜的《君山》，静农的《地之子》和《建塔者》，我的《朝华夕拾》，在那时候，也都还算是相当可看的作品。事实不为轻薄阴险小儿留情，曾几何年，他们就都已烟消火灭，然而未名社的译作，在文苑里却至今没有枯死的。

是的，但素园却并非天才，也非豪杰，当然更不是高楼的尖顶，或名园的美花，然而他是楼下的一块石材，园中的一撮泥土，在中国第一要他多。他不入于观赏者的眼中，只有建筑者和栽植者，决不会将他置之度外。

文人的遭殃，不在生前的被攻击和被冷落，一瞑之后，言行两亡，于是无聊之徒，谬托知己，是非蜂起，既以自炫，又以卖钱，连死尸也成了他们的沽名获利之具，这倒是值得悲哀的。现在我以这几千字纪念我所熟识的素园，但愿还没有营私肥己的处所，此外也别无话说了。

---

①陀思妥也夫斯基（1821—1881）：俄国作家，著有《白痴》《被侮辱与被损害的》《罪与罚》等作品。

我不知道以后是否还有记念的时候，倘止于这一次，那么，素园，从此别了！

一九三四年七月十六之夜，鲁迅记。

本篇最初发表于1934年10月上海《文学》月刊第三卷第四期。

忆刘半农君

这是小峰出给我的一个题目。

这题目并不出得过分。半农[①]去世，我是应该哀悼的，因为他也是我的老朋友。但是，这是十来年前的话了，现在呢，可难说得很。

我已经忘记了怎么和他初次会面，以及他怎么能到了北京。他到北京，恐怕是在《新青年》[②]投稿之后，由蔡子民[③]先生或陈独秀[④]先生去请来的，到了之后，当然更是《新青年》里的一个战士。他活泼，勇敢，很打了几次大仗。

①半农：刘半农（1891–1934），名复，江苏江阴人。历任北京大学教授、北平大学女子文理学院院长等。他曾参加《新青年》的编辑工作，是新文学运动初期重要作家之一。后留学法国，研究语音学。著有《半农杂文》、诗集《扬鞭集》以及《中国文法通论》、《四声实验录》等。

②《新青年》：综合性月刊，五四时期倡导新文化运动、传播马克思主义的重要刊物。1915年9月创刊于上海，由陈独秀主编。第一卷名《青年杂志》，第二卷起改名《新青年》。1916年年底迁至北京。

③蔡子民（1868–1940）：蔡元培，字鹤卿，号子民，浙江绍兴人，近代教育家。反清革命组织光复会的创始人之一，后又参加同盟会，民国成立后曾任教育总长、北京大学校长等职；五四时期赞成和支持新文化运动。

④陈独秀（1880–1942）：字仲甫，安徽怀宁人。原为北京大学教授，《新青年》杂志的创办人，五四时期提倡新文化运动的主要人物。1921年中国共产党成立后，任党的总书记。第一次国内革命战争后期，推行右倾投降主义路线，使革命遭到失败。之后，他成了取消主义者，又和托洛茨基分子相勾结，成立反党小组织，于1929年11月被开除出党。

譬如罢，答王敬轩的双鐄信[①]，“她”字和“牠”字的创造[②]，就都是的。这两件，现在看起来，自然是琐屑得很，但那是十多年前，单是提倡新式标点，就会有一大群人“若丧考妣”，恨不得“食肉寝皮”的时候，所以的确是“大仗”。现在的二十左右的青年，大约很少有人知道三十年前，单是剪下辫子就会坐牢或杀头的了。然而这曾经是事实。

但半农的活泼，有时颇近于草率，勇敢也有失之无谋的地方。但是，要商量袭击敌人的时候，他还是好伙伴，进行之际，心口并不相应，或者暗暗的给你一刀，他是决不会的。倘若失了算，那是因为没有算好的缘故。

《新青年》每出一期，就开一次编辑会，商定下一期的稿件。其时最惹我注意的是陈独秀和胡适之。假如将韬略比作一间仓库罢，独秀先生的是外面竖一面大旗，大书道：“内皆武器，来者小心！”但那门却开着的，里面有几枝枪，几把刀，一目了然，用不着提防。适之先生的是紧紧的关着门，门上粘一条小纸条道：“内无武器，请勿疑虑。”这自然可以是真的，但有些人——至少是我这样的人——有时总不免要侧着头想一想。半农却是令人不觉其有“武库”的一个人，所以我佩服陈胡，却亲近半农。

所谓亲近，不过是多谈闲天，一多谈，就露出了缺点。几乎有一年多，他没有消失掉从上海带来的才子必有“红袖添香夜读书”的艳福的思想，好容易才给我们骂掉了。但他好像到处都这么的乱说，使有些“学者”皱眉。有时候，连到《新青年》投稿都被排斥。他很勇于写稿，但试去看旧报去，很有几期是没有他的。那些人们批评他的为人，是：浅。

不错，半农确是浅。但他的浅，却如一条清溪，澄澈见底，纵有多少沉渣和腐草，也不掩其大体的清。倘使装的是烂泥，一时就看不出它的深浅来了；如果是烂泥的深渊呢，那就更不如浅一点的好。

---

①答王敬轩的双鐄信：1918年年初，《新青年》为了推动文学革命运动，开展对复古派的斗争，曾由编者之一钱玄同化名王敬轩，把当时社会上反对新文化运动的论调集中起来，摹仿封建复古派口吻写信给《新青年》编辑部，又由刘半农写回信痛加批驳。两信同时发表在当年3月《新青年》第四卷第三号。

②“她”字和“牠”字的创造：刘半农在1920年6月6日所作《她字问题》一文中主张创造“她”、“牠”二字，他说：“一、中国文字中，要不要有一个第三位阴性代词？二、如其要的，我们能不能就用‘她’字？……我现在还觉得第三位代词，除‘她’字外，应当再取一个‘牠’字，以代无生物。”

但这些背后的批评，大约是很伤了半农的心的，他的到法国留学，我疑心大半就为此。我最懒于通信，从此我们就疏远起来了。他回来时，我才知道他在外国钞古书，后来也要标点《何典》，我那时还以老朋友自居，在序文上说了几句老实话，事后，才知道半农颇不高兴了，“驷不及舌”，也没有法子。另外 还有一回关于《语丝》的彼此心照的不快活[①]。五六年前，曾在上海的宴会上见过一回面，那时候，我们几乎已经无话可谈了。

近几年，半农渐渐的据了要津，我也渐渐的更将他忘却；但从报章上看见他禁称“蜜斯”[②]之类，却很起了反感：我以为这些事情是不必半农来做的。从去年来，又看见他不断的做打油诗，弄烂古文，回想先前的交情，也往往不免长叹。我想，假如见面，而我还以老朋友自居，不给一个“今天天气……哈哈哈”完事，那就也许会弄到冲突的罢。

不过，半农的忠厚，是还使我感动的。我前年曾到北平，后来有人通知我，半农是要来看我的，有谁恐吓了他一下，不敢来了。这使我很惭愧，因为我到北平后，实在未曾有过访问半农的心思。

现在他死去了，我对于他的感情，和他生时也并无变化。我爱十年前的半农，而憎恶他的近几年。这憎恶是朋友的憎恶，因为我希望他常是十年前的半农，他的为战士，即使“浅”罢，却于中国更为有益。我愿以愤火照出他的战绩，免使一群陷沙鬼将他先前的光荣和死尸一同拖入烂泥的深渊。

八月一日。

本篇最初发表于1934年10月上海《青年界》月刊第六卷第三期。

---

①《语丝》第四卷第九期（1928年2月27日）曾发表刘半农的《林则徐照会英吉利国王公文》，其中说林则徐被英人俘虏，并且“明正了典刑，在印度舁尸游街”。不久有读者洛卿来信指出这是史实性的错误，《语丝》第四卷第十四期（同年4月2日）发表了这封信，从此刘半农就不再给《语丝》写稿。

②禁称“蜜斯”：密斯，英语Miss的音译，小姐的意思。在1931年4月1日北平《世界日报》所载刘半农答记者的谈话中，刘半农说他不赞成学生间以密斯互称，在1930年他任北平大学女子文理学院院长时即曾加以禁止；他主张废弃“带有奴性的”密斯称呼，而代以国语中原有的姑娘、小姐、女士等。

从孩子的照相说起

因为长久没有小孩子，曾有人说，这是我做人不好的报应，要绝种的。房东太太讨厌我的时候，就不准她的孩子们到我这里玩，叫作“给他冷清冷清，冷清得他要死！”但是，现在却有了一个孩子，虽然能不能养大也很难说，然而目下总算已经颇能说些话，发表他自己的意见了。不过不会说还好，一会说，就使我觉得他仿佛也是我的敌人。

他有时对于我很不满，有一回，当面对我说：“我做起爸爸来，还要好……”甚而至于颇近于“反动”，曾经给我一个严厉的批评道：“这种爸爸，什么爸爸！？”

我不相信他的话。做儿子时，以将来的好父亲自命，待到自己有了儿子的时候，先前的宣言早已忘得一干二净了。况且我自以为也不算怎么坏的父亲，虽然有时也要骂，甚至于打，其实是爱他的。所以他健康，活泼，顽皮，毫没有被压迫得瘟头瘟脑。如果真的是一个“什么爸爸”，他还敢当面发这样反动的宣言么？

但那健康和活泼，有时却也使他吃亏，九一八事件后，就被同胞误认为日本孩子，骂了好几回，还挨过一次打——自然是并不重的。这里还要加一句说的听的，都不十分舒服的话：近一年多以来，这样的事情可是一次也没有了。

中国和日本的小孩子，穿的如果都是洋服，普通实在是很难分辨的。但我们这里的有些人，却有一种错误的速断法：温文尔雅，不大言笑，不大动弹的，是中国孩子；健壮活泼，不怕生人，大叫大跳的，是日本孩子。

然而奇怪，我曾在日本的照相馆里给他照过一张相，满脸顽皮，也真像日本孩子；后来又在中国的照相馆里照了一张相，相类的衣服，然而面貌很拘谨，驯良，是一个道地的中国孩子了。

为了这事，我曾经想了一想。

这不同的大原因，是在照相师的。他所指示的站或坐的姿势，两国的照相师先就不相同，站定之后，他就瞪了眼睛，觑机摄取他以为最好的一刹那的相貌。孩子被摆在照相机的镜头之下，表情是总在变化的，时而活泼，时而顽皮，时而驯良，时而拘谨，时而烦厌，时而疑惧，时而无畏，时而疲劳……照住了驯良和拘谨的一刹那的，是中国孩子相；照住了活泼或顽皮的一刹那的，就好像日本孩子相。

驯良之类并不是恶德。但发展开去，对一切事无不驯良，却决不是美德，也许简直倒是没出息。“爸爸”和前辈的话，固然也要听的，但也须说得有道理。假使有一个孩子，自以为事事都不如人，鞠躬倒退；或者满脸笑容，实际上却总是阴谋暗箭，我实在宁可听到当面骂我“什么东西”的爽快，而且希望他自己是一个东西。

但中国一般的趋势，却只在向驯良之类——“静”的一方面发展，低眉顺眼，唯唯诺诺，才算一个好孩子，名之曰“有趣”。活泼，健康，顽强，挺胸仰面……凡是属于“动”的，那就未免有人摇头了，甚至于称之为“洋气”。又因为多年受着侵略，就和这“洋气”为仇；更进一步，则故意和这“洋气”反一调：他们活动，我偏静坐；他们讲科学，我偏扶乩；他们穿短衣，我偏着长衫；他们重卫生，我偏吃苍蝇；他们壮健，我偏生病……这才是保存中国固有文化，这才是爱国，这才不是奴隶性。

其实，由我看来，所谓“洋气”之中，有不少是优点，也是中国人性质中所本有的，但因了历朝的压抑，已经萎缩了下去，现在就连自己也莫名其妙，统统送给洋人了。这是必须拿它回来——恢复过来的——自然还得加一番慎重的选择。

即使并非中国所固有的罢，只要是优点，我们也应该学习。即使那老师是我们的仇敌罢，我们也应该向他学习。我在这里要提出现在大家所不高兴说的日本来，他的会模仿，少创造，是为中国的许多论者所鄙薄的，但是，只要看看他们的出版物和工业品，早非中国所及，就知道“会模仿”决不是劣点，我们正应该学习这“会模仿”的。“会模仿”又加以有创造，不是更好么？否则，只不过是一个“恨恨而死”[①]而已。

---

① “恨恨而死”：指空自愤恨不平而不去进行实际的改革工作。

我在这里还要附一句像是多余的声明：我相信自己的主张，决不是“受了帝国主义者的指使”①，要诱中国人做奴才；而满口爱国，满身国粹，也于实际上的做奴才并无妨碍。

八月七日。

本篇最初发表于1934年8月20日《新语林》半月刊第四期，署名孺牛。

---

①“受了帝国主义者的指使”：1934年7月25日作者在《申报·自由谈》发表了《玩笑只当它玩笑（上）》一文，批判当时某些借口反对欧化句法而攻击白话文的人；8月7日，文公直在同刊发表致作者的公开信，说他主张采用欧化句法是“受了帝国主义者的指使”。

萧红作《生死场》序

记得已是四年前的事了，时维二月，我和妇孺正陷在上海闸北的火线中，眼见中国人的因为逃走或死亡而绝迹。后来仗着几个朋友的帮助，这才得进平和的英租界，难民虽然满路，居人却很安闲。和闸北相距不过四五里罢，就是一个这么不同的世界，——我们又怎么会想到哈尔滨。

这本稿子的到了我的桌上，已是今年的春天，我早重回闸北，周围又复熙熙攘攘的时候了。但却看见了五年以前，以及更早的哈尔滨。这自然还不过是略图，叙事和写景，胜于人物的描写，然而北方人民的对于生的坚强，对于死的挣扎，却往往已经力透纸背；女性作者的细致的观察和越轨的笔致，又增加了不少明丽和新鲜。精神是健全的，就是深恶文艺和功利有关的人，如果看起来，他不幸得很，他也难免不能毫无所得。

听说文学社曾经愿意给她付印，稿子呈到中央宣传部书报检查委员会那里去，搁了半年，结果是不许可。人常常会事后才聪明，回想起来，这正是当然的事：对于生的坚强和死的挣扎，恐怕也确是大背“训政”[①]之道的。今年五月，

---

①“训政”：孙中山提出的建国程序分为军政、训政、宪政三个时期，在“训政时期”由政府对民众进行行使民权的训练。国民党政府曾于1931年6月公布所谓《训政时期约法》，借“训政”为名，剥夺人民一切民主权利，长期实行独裁统治。

只为了《略谈皇帝》[1]这一篇文章，这一个气焰万丈的委员会就忽然烟消火灭，便是“以身作则”的实地大教训。奴隶社[2]以汗血换来的几文钱，想为这本书出版，却又在我们的上司“以身作则”的半年之后了，还要我写几句序。然而这几天，却又谣言蜂起，闸北的熙熙攘攘的居民，又在抱头鼠窜了，路上是骆驿不绝的行李车和人，路旁是黄白两色的外人，含笑在赏鉴这礼让之邦的盛况。自以为居于安全地带的报馆的报纸，则称这些逃命者为“庸人”或“愚民”。我却以为他们也许是聪明的，至少，是已经凭着经验，知道了煌煌的官样文章之不可信。他们还有些记性。

现在是一九三五年十一月十四的夜里，我在灯下再看完了《生死场》。周围像死一般寂静，听惯的邻人的谈话声没有了，食物的叫卖声也没有了，不过偶有远远的几声犬吠。想起来，英法租界当不是这情形，哈尔滨也不是这情形；我和那里的居人，彼此都怀着不同的心情，住在不同的世界。然而我的心现在却好像古井中水，不生微波，麻木的写了以上那些字。这正是奴隶的心！——但是，如果还是搅乱了读者的心呢？那么，我们还决不是奴才。

不过与其听我还在安坐中的牢骚话，不如快看下面的《生死场》，她才会给你们以坚强和挣扎的力气。

鲁迅。

本篇最初印入萧红的中篇小说《生死场》。

---

①《略谈皇帝》：应作《闲话皇帝》。1935 年 5 月，上海《新生》周刊第二卷第十五期发表易水（艾寒松）的《闲话皇帝》一文，泛论古今中外的君主制度，涉及日本天皇，当时日本驻上海总领事即以“侮辱天皇，妨害邦交”为名提出抗议。国民党政府屈从压力，并趁机压制进步舆论，将《新生》周刊查封，由法院判处该刊主编杜重远一年二个月徒刑。国民党中央宣传委员会图书杂志审查委员会也因“失责”而撤销。

②奴隶社：1935 年鲁迅为编印几个青年作者的作品而拟定的一个社团名称。以奴隶社名义出版的《奴隶丛书》，除《生死场》外，还有叶紫的《丰收》和田军的《八月的乡村》。

我的第一个师父

不记得是哪一部旧书上看来的了，大意说是有一位道学先生，自然是名人，一生拚命避佛，却名自己的小儿子为“和尚”。有一天，有人拿这件事来质问他。他回答道：“这正是表示轻贱呀！”那人无话可说而退云。[①]

其实，这位道学先生是诡辩。名孩子为“和尚”，其中是含有迷信的。中国有许多妖魔鬼怪，专喜欢杀害有出息的人，尤其是孩子；要下贱，他们才放手，安心。和尚这一种人，从和尚的立场看来，会成佛——但也不一定，——固然高超得很，而从读书人的立场一看，他们无家无室，不会做官，却是下贱之流。读书人意中的鬼怪，那意见当然和读书人相同，所以也就不来搅扰了。这和名孩子为阿猫阿狗，完全是一样的意思：容易养大。

还有一个避鬼的法子，是拜和尚为师，也就是舍给寺院了的意思，然而并不放在寺院里。我生在周氏是长男，“物以希为贵”，父亲怕我有出息，因此养不大，不到一岁，便领到长庆寺里去，拜了一个和尚为师了。拜师是否要贽见礼，或者布施什么的呢，我完全不知道。只知道我却由此得到一个法名叫作“长庚”，后来我也偶尔用作笔名，并且在《在酒楼上》这篇小说里，赠给了恐吓自己的侄女的无赖；还有一件百家衣，就是“衲衣”，论理，是应该用各种破布拼成的，但我的却是橄榄形的各色小绸片所缝就，非喜庆大事不给穿；还有一条称为“牛绳”的东西，上挂零星小件，如历本，镜子，银筛之类，据说是可以避邪的。

这种布置，好像也真有些力量：我至今没有死。

不过，现在法名还在，那两件法宝却早已失去了。前几年回北平去，母亲还给了我婴儿时代的银筛，是那时的惟一的记念。仔细一看，原来那筛子圆径不过寸余，中央一个太极图，上面一本书，下面一卷画，左右缀着极小的尺，

①宋代笔记小说《道山清话》（著者不详）中记有如下的故事：“一长老在欧阳公（修）座上，见公家小儿有名僧哥者，戏谓公曰：‘公不重佛，安得此名？’公笑曰：‘人家小儿要易长育，往往以贱名为小名，如狗、羊、犬、马之类是也。’闻者莫不服公之捷对。”又据宋代王朝之著《渑水燕谈录》：“公（欧阳修）幼子小名和尚。”

剪刀，算盘，天平之类。我于是恍然大悟，中国的邪鬼，是怕斩钉截铁，不能含胡的东西的。因为探究和好奇，去年曾经去问上海的银楼，终于买了两面来，和我的几乎一式一样，不过缀着的小东西有些增减。奇怪得很，半世纪有余了，邪鬼还是这样的性情，避邪还是这样的法宝。然而我又想，这法宝成人却用不得，反而非常危险的。

但因此又使我记起了半世纪以前的最初的先生。我至今不知道他的法名，无论谁，都称他为“龙师父”，瘦长的身子，瘦长的脸，高颧细眼，和尚是不应该留须的，他却有两绺下垂的小胡子。对人很和气，对我也很和气，不教我念一句经，也不教我一点佛门规矩；他自己呢，穿起袈裟来做大和尚，或者戴上毗卢帽放焰口〔饿鬼名〕[①]，“无祀孤魂，来受甘露味”的时候，是庄严透顶的，平常可也不念经，因为是住持，只管着寺里的琐屑事，其实——自然是由我看起来——他不过是一个剃光了头发的俗人。

因此我又有一位师母，就是他的老婆。论理，和尚是不应该有老婆的，然而他有。我家的正屋的中央，供着一块牌位，用金字写着必须绝对尊敬和服从的五位：“天地君亲师”。我是徒弟，他是师，决不能抗议，而在那时，也决不想到抗议，不过觉得似乎有点古怪。但我是很爱我的师母的，在我的记忆上，见面的时候，她已经大约有四十岁了，是一位胖胖的师母，穿着玄色纱衫裤，在自己家里的院子里纳凉，她的孩子们就来和我玩耍。有时还有水果和点心吃，——自然，这也是我所以爱她的一个大原因；用高洁的陈源教授的话来说，便是所谓“有奶便是娘”，在人格上是很不足道的。

不过我的师母在恋爱故事上，却有些不平常。“恋爱”，这是现在的术语，那时我们这偏僻之区只叫作“相好”。《诗经》云：“式相好矣，毋相尤矣”[②]，起源是算得很古，离文武周公的时候不怎么久就有了的，然而后来好像并不算十分冠冕堂皇的好话。这且不管它罢。总之，听说龙师父年青时，是一个很漂亮而能干的和尚，交际很广，认识各种人。有一天，乡下做社戏了，他和戏子

---

①毗卢帽：和尚所戴的一种绣有毗卢佛像的帽子。放焰口，旧俗于夏历七月十五日（中元节）晚上请和尚结盂兰盆会，诵经施食，称为“放焰口”。盂兰盆，梵语音译，“救倒悬”的意思；焰口，饿鬼名。

②“式相好矣，毋相尤矣”：语见《诗经·小雅·斯干》，意思是互相爱好而不相恶。式，发语辞。

相识，便上台替他们去敲锣，精光的头皮，簇新的海青[①]，真是风头十足。乡下人大抵有些顽固，以为和尚是只应该念经拜忏的，台下有人骂了起来。师父不甘示弱，也给他们一个回骂。于是战争开幕，甘蔗梢头雨点似的飞上来，有些勇士，还有进攻之势，“彼众我寡”，他只好退走，一面退，一面一定追，逼得他又只好慌张的躲进一家人家去。而这人家，又只有一位年青的寡妇。以后的故事，我也不甚了然了，总而言之，她后来就是我的师母。

自从《宇宙风》出世以来，一向没有拜读的机缘，近几天才看见了“春季特大号”。其中有一篇铁堂先生的《不以成败论英雄》，使我觉得很有趣，他以为中国人的“不以成败论英雄”，“理想是不能不算崇高”的，“然而在人群的组织上实在要不得。抑强扶弱，便是永远不愿意有强。崇拜失败英雄，便是不承认成功的英雄”。近人有一句流行话，说中国民族富于同化力，所以辽金元清都并不曾征服中国。其实无非是一种惰性，对于新制度不容易接收罢了。我们怎样来改悔这“惰性”呢，现在姑且不谈，而且正在替我们想法的人们也多得很。我只要说那位寡妇之所以变了我的师母，其弊病也就在“不以成败论英雄”。乡下没有活的岳飞或文天祥，所以一个漂亮的和尚在如雨而下的甘蔗梢头中，从戏台逃下，也就是一个货真价实的失败的英雄。她不免发现了祖传的“惰性”，崇拜起来，对于追兵，也像我们的祖先的对于辽金元清的大军似的，“不承认成功的英雄”了。在历史上，这结果是正如铁堂先生所说：“乃是中国的社会不树威是难得帖服的”，所以活该有“扬州十日”和“嘉定三屠”[②]。但那时的乡下人，却好像并没有“树威”，走散了，自然，也许是他们料不到躲在家里。

因此我有了三个师兄，两个师弟。大师兄是穷人的孩子，舍在寺里，或是卖在寺里的；其余的四个，都是师父的儿子，大和尚的儿子做小和尚，我那时倒并不觉得怎么稀奇。大师兄只有单身；二师兄也有家小，但他对我守着秘密，这一点，就可见他的道行远不及我的师父，他的父亲了。而且年龄都和我相差太远，我们几乎没有交往。

三师兄比我恐怕要大十岁，然而我们后来的感情是很好的，我常常替他担

---

①海青：江浙一带方言，指一种广袖的长袍。

②“扬州十日”：指清顺治二年（1645）清军攻破扬州后进行的十天大屠杀。“嘉定三屠”，指同年清军占领嘉定后进行的三次大屠杀。清代王秀楚著《扬州十日记》、朱子素著《嘉定屠城记略》二书，分别对这两次惨杀作了较详的记载。

心。还记得有一回，他要受大戒了，他不大看经，想来未必深通什么大乘[①]教理，在剃得精光的囟门上，放上两排艾绒，同时烧起来，我看是总不免要叫痛的，这时善男信女，多数参加，实在不大雅观，也失了我做师弟的体面。这怎么好呢？每一想到，十分心焦，仿佛受戒的是我自己一样。然而我的师父究竟道力高深，他不说戒律，不谈教理，只在当天大清早，叫了我的三师兄去，厉声吩咐道："拚命熬住，不许哭，不许叫，要不然，脑袋就炸开，死了！"这一种大喝，实在比什么《妙法莲花经》或《大乘起信论》[②]还有力，谁高兴死呢，于是仪式很庄严的进行，虽然两眼比平时水汪汪，但到两排艾绒在头顶上烧完，的确一声也不出。我嘘一口气，真所谓"如释重负"，善男信女们也个个"合十赞叹，欢喜布施，顶礼而散"[③]了。

出家人受了大戒，从沙弥升为和尚，正和我们在家人行过冠礼[④]，由童子而为成人相同。成人愿意"有室"，和尚自然也不能不想到女人。以为和尚只记得释迦牟尼或弥勒菩萨，乃是未曾拜和尚为师，或与和尚为友的世俗的谬见。寺里也有确在修行，没有女人，也不吃荤的和尚，例如我的大师兄即是其一，然而他们孤僻，冷酷，看不起人，好像总是郁郁不乐，他们的一把扇或一本书，你一动他就不高兴，令人不敢亲近他。所以我所熟识的，都是有女人，或声明想女人，吃荤，或声明想吃荤的和尚。

我那时并不诧异三师兄在想女人，而且知道他所理想的是怎样的女人。人也许以为他想的是尼姑罢，并不是的，和尚和尼姑"相好"，加倍的不便当。他想的乃是千金小姐或少奶奶；而作这"相思"或"单相思"——即今之所谓"单恋"也——的媒介的是"结"。我们那里的阔人家，一有丧事，每七日总要做一些法事，有一个七日，是要举行"解结"的仪式的，因为死人在未死之前，总

---

①大乘：公元一、二世纪间形成的佛教宗派，相对于主张"自我解脱"的小乘教派而言。它主张"救度一切众生"，强调尽人皆可成佛。一切修行应以利他为主。

②《妙法莲花经》：简称《法华经》，印度佛教经典之一。通行的中译本为后秦鸠摩罗什所译。《大乘起信论》，解释大乘教理的佛教著作，相传为古印度马鸣作，有南朝梁真谛和唐代实叉难陀的两种译本。

③"合十赞叹"等语，是佛经中常见的话。合十，即合掌，用以表示敬意；顶礼，以头、手、足五体匍匐在地的叩拜，是一种最尊敬的礼节。

④冠礼：我国古代礼俗，男子二十岁时举行冠礼，表示已经成人。

不免开罪于人，存着冤结，所以死后要替他解散。方法是在这天拜完经忏的傍晚，灵前陈列着几盘东西，是食物和花，而其中有一盘，是用麻线或白头绳，穿上十来文钱，两头相合而打成蝴蝶式，八结式之类的复杂的，颇不容易解开的结子。

一群和尚便环坐桌旁，且唱且解，解开之后，钱归和尚，而死人的一切冤结也从此完全消失了。这道理似乎有些古怪，但谁都这样办，并不为奇，大约也是一种“惰性”。不过解结是并不如世俗人的所推测，个个解开的，倘有和尚以为打得精致，因而生爱，或者故意打得结实，很难解散，因而生恨的，便能暗暗的整个落到僧袍的大袖里去，一任死者留下冤结，到地狱里去吃苦。这种宝结带回寺里，便保存起来，也时时鉴赏，恰如我们的或亦不免偏爱看看女作家的作品一样。当鉴赏的时候，当然也不免想到作家，打结子的是谁呢，男人不会，奴婢不会，有这种本领的，不消说是小姐或少奶奶了。和尚没有文学界人物的清高，所以他就不免睹物思人，所谓“时涉遐想”起来，至于心理状态，则我虽曾拜和尚为师，但究竟是在家人，不大明白底细。只记得三师兄曾经不得已而分给我几个，有些实在打得精奇，有些则打好之后，浸过水，还用剪刀柄之类砸实，使和尚无法解散。解结，是替死人设法的，现在却和和尚为难，我真不知道小姐或少奶奶是什么意思。这疑问直到二十年后，学了一点医学，才明白原来是给和尚吃苦，颇有一点虐待异性的病态的。深闺的怨恨，会无线电似的报在佛寺的和尚身上，我看道学先生可还没有料到这一层。

后来，三师兄也有了老婆，出身是小姐，是尼姑，还是“小家碧玉”呢，我不明白，他也严守秘密，道行远不及他的父亲了。这时我也长大起来，不知道从那里，听到了和尚应守清规之类的古老话，还用这话来嘲笑他，本意是在要他受窘。不料他竟一点不窘，立刻用“金刚怒目”式，向我大喝一声道：

“和尚没有老婆，小菩萨那里来！？”

这真是所谓“狮吼”，使我明白了真理，哑口无言，我的确早看见寺里有丈余的大佛，有数尺或数寸的小菩萨，却从未想到他们为什么有大小。经此一喝，我才彻底的省悟了和尚有老婆的必要，以及一切小菩萨的来源，不再发生疑问。但要找寻三师兄，从此却艰难了一点，因为这位出家人，这时就有了三个家了：一是寺院，二是他的父母的家，三是他自己和女人的家。

我的师父，在约略四十年前已经去世；师兄弟们大半做了一寺的住持；我们的交情是依然存在的，却久已彼此不通消息。但我想，他们一定早已各有一大批小菩萨，而且有些小菩萨又有小菩萨了。

四月一日。

本篇最初发表于1936年4月《作家》月刊第一卷第一期。

因太炎先生而想起的二三事

写完题目，就有些踌躇，怕空话多于本文，就是俗语之所谓“雷声大，雨点小”。做了《关于太炎先生二三事》以后，好像还可以写一点闲文，但已经没有力气，只得停止了。第二天一觉醒来，日报已到，拉过来一看，不觉自己摩一下头顶，惊叹道：“二十五周年的双十节！原来中华民国，已过了一世纪的四分之一了，岂不快哉！”但这“快”是迅速的意思。后来乱翻增刊，偶看见新作家的憎恶老人的文章，便如兜顶浇半瓢冷水。自己心里想：老人这东西，恐怕也真为青年所不耐的。例如我罢，性情即日见乖张，二十五年而已，却偏喜欢说一世纪的四分之一，以形容其多，真不知忙着什么；而且这摩一下头顶的手势，也实在可以说是太落伍了。

这手势，每当惊喜或感动的时候，我也已经用了一世纪的四分之一，犹言“辫子究竟剪去了”，原是胜利的表示。这种心情，和现在的青年也是不能相通的。假使都会上有一个拖着辫子的人，三十左右的壮年和二十上下的青年，看见了恐怕只以为珍奇，或者竟觉得有趣，但我却仍然要憎恨，愤怒，因为自己是曾经因此吃苦的人，以剪辫为一大公案的缘故。我的爱护中华民国，焦唇敝舌，恐其衰微，大半正为了使我们得有剪辫的自由，假使当初为了保存古迹，留辫不剪，我大约是决不会这样爱它的。张勋来也好，段祺瑞来也好，我真自愧远不及有些士君子的大度。

当我还是孩子时，那时的老人指教我说：剃头担上的旗竿，三百年前是挂头的。满人入关，下令拖辫，剃头人沿路拉人剃发，谁敢抗拒，便砍下头来挂在旗竿上，再去拉别的人。那时的剃发，先用水擦，再用刀刮，确是气闷的，但挂头故事却并不引起我的惊惧，因为即使我不高兴剃发，剃头人不但不来砍下我的脑袋，还从旗竿斗里摸出糖来，说剃完就可以吃，已经换了怀柔方略了。见惯者不怪，对辫子也不觉其丑，何况花样繁多，以姿态论，则辫子有松打，有紧打，辫线有三股，有散线，周围有看发（即今之“刘海”），看发有长短，长看发又可打成两条细辫子，环于顶搭之周围，顾影自怜，为美男子；以作用论，则打架时可拔，犯奸时可剪，做戏的可挂于铁竿，为父的可鞭其子女，变把戏的将头摇动，能飞舞如龙蛇，昨在路上，看见巡捕拿人，一手一个，以一捕二，倘在辛亥革命前，则一把辫子，至少十多个，为治民计，也极方便的。不幸的是所谓“海禁大开”，士人渐读洋书，因知比较，纵使不被洋人称为“猪尾”，而既不全剃，又不全留，剃掉一圈，留下一撮，打成尖辫，如慈菇芽，也未免自己觉得毫无道理，大可不必了。

我想，这是纵使生于民国的青年，一定也都知道的。清光绪中，曾有康有为者变过法，不成，作为反动，是义和团起事，而八国联军遂入京[①]，这年代很容易记，是恰在一千九百年，十九世纪的结末。于是满清官民，又要维新了，维新有老谱，照例是派官出洋去考察，和派学生出洋去留学。我便是那时被两江总督派赴日本的人们之中的一个，自然，排满的学说和辫子的罪状和文字狱的大略，是早经知道了一些的，而最初在实际上感到不便的，却是那辫子。

凡留学生一到日本，急于寻求的大抵是新知识。除学习日文，准备进专门的学校之外，就赴会馆，跑书店，往集会，听讲演。我第一次所经历的是在一个忘了名目的会场上，看见一位头包白纱布，用无锡腔讲演排满的英勇的青年，不觉肃然起敬。但听下去，到得他说“我在这里骂老太婆，老太婆一定也在那里骂吴稚晖”，听讲者一阵大笑的时候，就感到没趣，觉得留学生好像也不外乎嬉皮笑脸。“老太婆”者，指清朝的西太后[②]。吴稚晖在东京开会骂西太后，是眼前的事实无疑，但要说这时西太后也正在北京开会骂吴稚晖，我可不相信。讲演固然不妨夹着笑骂，但无聊的打诨，是非徒无益，而且有害的。不过吴先

---

①义和团：清末我国北方农民、手工业者等武装反对帝国主义的群众组织。但他们采取落后迷信的组织方式和斗争方法，提出“扶清灭洋”口号，盲目排外。1900 年，在帝国主义的八国联军和清政府的联合镇压下失败。

八国联军：1900 年英、美、德、法、俄、日、意、奥八个帝国主义国家为镇压义和团运动，联合出兵进攻中国，于 8 月 14 日占领北京。次年清政府和八个帝国主义国家签订了丧权辱国的《辛丑条约》。

②西太后：即慈禧太后（1835–1908），满族，名叶赫那拉氏，清朝咸丰帝的妃子，同治即位，被尊为慈禧太后，成为同治、光绪两朝的实际统治者。

生这时却正在和公使蔡钧大战[1]，名驰学界，白纱布下面，就藏着名誉的伤痕。不久，就被递解回国，路经皇城外的河边时，他跳了下去，但立刻又被捞起，押送回去了。这就是后来太炎先生和他笔战时，文中之所谓“不投大壑而投阳沟，面目上露”[2]。其实是日本的御沟并不狭小，但当警官护送之际，却即使并未“面目上露”，也一定要被捞起的。这笔战愈来愈凶，终至夹着毒詈，今年吴先生讥刺太炎先生受国民政府优遇时，还提起这件事，这是三十余年前的旧账，至今不忘，可见怨毒之深了。但先生手定的《章氏丛书》内，却都不收录这些攻战的文章。先生力排清虏，而服膺于几个清儒，殆将希纵古贤，故不欲以此等文字自秽其著述——但由我看来，其实是吃亏，上当的，此种醇风，正使物能遁形，贻患千古。

剪掉辫子，也是当时一大事。太炎先生去发时，作《解辫发》[3]，有云——

“……共和二千七百四十一年，秋七月，余年三十三矣。是时满洲政府不道，戕虐朝士，横挑强邻，戮使略贾，四维交攻。愤东胡之无状，汉族之不得职，陨涕涔涔曰，余年已立，而犹被戎狄之服，不违咫尺，弗能剪除，余之罪也。将荐绅束发，以复近古，日既不给，衣又不可得。于是曰，昔祁班孙，释隐玄，皆以明氏遗老，断发以殁。《春秋谷梁传》曰：‘吴祝发’《汉书》《严助传》曰：‘越劗发’，（晋灼曰：‘劗，张揖以为古剪字也’）余故吴越间民，去之亦犹行古之

①吴稚晖和公使蔡钧大战：1902年（清光绪二十八年）8月间，我国自费留日学生九人，志愿入成城学校（相当于士官预备学校）肄业，由于清政府对陆军学生颇多顾忌，公使蔡钧坚决拒绝保送。于是有留日学生二十余人（吴稚晖在内）往公使馆代为交涉，蔡钧始终不允，发生冲突。后来蔡钧勾结日政府以妨害治安罪拘捕学生，遣送回国。

②章太炎在《民报》第十九号（1908年2月）发表的《复吴敬恒书》中说：“为蔡钧所引渡，欲诈为自杀以就名，不投大壑而投阳沟，面目上露，犹欲以杀身成仁欺观听者，非足下之成事乎？”又在《民报》第二十二号（1908年7月）发表的《再复吴敬恒书》中说：“足下本一洋奴资格，迮而执贽康门，特以势利相缘，……今日言革命，明日言无政府，外襞大阁，忘其雅素……善箝而口，勿令舐痈；善补而裤，勿令后穿，斯已矣。此亦足下所当自省者也。”（按吴稚晖投河被救后，在他衣袋里发见的绝命书中有云：“孔曰成仁，孟曰取义；亡国之惨，将有如是！诸公努力，仆终不死！”）。

③《解辫发》：作于1900年（清光绪二十六年）。文中所说“共和二千七百四十一年”，指1900年。公元前841年周厉王被逐，由共伯和代行王政，号共和元年，这是我国历史上有正确纪年的开始。章太炎采用共和纪元，含有不承认清朝统治的意思。

道也。……”

文见于木刻初版和排印再版的《訄书》中，后经更定，改名《检论》时，也被删掉了。我的剪辫，却并非因为我是越人，越在古昔，“断发文身”[①]，今特效之，以见先民仪矩，也毫不含有革命性，归根结蒂，只为了不便：一不便于脱帽，二不便于体操，三盘在囟门上，令人很气闷。在事实上，无辫之徒，回国以后，默然留长，化为不二之臣者也多得很。而黄克强[②]在东京作师范学生时，就始终没有断发，也未尝大叫革命，所略显其楚人的反抗的蛮性者，惟因日本学监，诫学生不可赤膊，他却偏光着上身，手挟洋磁脸盆，从浴室经过大院子，摇摇摆摆的走入自修室去而已。

本篇最初印入1937年3月25日出版的《工作与学习丛刊》之二《原野》一书。系作者逝世前二日所作（未完稿），是他最后的一篇文章。

---

①“断发文身”：语出《史记·越王勾践世家》：“越王勾践，……封于会稽，以奉守禹之祀，文（纹）身断发，披草莱而邑焉。”又《汉书·地理志》：“粤（越）地……文身断发，以避蛟龙之害。”据唐代颜师古注引后汉应劭说：“常在水中，故断其发，文其身，以象龙子；故不见伤害也。”

②黄克强（1874–1916）：名兴，字克强，湖南善化（今长沙）人，近代民主革命家。他曾留学日本，与孙中山同倡革命，民国成立后曾任陆军总长。

陀思妥夫斯基的事

——为日本三笠书房《陀思妥夫斯基全集》普及本作

到了关于陀思妥夫斯基，不能不说一两句话的时候了。说什么呢？他太伟大了，而自己却没有很细心的读过他的作品。

回想起来，在年青时候，读了伟大的文学者的作品，虽然敬服那作者，然而总不能爱的，一共有两个人。一个是但丁[①]，那《神曲》的《炼狱》里，就有我所爱的异端在；有些鬼魂还在把很重的石头，推上峻峭的岩壁去。这是极吃力的工作，但一松手，可就立刻压烂了自己。不知怎地，自己也好像很是疲乏了。于是我就在这地方停住，没有能够走到天国去。

还有一个，就是陀思妥夫斯基。一读他二十四岁时所作的《穷人》，就已经吃惊于他那暮年似的孤寂。到后来，他竟作为罪孽深重的罪人，同时也是残酷的拷问官而出现了。他把小说中的男男女女，放在万难忍受的境遇里，来试炼它们，不但剥去了表面的洁白，拷问出藏在底下的罪恶，而且还要拷问出藏在那罪恶之下的真正的洁白来。而且还不肯爽利的处死，竭力要放它们活得长久。而这陀思妥夫斯基，则仿佛就在和罪人一同苦恼，和拷问官一同高兴着似的。这决不是平常人做得到的事情，总而言之，就因为伟大的缘故。但我自己，却常常想废书不观。

---

①但丁（1265—1321）：意大利诗人，《神曲》是他的代表作，通过作者在阴间游历的幻想，揭露了中世纪贵族和教会的罪恶。全诗分《地狱》、《炼狱》、《天堂》三部。“炼狱”又译作“净界”，天主教传说，是人死后入天国前洗净生前罪孽的地方。

医学者往往用病态来解释陀思妥夫斯基的作品。这伦勃罗梭[①]式的说明，在现今的大多数的国度里，恐怕实在也非常便利，能得一般人们的赞许的。但是，即使他是神经病者，也是俄国专制时代的神经病者，倘若谁身受了和他相类的重压，那么，愈身受，也就会愈懂得他那夹着夸张的真实，热到发冷的热情，快要破裂的忍从，于是爱他起来的罢。

不过作为中国的读者的我，却还不能熟悉陀思妥夫斯基式的忍从——对于横逆之来的真正的忍从。在中国，没有俄国的基督。在中国，君临的是“礼”，不是神。百分之百的忍从，在未嫁就死了定婚的丈夫，坚苦的一直硬活到八十岁的所谓节妇身上，也许偶然可以发见罢，但在一般的人们，却没有。忍从的形式，是有的，然而陀思妥夫斯基式的掘下去，我以为恐怕也还是虚伪。因为压迫者指为被压迫者的不德之一的这虚伪，对于同类，是恶，而对于压迫者，却是道德的。

但是，陀思妥夫斯基式的忍从，终于也并不只成了说教或抗议就完结。因为这是当不住的忍从，太伟大的忍从的缘故。人们也只好带着罪业，一直闯进但丁的天国，在这里这才大家合唱着，再来修练天人的功德了。只有中庸的人，固然并无堕入地狱的危险，但也恐怕进不了天国的罢。

十一月二十日。

本篇原用日文写作，最初发表于日本东京《文艺》杂志1936年2月号，中译文亦于1936年2月同时在上海《青年界》月刊第九卷第二期和《海燕》月刊第二期发表。

---

①伦勃罗梭（CLombroso，1836—1909）：意大利精神病学者，刑事人类学派的代表。著有《天才论》《犯罪者论》等书。他认为“犯罪”是自有人类以来长期遗传的结果，提出反动的“先天犯罪”说，主张对“先天犯罪”者采取死刑、终身隔离、消除生殖机能等以“保卫社会”。他的学说曾被德国法西斯采用。

为“俄国歌剧团”

我不知道，——其实是可以算知道的，然而我偏要这样说，——俄国歌剧团[1]何以要离开他的故乡，却以这美妙的艺术到中国来博一点茶水喝。你们还是回去罢！

我到第一舞台看俄国的歌剧，是四日的夜间，是开演的第二日。

一入门，便使我发生异样的心情了：中央三十多人，旁边一大群兵，但楼上四五等中还有三百多的看客。

有人初到北京的，不久便说：我似乎住在沙漠里了。

是的，沙漠在这里。

没有花，没有诗，没有光，没有热。没有艺术，而且没有趣味，而且至于没有好奇心。

沉重的沙……

我是怎么一个怯弱的人呵。这时我想：倘使我是一个歌人，我的声音怕要销沉了罢。

沙漠在这里。

然而他们舞蹈了，歌唱了，美妙而且诚实的，而且勇猛的。

流动而且歌吟的云……

兵们拍手了，在接吻的时候。兵们又拍手了，又在接吻的时候。

非兵们也有几个拍手了，也在接吻的时候，而一个最响，超出于兵们的。

我是怎么一个褊狭的人呵。这时我想：倘使我是一个歌人，我怕要收藏了我的竖琴，沉默了我的歌声罢。倘不然，我就要唱我的反抗之歌。

而且真的，我唱了我的反抗之歌了！

---

①俄国歌剧团：指1922年春经哈尔滨、长春等地来到北京的俄国歌剧团（在十月革命后流亡出来的一个艺术团体），它于4月初在北京第一舞台演出。

沙漠在这里，恐怖的……

然而他们舞蹈了，歌唱了，美妙而且诚实的，而且勇猛的。

你们漂流转徙的艺术者，在寂寞里歌舞，怕已经有了归心了罢。你们大约没有复仇的意思，然而一回去，我们也就被复仇了。

比沙漠更可怕的人世在这里。

呜呼！这便是我对于沙漠的反抗之歌，是对于相识以及不相识的同感的朋友的劝诱，也就是为流转在寂寞中间的歌人们的广告。

四月九日。

本篇最初发表于1922年4月9日北京《晨报副刊》。

我和《语丝》的始终

同我关系较为长久的，要算《语丝》了。

大约这也是原因之一罢，“正人君子”们的刊物，曾封我为“语丝派主将”，连激进的青年所做的文章，至今还说我是《语丝》的“指导者”。去年，非骂鲁迅便不足以自救其没落的时候，我曾蒙匿名氏寄给我两本中途的《山雨》[1]，打开一看，其中有一篇短文，大意是说我和孙伏园君在北京因被晨报馆所压迫，创办《语丝》，现在自己一做编辑，便在投稿后面乱加按语，曲解原意，压迫别的作者了，孙伏园君却有绝好的议论，所以此后鲁迅应该听命于伏园。这听说是张孟闻先生的大文，虽然署名是另外两个字。看来好像一群人，其实不过一两个，这种事现在是常有的。

自然，“主将”和“指导者”，并不是坏称呼，被晨报馆所压迫，也不能算是耻辱，老人该受青年的教训，更是进步的好现象，还有什么话可说呢。但是，“不虞之誉”，也和“不虞之毁”一样地无聊，如果生平未曾带过一兵半卒，而有人拱手颂扬道，“你真像拿破仑[2]呀！”则虽是志在做军阀的未来的英雄，也不会怎样舒服的。我并非“主将”的事，前年早已声辩了——虽然似乎很少效力——这回想要写一点下来的，是我从来没有受过晨报馆的压迫，也并不是和孙伏园先生两个人创办了《语丝》。这的创办，倒要归功于伏园一位的。

那时伏园是《晨报副刊》的编辑，我是由他个人来约，投些稿件的人。

然而我并没有什么稿件，于是就有人传说，我是特约撰述，无论投稿多少，每月总有酬金三四十元的。据我所闻，则晨报馆确有这一种太上作者，但我并非其中之一，不过因为先前的师生——恕我僭妄，暂用这两个字——关系

①《山雨》：半月刊，1928 年 8 月在上海创刊，同年 12 月停刊。

②拿破仑：即拿破仑·波拿巴（1769-1821），法国军事家、政治家，法兰西第一帝国皇帝。他曾不断率军向外侵略欧洲各国。

罢，似乎也颇受优待：一是稿子一去，刊登得快；二是每千字二元至三元的稿费，每月底大抵可以取到；三是短短的杂评，有时也送些稿费来。但这样的好景象并不久长，伏园的椅子颇有不稳之势。因为有一位留学生（不幸我忘掉了他的名姓）新从欧洲回来，和晨报馆有深关系，甚不满意于副刊，决计加以改革，并且为战斗计，已经得了“学者”的指示，在开手看 Anatole France[①]的小说了。

那时的法兰斯，威尔士，萧，[②]在中国是大有威力，足以吓倒文学青年的名字，正如今年的辛克莱儿一般，所以以那时而论，形势实在是已经非常严重。不过我现在无从确说，从那位留学生开手读法兰斯的小说起到伏园气忿忿地跑到我的寓里来为止的时候，其间相距是几月还是几天。

“我辞职了。可恶！”

这是有一夜，伏园来访，见面后的第一句话。那原是意料中事，不足异的。第二步，我当然要问问辞职的原因，而不料竟和我有了关系。他说，那位留学生乘他外出时，到排字房去将我的稿子抽掉，因此争执起来，弄到非辞职不可了。但我并不气忿，因为那稿子不过是三段打油诗，题作《我的失恋》，是看见当时“阿呀阿唷，我要死了”之类的失恋诗盛行，故意做一首用“由她去罢”收场的东西，开开玩笑的。这诗后来又添了一段，登在《语丝》上，再后来就收在《野草》中。而且所用的又是另一个新鲜的假名，在不肯登载第一次看见姓名的作者的稿子的刊物上，也当然很容易被有权者所放逐的。

但我很抱歉伏园为了我的稿子而辞职，心上似乎压了一块沉重的石头。几天之后，他提议要自办刊物了，我自然答应愿意竭力“呐喊”。至于投稿者，倒全是他独力邀来的，记得是十六人，不过后来也并非都有投稿。于是印了广告，到各处张贴，分散，大约又一星期，一张小小的周刊便在北京——尤其是大学附近——出现了。这便是《语丝》。

那名目的来源，听说，是有几个人，任意取一本书，将书任意翻开，用指头点下去，那被点到的字，便是名称。那时我不在场，不知道所用的是什么书，是一次便得了《语丝》的名，还是点了好几次，而曾将不像名称的废去。但要之，即此已可知这刊物本无所谓一定的目标，统一的战线；那十六个投稿者，意见

---

①Anatole France：法兰斯(1844–1924)，通译为法朗士，法国作家。著有长篇小说《波纳尔之罪》、《黛依丝》、《企鹅岛》等。

②威尔士（HAGA Wells，1866–1946）：英国作家，著有长篇小说《未来的世界》、《世界史纲》等。萧，即萧伯纳。

态度也各不相同，例如顾颉刚教授，投的便是“考古”稿子，不如说，和《语丝》的喜欢涉及现在社会者，倒是相反的。不过有些人们，大约开初是只在敷衍和伏园的交情的罢，所以投了两三回稿，便取“敬而远之”的态度，自然离开。连伏园自己，据我的记忆，自始至今，也只做过三回文字，末一回是宣言从此要大为《语丝》撰述，然而宣言之后，却连一个字也不见了。于是《语丝》的固定的投稿者，至多便只剩了五六人，但同时也在不意中显了一种特色，是：任意而谈，无所顾忌，要催促新的产生，对于有害于新的旧物，则竭力加以排击，——但应该产生怎样的“新”，却并无明白的表示，而一到觉得有些危急之际，也还是故意隐约其词。陈源教授痛斥“语丝派”的时候，说我们不敢直骂军阀，而偏和握笔的名人为难，便由于这一点。但是，叱吧儿狗险于叱狗主人，我们其实也知道的，所以隐约其词者，不过要使走狗嗅得，跑去献功时，必须详加说明，比较地费些力气，不能直捷痛快，就得好处而已。

当开办之际，努力确也可惊，那时做事的，伏园之外，我记得还有小峰和川岛，都是乳毛还未褪尽的青年，自跑印刷局，自去校对，自叠报纸，还自己拿到大众聚集之处去兜售，这真是青年对于老人，学生对于先生的教训，令人觉得自己只用一点思索，写几句文章，未免过于安逸，还须竭力学好了。

但自己卖报的成绩，听说并不佳，一纸风行的，还是在几个学校，尤其是北京大学，尤其是第一院(文科)。理科次之。在法科，则不大有人顾问。倘若说，北京大学的法，政，经济科出身诸君中，绝少有《语丝》的影响，恐怕是不会很错的。至于对于《晨报》的影响，我不知道，但似乎也颇受些打击，曾经和伏园来说和，伏园得意之余，忘其所以，曾以胜利者的笑容，笑着对我说道：

“真好，他们竟不料踏在炸药上了！”

这话对别人说是不算什么的。但对我说，却好像浇了一碗冷水，因为我即刻觉得这“炸药”是指我而言，用思索，做文章，都不过使自己为别人的一个小纠葛而粉身碎骨，心里就一面想：

“真糟，我竟不料被埋在地下了！”

我于是乎“彷徨”起来。

谭正璧[①]先生有一句用我的小说的名目，来批评我的作品的经过的极伶俐而省事的话道："鲁迅始于'呐喊'而终于'彷徨'"（大意），我以为移来叙述我和《语丝》由始以至此时的历史，倒是很确切的。

但我的"彷徨"并不用许多时，因为那时还有一点读过尼采的《Zarathustra》[②]的余波，从我这里只要能挤出——虽然不过是挤出——文章来，就挤了去罢，从我这里只要能做出一点"炸药"来，就拿去做了罢，于是也就决定，还是照旧投稿了——虽然对于意外的被利用，心里也耿耿了好几天。

《语丝》的销路可只是增加起来，原定是撰稿者同时负担印费的，我付了十元之后，就不见再来收取了，因为收支已足相抵，后来并且有了赢余。于是小峰就被尊为"老板"，但这推尊并非美意，其时伏园已另就《京报副刊》编辑之职，川岛还是捣乱小孩，所以几个撰稿者便只好擀住了多睐眼而少开口的小峰，加以荣名，勒令拿出赢余来，每月请一回客。这"将欲取之，必先与之"的方法果然奏效，从此市场中的茶居或饭铺的或一房门外，有时便会看见挂着一块上写"语丝社"的木牌。倘一驻足，也许就可以听到疑古玄同先生的又快又响的谈吐。但我那时是在避开宴会的，所以毫不知道内部的情形。

我和《语丝》的渊源和关系，就不过如此，虽然投稿时多时少。但这样地一直继续到我走出了北京。到那时候，我还不知道实际上是谁的编辑。

到得厦门，我投稿就很少了。一者因为相离已远，不受催促，责任便觉得轻；二者因为人地生疏，学校里所遇到的又大抵是些念佛老妪式口角，不值得费纸墨。倘能做《鲁宾孙教书记》或《蚊虫叮卵脬论》，那也许倒很有趣的，而我又没有这样的"天才"，所以只寄了一点极琐碎的文字。这年底到了广州，投稿也很少。第一原因是和在厦门相同的；第二，先是忙于事务，又看不清那里的情形，后来颇有感慨了，然而我不想在它的敌人的治下去发表。

不愿意在有权者的刀下，颂扬他的威权，并奚落其敌人来取媚，可以说，也是"语丝派"一种几乎共同的态度。所以《语丝》在北京虽然逃过了段祺瑞

①谭正璧：江苏嘉定（今属上海）人，文学工作者。他在《中国文学进化史》（1929年9月上海光华书局出版）中说："鲁迅的小说集是《呐喊》和《彷徨》，许钦文、王鲁彦、老舍、芳草等和他是一派……这派作者，起初大都因耐不住沉寂而起来'呐喊'，后来屡遭失望，所收获的只是异样的空袭，于是只有'彷徨'于十字街头了。"

②《Zarathustra》：即《查拉图斯特拉如是说》，尼采于1883年至1885年写的哲学著作。书中借古代波斯的"圣者"查拉图斯特拉宣扬超人学说。

及其吧儿狗们的撕裂，但终究被“张大元帅”[①]所禁止了，发行的北新书局，且同时遭了封禁，其时是一九二七年。

这一年，小峰有一回到我的上海的寓居，提议《语丝》就要在上海印行，且嘱我担任做编辑。以关系而论，我是不应该推托的。于是担任了。从这时起，我才探问向来的编法。那很简单，就是：凡社员的稿件，编辑者并无取舍之权，来则必用，只有外来的投稿，由编辑者略加选择，必要时且或略有所删除。所以我应做的，不过后一段事，而且社员的稿子，实际上也十之九直寄北新书局，由那里径送印刷局的，等到我看见时，已在印钉成书之后了。所谓“社员”，也并无明确的界限，最初的撰稿者，所余早已无多，中途出现的人，则在中途忽来忽去。因为《语丝》是又有爱登碰壁人物的牢骚的习气的，所以最初出阵，尚无用武之地的人，或本在别一团体，而发生意见，借此反攻的人，也每和《语丝》暂时发生关系，待到功成名遂，当然也就淡漠起来。至于因环境改变，意见分歧而去的，那自然尤为不少。因此所谓“社员”者，便不能有明确的界限。前年的方法，是只要投稿几次，无不刊载，此后便放心发稿，和旧社员一律待遇了。但经旧的社员绍介，直接交到北新书局，刊出之前，为编辑者的眼睛所不能见者，也间或有之。

经我担任了编辑之后，《语丝》的时运就很不济了，受了一回政府的警告，遭了浙江当局的禁止，还招了创造社式“革命文学”家的拚命的围攻。警告的来由，我莫名其妙，有人说是因为一篇戏剧[②]；禁止的缘故也莫名其妙，有人说是因为登载了揭发复旦大学内幕的文字，而那时浙江的党务指导委员[③]老爷却有复旦大学出身的人们。至于创造社派的攻击，那是属于历史底的了，他们

①“张大元帅”：即张作霖（1875–1928），辽宁海城人，奉系军阀首领。1924 年起把持北洋政府，1927 年 6 月自封“中华民国军政府陆海军大元帅”。他于 1927 年 10 月查封了北新书局和《语丝》。

②指《语丝》第四卷第十二期（1928 年 3 月 19 日）白薇作的独幕剧《革命神的受难》。该剧中有革命神斥责一个反动军官的台词：“原来你是民国英雄，是革命军的总指挥么？“你阳假革命的美名，阴行你吃人的事实。”这实际上是影射蒋介石的，因此《语丝》就受到国民党反动派的“警告”。

③浙江的党务指导委员：指许绍棣。《语丝》第四卷第三十二期（1928 年 8 月 6 日）刊载了读者冯珧《谈谈复旦大学》一文，揭露复旦大学内部一些腐败情况。出身于该校的许绍棣便于 1928 年 9 月用国民党浙江省党务指导委员会的名义，以“言论乖谬，存心反动”的罪名，在浙江查禁了《语丝》并其他书刊 15 种。

在把守“艺术之宫”，还未“革命”的时候，就已经将“语丝派”中的几个人看作眼中钉的，叙事夹在这里太冗长了，且待下一回再说罢。

但《语丝》本身，却确实也在消沉下去。一是对于社会现象的批评几乎绝无，连这一类的投稿也少有，二是所余的几个较久的撰稿者，过时又少了几个了。前者的原因，我以为是在无话可说，或有话而不敢言，警告和禁止，就是一个实证。后者，我恐怕是其咎在我的。举一点例罢，自从我万不得已，选登了一篇极平和的纠正刘半农[①]先生的“林则徐被俘”之误的来信以后，他就不再有片纸只字；江绍原先生绍介了一篇油印的《冯玉祥先生……》来，我不给编入之后，绍原先生也就从此没有投稿了。并且这篇油印文章不久便在也是伏园所办的《贡献》上登出，上有郑重的小序，说明着我托辞不载的事由单。

还有一种显著的变迁是广告的杂乱。看广告的种类，大概是就可以推见这刊物的性质的。例如“正人君子”们所办的《现代评论》上，就会有金城银行的长期广告，南洋华侨学生所办的《秋野》上，就能见“虎标良药”的招牌。虽是打着“革命文学”旗子的小报，只要有那上面的广告大半是花柳药和饮食店，便知道作者和读者，仍然和先前的专讲妓女、戏子的小报的人们同流，现在不过用男作家，女作家来替代了倡优，或捧或骂，算是在文坛上做工夫。《语丝》初办的时候，对于广告的选择是极严的，虽是新书，倘社员以为不是好书，也不给登载。因为是同人杂志，所以撰稿者也可行使这样的职权。听说北新书局之办《北新半月刊》，就因为在《语丝》上不能自由登载广告的缘故。但自从移在上海出版以后，书籍不必说，连医生的诊例也出现了，袜厂的广告也出现了，甚至于立愈遗精药品的广告也出现了。固然，谁也不能保证《语丝》的读者决不遗精，况且遗精也并非恶行，但善后办法，却须向《申报》之类，要稳当，则向《医药学报》的广告上去留心的。我因此得了几封诘责的信件，又就在《语丝》本身上登了一篇投来的反对的文章。

但以前我也曾尽了我的本分。当袜厂出现时，曾经当面质问过小峰，回答是“发广告的人弄错的”；遗精药出现时，是写了一封信，并无答复，但从此以后，广告却也不见了。我想，在小峰，大约还要算是让步的，因为这时对于一部分的作家，早由北新书局致送稿费，不只负发行之责，而《语丝》也因此并非纯粹的同人杂志了。

---

①刘半农（1891–1934）：名复，江苏江阴人，作家。当时是北京大学教授，《语丝》经常撰稿人之一。

积了半年的经验之后，我就决计向小峰提议，将《语丝》停刊，没有得到赞成，我便辞去编辑的责任。小峰要我寻一个替代的人，我于是推举了柔石。

但不知为什么，柔石编辑了六个月，第五卷的上半卷一完，也辞职了。

以上是我所遇见的关于《语丝》四年中的琐事。试将前几期和近几期一比较，便知道其间的变化，有怎样的不同，最分明的是几乎不提时事，且多登中篇作品了，这是因为容易充满页数而又可免于遭殃。虽然因为毁坏旧物和戳破新盒子而露出里面所藏的旧物来的一种突击之力，至今尚为旧的和自以为新的人们所憎恶，但这力是属于往昔的了。

十二月二十二日。

本篇最初发表于1930年2月1日《萌芽月刊》第一卷第二期，发表时还有副题《“我所遇见的六个文学团体”之五》。

我要骗人

疲劳到没有法子的时候，也偶然佩服了超出现世的作家，要模仿一下来试试。然而不成功。超然的心，是得像贝类一样，外面非有壳不可的。而且还得有清水。浅间山[①]边，倘是客店，那一定是有的罢，但我想，却未必有去造“象牙之塔”的人的。

为了希求心的暂时的平安，作为穷余的一策，我近来发明了别样的方法了，这就是骗人。

去年的秋天或是冬天，日本的一个水兵，在闸北被暗杀了。忽然有了许多搬家的人，汽车租钱之类，都贵了好几倍。搬家的自然是中国人，外国人是很有趣似的站在马路旁边看。我也常常去看的。一到夜里，非常之冷静，再没有卖食物的小商人了，只听得有时从远处传来着犬吠。然而过了两三天，搬家好像被禁止了。警察拚死命的在殴打那些拉着行李的大车夫和洋车夫，日本的报章[②]，中国的报章，都异口同声的对于搬了家的人们给了一个“愚民”的徽号。这意思就是说，其实是天下太平的，只因为有这样的“愚民”，所以把颇好的天下，弄得乱七八糟了。

我自始至终没有动，并未加入“愚民”这一伙里。但这并非为了聪明，却只因为懒惰。也曾陷在五年前的正月的上海战争[③]——日本那一面，好像是喜欢

①浅间山：日本的火山，过去常有人去投火山口自杀；它也是游览地区，山下设有旅馆等。

②日本的报章：指当时在上海发行的日文报纸。

③上海战争：指1932年的“一二八”事变。当时作者的住所临近战区。

称为“事变”似的——的火线下，而且自由早被剥夺[①]，夺了我的自由的权力者，又拿着这飞上空中了，所以无论跑到那里去，都是一个样。中国的人民是多疑的。无论那一国人，都指这为可笑的缺点。然而怀疑并不是缺点。总是疑，而并不下断语，这才是缺点。我是中国人，所以深知道这秘密。其实，是在下着断语的，而这断语，乃是：到底还是不可信。但后来的事实，却大抵证明了这断语的的确。中国人不疑自己的多疑。所以我的没有搬家，也并不是因为怀着天下太平的确信，说到底，仍不过为了无论那里都一样的危险的缘故。五年以前翻阅报章，看见过所记的孩子的死尸的数目之多，和从不见有记着交换俘虏的事，至今想起来，也还是非常悲痛的。

虐待搬家人，殴打车夫，还是极小的事情。中国的人民，是常用自己的血，去洗权力者的手，使他又变成洁净的人物的，现在单是这模样就完事，总算好得很。

但当大家正在搬家的时候，我也没有整天站在路旁看热闹，或者坐在家里读世界文学史之类的心思。走远一点，到电影院里散闷去。一到那里，可真是天下太平了。这就是大家搬家去住的处所[②]。我刚要跨进大门，被一个十二三岁的女孩子捉住了。是小学生，在募集水灾的捐款，因为冷，连鼻子尖也冻得通红。我说没有零钱，她就用眼睛表示了非常的失望。我觉得对不起人，就带她进了电影院，买过门票之后，付给她一块钱。她这回是非常高兴了，称赞我道，“你是好人”，还写给我一张收条。只要拿着这收条，就无论到那里，都没有再出捐款的必要。于是我，就是所谓“好人”，也轻松的走进里面了。

看了什么电影呢？现在已经丝毫也记不起。总之，大约不外乎一个英国人，为着祖国，征服了印度的残酷的酋长，或者一个美国人，到亚非利加去，发了大财，和绝世的美人结婚之类罢。这样的消遣了一些时光，傍晚回家，又走进了静悄悄的环境。听到远地里的犬吠声。女孩子的满足的表情的相貌，又在眼前出现，自己觉得做了好事情了，但心情又立刻不舒服起来，好像嚼了肥皂或者什么一样。

诚然，两三年前，是有过非常的水灾的，这大水和日本的不同，几个月或半年都不退。但我又知道，中国有着叫作“水利局”的机关，每年从人民收着

---

①自由早被剥夺：指作者被通缉的事。1930 年 2 月作者参加发起中国自由运动大同盟，国民党浙江省党部即呈请国民党中央通缉“堕落文人鲁迅”。

②指当时上海的“租界”地区。

税钱，在办事。但反而出了这样的大水了。我又知道，有一个团体演了戏来筹钱，因为后来只有二十几元，衙门就发怒不肯要。连被水灾所害的难民成群的跑到安全之处来，说是有害治安，就用机关枪去扫射的话也都听到过。恐怕早已统统死掉了罢。然而孩子们不知道，还在拚命的替死人募集生活费，募不到，就失望，募到手，就喜欢。而其实，一块来钱，是连给水利局的老爷买一天的烟卷也不够的。我明明知道着，却好像也相信款子真会到灾民的手里似的，付了一块钱。实则不过买了这天真烂漫的孩子的欢喜罢了。我不爱看人们的失望的样子。

倘使我那八十岁的母亲，问我天国是否真有，我大约是会毫不踌躕，答道真有的罢。

然而这一天的后来的心情却不舒服。好像是又以为孩子和老人不同，骗她是不应该似的，想写一封公开信，说明自己的本心，去消释误解，但又想到横竖没有发表之处，于是中止了，时候已是夜里十二点钟。到门外去看了一下。

已经连人影子也看不见。只在一家的檐下，有一个卖馄饨的，在和两个警察谈闲天。这是一个平时不大看见的特别穷苦的肩贩，存着的材料多得很，可见他并无生意。用两角钱买了两碗，和我的女人两个人分吃了。算是给他赚一点钱。

庄子曾经说过："干下去的（曾经积水的）车辙里的鲋鱼，彼此用唾沫相湿，用湿气相嘘，"——然而他又说，"倒不如在江湖里，大家互相忘却的好。"①

可悲的是我们不能互相忘却。而我，却愈加恣意的骗起人来了。如果这骗人的学问不毕业，或者不中止，恐怕是写不出圆满的文章来的。

但不幸而在既未卒业，又未中止之际，遇到山本社长②了。因为要我写一点什么，就在礼仪上，答道"可以的"。因为说过"可以"，就应该写出来，不要使他失望，然而，到底也还是写了骗人的文章。

写着这样的文章，也不是怎么舒服的心地。要说的话多得很，但得等候"中日亲善"更加增进的时光。不久之后，恐怕那"亲善"的程度，竟会到在我们

---

①庄子（约前369-前286）：名周，战国时宋国人，道家学派代表人物之一。他的著作流传至今的有后人所编的《庄子》三十三篇，其中《大宗师》和《天运》篇中都有这样的话："泉涸，鱼相与处于陆，相呴以湿，相濡以沫，不如（《天运》篇作"不若"）相忘于江湖。""涸辙之鲋"，另见《庄子·外物》篇。

②山本社长：山本实彦（1885—1952），当时日本改造杂志社社长。

中国，认为排日即国贼——因为说是共产党利用了排日的口号，使中国灭亡的缘故——而到处的断头台上，都闪烁着太阳的圆圈[①]的罢，但即使到了这样子，也还不是披沥真实的心的时光。

单是自己一个人的过虑也说不定：要彼此看见和了解真实的心，倘能用了笔，舌，或者如宗教家之所谓眼泪洗明了眼睛那样的便当的方法，那固然是非常之好的，然而这样便宜事，恐怕世界上也很少有。这是可以悲哀的。一面写着漫无条理的文章，一面又觉得对不起热心的读者了。

临末，用血写添几句个人的豫感，算是一个答礼罢。

二月二十三日。

本篇最初发表于1936年4月号日本东京改造社《改造》月刊。原稿为日文，后由作者译成中文，发表于1936年6月上海《文学丛报》月刊第三期。在《改造》发表时，第四段中“上海”、“死尸”、“俘虏”等词及第十五段中“太阳的圆圈”一语，都被删去。

①太阳的圆圈：指日本的国旗。

我的种痘

上海恐怕也真是中国的“最文明”的地方，在电线柱子和墙壁上，夏天常有劝人勿吃天然冰的警告，春天就是告诫父母，快给儿女去种牛痘的说帖，上面还画着一个穿红衫的小孩子。我每看见这一幅图，就诧异我自己，先前怎么会没有染到天然痘，呜呼哀哉，于是好像这性命是从路上拾来似的，没有什么希罕，即使姓名载在该杀的“黑册子”[①]上，也不十分惊心动魄了。但自然，几分是在所不免的。

现在，在上海的孩子，听说是生后六个月便种痘就最安全，倘走过施种牛痘局的门前，所见的中产或无产的母亲们抱着在等候的，大抵是一岁上下的孩子，这事情，现在虽是不属于知识阶级的人们也都知道，是明明白白了的。我的种痘却很迟了，因为后来记的清清楚楚，可见至少已有两三岁。

虽说住的是偏僻之处，和别地方交通很少，比现在可以减少输入传染病的机会，然而天花却年年流行的，因此而死的常听到。我居然逃过了这一关，真是洪福齐天，就是每年开一次庆祝会也不算过分。否则，死了倒也罢了，万一不死而脸上留一点麻，则现在除年老之外，又添上一条大罪案，更要受青年而光脸的文艺批评家的奚落了。幸而并不，真是叨光得很。

那时候，给孩子们种痘的方法有三样。一样，是淡然忘之，请痘神随时随意种上去，听它到处发出来，随后也请个医生，拜拜菩萨，死掉的虽然多，但活的也有，活的虽然大抵留着瘢痕，但没有的也未必一定找不出。一样是中国古法的种痘，将痘痂研成细末，给孩子由鼻孔里吸进去，发出来的地方虽然也没有一定的处所，但粒数很少，没有危险了。人说，这方法是明末发明的，我不知道可的确。

第三样就是所谓“牛痘”了，因为这方法来自西洋，所以先前叫“洋痘”。

---

① “黑册子”：指1933年6月国民党特务组织蓝衣社发出的预谋暗杀革命、进步人士和国民党内部反蒋分子的黑名单。

最初的时候，当然，华人是不相信的，很费过一番宣传解释的气力。这一类宝贵的文献，至今还剩在《验方新编》[①]中，那苦口婆心虽然大足以感人，而说理却实在非常古怪的。例如，说种痘免疫之理道：

"'痘为小儿一大病，当天行时，尚使远避，今无故取婴孩而与之以病，可乎？'曰：'非也。譬之捕盗，乘其羽翼未成，就而擒之，甚易矣；譬之去莠，及其滋蔓未延，芟而除之，甚易矣。……'"

但尤其非常古怪的是说明"洋痘"之所以传入中国的原因：

"予考医书中所载，婴儿生数日，刺出臂上污血，终身可免出痘一条，后六道刀法皆失传，今日点痘，或其遗法也。夫以万全之法，失传已久，而今复行者，大约前此劫数未满，而今日洋烟入中国，害人不可胜计，把那劫数抵过了，故此法亦从洋来，得以保全婴儿之年寿耳。若不坚信而遵行之，是违天而自外于生生之理矣！……"

而我所种的就正是这抵消洋烟之害的牛痘。去今已五十年，我的父亲也不是新学家，但竟毅然决然的给我种起"洋痘"来，恐怕还是受了这种学说的影响，因为我后来检查藏书，属于"子部医家类"[②]者，说出来真是惭愧得很，——实在只有《达生篇》和这宝贝的《验方新编》而已。

那时种牛痘的人固然少，但要种牛痘却也难，必须待到有一个时候，城里临时设立起施种牛痘局来，才有种痘的机会。我的牛痘，是请医生到家里来种的，大约是特别隆重的意思；时候可完全不知道了，推测起来，总该是春天罢。这一天，就举行了种痘的仪式，堂屋中央摆了一张方桌子，系上红桌帷，还点了香和蜡烛，我的父亲抱了我，坐在桌旁边。上首呢，还是侧面，现在一点也不记得了。这种仪式的出典，也至今查不出。

这时我就看见了医官。穿的是什么服饰，一些记忆的影子也没有，记得的只是他的脸：胖而圆，红红的，还带着一副墨晶的大眼镜。尤其特别的是他的话我一点都不懂。凡讲这种难懂的话的，我们这里除了官老爷之外，只有开当铺和卖茶叶的安徽人，做竹匠的东阳人，和变戏法的江北佬。官所讲者曰"官话"，此外皆谓之"拗声"。他的模样，是近于官的，大家都叫他"医官"，可见那是"官

---

①《验方新编》：清代鲍相璈编著，八卷，是过去流行的通俗医药书。本文引用的两段话，见该书卷五"痘症"。"六道"原作"穴道"；"今日"原作"今之"。

②"子部医家类"：中国古代把图书分为经、史、子、集四大部类。医学书籍属"子"部"医家"。

话”了。官话之震动了我的耳膜，这是第一次。

照种痘程序来说，他一到，该是动刀，点浆了，但我实在糊涂，也一点都没有记忆，直到二十年后，自看臂膊上的疮痕，才知道种了六粒，四粒是出的。但我确记得那时并没有痛，也没有哭，那医官还笑着摩摩我的头顶，说道：

“乖呀，乖呀！”

什么叫“乖呀乖呀”，我也不懂得，后来父亲翻译给我说，这是他在称赞我的意思。然而好像并不怎么高兴似的，我所高兴的是父亲送了我两样可爱的玩具。现在我想，我大约两三岁的时候，就是一个实利主义者的了，这坏性质到老不改，至今还是只要卖掉稿子或收到版税，总比听批评家的“官话”要高兴得多。

一样玩具是朱熹所谓“持其柄而摇之，则两耳还自击”的鼗鼓，在我虽然也算难得的事物，但仿佛曾经玩过，不觉得希罕了。最可爱的是另外的一样，叫作“万花筒”，是一个小小的长圆筒，外糊花纸，两端嵌着玻璃，从孔子较小的一端向明一望，那可真是猗欤休哉，里面竟有许多五颜六色，希奇古怪的花朵，而这些花朵的模样，都是非常整齐巧妙，为实际的花朵丛中所看不见的。况且奇迹还没有完，如果看得厌了，只要将手一摇，那里面就又变了另外的花样，随摇随变，不会雷同，语所谓“层出不穷”者，大概就是“此之谓也”罢。

然而我也如别的一切小孩——但天才不在此例——一样，要探检这奇境了。我于是背着大人，在僻远之地，剥去外面的花纸，使它露出难看的纸版来；又挖掉两端的玻璃，就有一些五色的通草丝和小片落下；最后是撕破圆筒，发见了用三片镜玻璃条合成的空心的三角。花也没有，什么也没有，想做它复原，也没有成功，这就完结了。我真不知道惋惜了多少年，直到做过了五十岁的生日，还想找一个来玩玩，然而好像究竟没有孩子时候的勇猛了，终于没有特地出去买。否则，从竖着各种旗帜的“文学家”看来，又成为一条罪状，是无疑的。

现在的办法，譬如半岁或一岁种过痘，要稳当，是四五岁时候必须再种一次的。但我是前世纪的人，没有办得这么周密，到第二，第三次的种痘，已是二十多岁，在日本的东京了，第二次红了一红，第三次毫无影响。

最末的种痘，是十年前，在北京混混的时候。那时也在世界语专门学校里教几点钟书，总该是天花流行了罢，正值我在讲书的时间内，校医前来种痘了。我是一向煽动人们种痘的，而这学校的学生们，也真是令人吃惊。都已二十岁左右了，问起来，既未出过天花，也没有种过牛痘的多得很。况且去年还有一个实例，是颇为漂亮的某女士缺课两月之后，再到学校里来，竟变换了一副面目，肿而且麻，几乎不能认识了；还变得非常多疑而善怒，和她说话之际，简直连微笑也犯忌，因为她会疑心你在暗笑她，所以我总是十分小心，庄严，谨慎。自然，这情形使某种人批评起来，也许又会说是我在用冷静的方法，进攻女学生的。但不然，老实说罢，即使原是我的爱人，这时也实在使我有些“进退维谷”，因为柏拉图式的恋爱论[①]，我是能看，能言，而不能行的。

不过一个好好的人，明明有妥当的方法，却偏要使细菌到自己的身体里来繁殖一通，我实在以为未免太近于固执；倒也不是想大家生得漂亮，给我可以冷静的进攻。总之，我在讲堂上就又竭力煽动了，然而困难得很，因为大家说种痘是痛的。再四磋商的结果，终于公举我首先种痘，作为青年的模范，于是我就成了群众所推戴的领袖，率领了青年军，浩浩荡荡，奔向校医室里来。

虽是春天，北京却还未暖和的，脱去衣服，点上四粒豆浆，又赶紧穿上衣服，也很费一点时光。但等我一面扣衣，一面转脸去看时，我的青年军已经溜得一个也没有了。

自然，牛痘在我身上，也还是一粒也没有出。

但也不能就决定我对于牛痘已经决无感应，因为这校医和他的痘浆，实在令我有些怀疑。他虽是无政府主义者，博爱主义者，然而托他医病，却是不能十分稳当的。也是这一年，我在校里教书的时候，自己觉得发热了，请他诊察之后，他亲爱的说道：

“你是肋膜炎，快回去躺下，我给你送药来。”

我知道这病是一时难好的，于生计大有碍，便十分忧愁，连忙回去躺下了，等着药，到夜没有来，第二天又焦灼的等了一整天，仍无消息。夜里十时，他到我寓里来了，恭敬的行礼：

“对不起，对不起，我昨天把药忘记了，现在特地来赔罪的。”

“那不要紧。此刻吃罢。”

“阿呀呀！药，我可没有带了来……”

他走后，我独自躺着想，这样的医治法，肋膜炎是决不会好的。第二天的上午，我就坚决的跑到一个外国医院去，请医生详细诊察了一回，他终于断定我并非什么肋膜炎，不过是感冒。我这才放了心，回寓后不再躺下，因此也疑心到他的痘浆，可真是有效的痘浆，然而我和牛痘，可是那一回要算最后的关

---

①柏拉图式的恋爱论：指古希腊哲学家柏拉图在所著《邦国篇》中宣扬的精神恋爱论。

系了。

直到一九三二年一月中，我才又遇到了种痘的机会。那时我们从闸北火线上逃到英租界的一所旧洋房里，虽然楼梯和走廊上都挤满了人，因四近还是胡琴声和打牌声，真如由地狱上了天堂一样。过了几天，两位大人来查考了，他问明了我们的人数，写在一本簿子上，就昂然而去。我想，他是在造难民数目表，去报告上司的，现在大概早已告成，归在一个什么机关的档案里了罢。后来还来了一位公务人员，却是洋大人，他用了很流畅的普通语，劝我们从乡下逃来的人们，应该赶快种牛痘。

这样不化钱的种痘，原不妨伸出手去，占点便宜的，但我还睡在地板上，天气又冷，懒得起来，就加上几句说明，给了他拒绝。他略略一想，也就作罢了，还低了头看着地板，称赞我道：

“我相信你的话，我看你是有智识的。”——

我也很高兴，因为我看我的名誉，在古今中外的医官的嘴上是都很好的。

但靠着做“难民”的机会，我也有了巡阅马路的工夫，在不意中，竟又看见万花筒了，听说还是某大公司的制造品。我的孩子是生后六个月就种痘的，像一个蚕蛹，用不着玩具的贿赂；现在大了一点，已有收受贡品的资格了，我就立刻买了去送他。然而很奇怪，我总觉得这一个远不及我的那一个，因为不但望进去总是昏昏沉沉，连花朵也毫不鲜明，而且总不见一个好模样。

我有时也会忽然想到儿童时代所吃的东西，好像非常有味，处境不同，后来永远吃不到了。但因为或一机会，居然能够吃到了的也有。然而奇怪的是味道并不如我所记忆的好，重逢之后，倒好像惊破了美丽的好梦，还不如永远的相思一般。我这时候就常常想，东西的味道是未必退步的，可是我老了，组织无不衰退，味蕾当然也不能例外，味觉的变钝，倒是我的失望的原因。

对于这万花筒的失望，我也就用了同样的解释。

幸而我的孩子也如我的脾气一样——但我希望他大起来会改变——他要探检这奇境了。首先撕去外面的花纸，露出来的倒还是十九世纪一样的难看的纸版，待到挖去一端的玻璃，落下来的却已经不是通草条，而是五色玻璃的碎片。围成三角形的三块玻璃也改了样，后面并非摆锡，只不过涂着黑漆了。

这时我才明白我的自责是错误的。黑玻璃虽然也能返光，却远不及镜玻璃之强；通草是轻的，易于支架起来，构成巨大的花朵，现在改用玻璃片，就无论怎样加以动摇，也只能堆在角落里，像一撮沙砾了。这样的万花筒，又怎能悦目呢?

整整的五十年，从地球年龄来计算，真是微乎其微，然而从人类历史上说，却已经是半世纪，柔石丁玲[①]他们，就活不到这么久。我幸而居然经历过了，我从这经历，知道了种痘的普及，似乎比十九世纪有些进步，然而万花筒的做法，却分明的大大的退步了。

六月三十日。

本篇最初发表于1933年8月1日上海《文学》月刊第一卷第二期。

---

①柔石（1902–1931）：原名赵平复，浙江宁海人，作家，“左联”成员。1931年2月7日被国民党反动政府秘密杀害。著有小说《为奴隶的母亲》《二月》等。

丁玲（1904–1986），原名蒋冰之，湖南临澧人，作家，“左联”成员。著有短篇小说集《在黑暗中》、中篇小说《水》等。她于1933年5月14日在上海被捕，鲁迅写这篇文章时，正误传她在南京遇害。

再谈香港

我经过我所视为“畏途”的香港，算起来九月二十八日是第三回。

第一回带着一点行李，但并没有遇见什么事。第二回是单身往来，那情状，已经写过一点了。这回却比前两次仿佛先就感到不安，因为曾在《创造月刊》上王独清先生的通信①中，见过英国雇用的中国同胞上船“查关”的威武：非骂则打，或者要几块钱。而我是有十只书箱在统舱里，六只书箱和衣箱在房舱里的。

看看挂英旗的同胞的手腕，自然也可说是一种经历，但我又想，这代价未免太大了，这些行李翻动之后，单是重行整理捆扎，就须大半天；要实验，最好只有一两件。然而已经如此，也就随他如此罢。只是给钱呢，还是听他逐件查验呢？倘查验，我一个人一时怎么收拾呢？

船是二十八日到香港的，当日无事。第二天午后，茶房匆匆跑来了，在房外用手招我道：

“查关！开箱子去！”

我拿了钥匙，走进统舱，果然看见两位穿深绿色制服的英属同胞，手执铁签，在箱堆旁站着。我告诉他这里面是旧书，他似乎不懂，嘴里只有三个字：

“打开来！”

“这是对的，”我想，“他怎能相信漠不相识的我的话呢。”自然打开来，于

---

①王独清（1898—1940）：陕西西安人，创造社成员，后成为托洛茨基派分子。他这篇通信发表在《创造月刊》第一卷第七期（1927 年 7 月 15 日），题为“去雁”，是他在这年 5 月写给成仿吾、何畏两人的。信末说他自广州赴上海，经过香港时，一个英国人带着两个中国人上船“查关”，翻箱倒箧，并随意打骂旅客，有一个又向他索贿五块钱等事。

《创造月刊》，创造社主办的文艺刊物，郁达夫、成仿吾等编辑，1926 年 3 月创刊于上海，1929 年 1 月停刊，共出十八期。

是靠了两个茶房的帮助，打开来了。

他一动手，我立刻觉得香港和广州的查关的不同。我出广州，也曾受过检查。但那边的检查员，脸上是有血色的，也懂得我的话。每一包纸或一部书，抽出来看后，便放在原地方，所以毫不凌乱。的确是检查。而在这“英人的乐园”的香港可大两样了。检查员的脸是青色的，也似乎不懂我的话。他只将箱子的内容倒出，翻搅一通，倘是一个纸包，便将包纸撕破，于是一箱书籍，经他搅松之后，便高出箱面有六七寸了。

“打开来！”

其次是第二箱。我想，试一试罢。

“可以不看么？”我低声说。

“给我十块钱。”他也低声说。他懂得我的话的。

“两块。”我原也肯多给几块的，因为这检查法委实可怕，十箱书收拾妥帖，至少要五点钟。可惜我一元的钞票只有两张了，此外是十元的整票，我一时还不肯献出去。

“打开来！”

两个茶房将第二箱抬到舱面上，他如法泡制，一箱书又变了一箱半，还撕碎了几个厚纸包。一面“查关”，一面磋商，我添到五元，他减到七元，即不肯再减。其时已经开到第五箱，四面围满了一群看热闹的旁观者。

箱子已经开了一半了，索性由他看去罢，我想着，便停止了商议，只是“打开来”。但我的两位同胞也仿佛有些厌倦了似的，渐渐不像先前一般翻箱倒箧，每箱只抽二三十本书，抛在箱面上，便画了查讫的记号了。其中有一束旧信札，似乎颇惹起他们的兴味，振了一振精神，但看过四五封之后，也就放下了。此后大抵又开了一箱罢，他们便离开了乱书堆：这就是终结。

我仔细一看，已经打开的是八箱，两箱丝毫未动。而这两个硕果，却全是伏园的书箱，由我替他带回上海来的。至于我自己的东西，是全部乱七八糟。

“吉人自有天相，伏园真福将也！而我的华盖运却还没有走完，噫吁唏……”我想着，蹲下去随手去拾乱书。拾不几本，茶房又在舱口大声叫我了：

“你的房里查关，开箱子去！”

我将收拾书箱的事托了统舱的茶房，跑回房舱去。果然，两位英属同胞早在那里等我了。床上的铺盖已经掀得稀乱，一个凳子躺在被铺上。我一进门，他们便搜我身上的皮夹。我以为意在看看名刺，可以知道姓名。然而并不看名刺，只将里面的两张十元钞票一看，便交还我了。还嘱咐我好好拿着，仿佛很怕我遗失似的。

其次是开提包，里面都是衣服，只抖开了十来件，乱堆在床铺上。其次是看提篮，有一个包着七元大洋的纸包，打开来数了一回，默然无话。还有一包十元的在底里，却不被发见，漏网了。其次是看长椅子上的手巾包，内有角子一包十元，散的四五元，铜子数十枚，看完之后，也默然无话。其次是开衣箱。这回可有些可怕了。我取锁匙略迟，同胞已经捏着铁签作将要毁坏铰链之势，幸而钥匙已到，始庆安全。里面也是衣服，自然还是照例的抖乱，不在话下。

"你给我们十块钱，我们不搜查你了。"一个同胞一面搜衣箱，一面说。

我就抓起手巾包里的散角子来，要交给他。但他不接受，回过头去再"查关"。

话分两头。当这一位同胞在查提包和衣箱时，那一位同胞是在查网篮。但那检查法，和在统舱里查书箱的时候又两样了。那时还不过捣乱，这回却变了毁坏。他先将鱼肝油的纸匣撕碎，掷在地板上，还用铁签在蒋径三君送我的装着含有荔枝香味的茶叶的瓶上钻了一个洞。一面钻，一面四顾，在桌上见了一把小刀。这是在北京时用十几个铜子从白塔寺买来，带到广州，这回削过杨桃的。事后一量，连柄长华尺五寸三分。然而据说是犯了罪了。

"这是凶器，你犯罪的。"他拿起小刀来，指着向我说。

我不答话，他便放下小刀，将盐煮花生的纸包用指头挖了一个洞。接着又拿起一盒蚊烟香。

"这是什么？"

"蚊烟香。盒子上不写着么？"我说。

"不是。这有些古怪。"

他于是抽出一枝来，嗅着。后来不知如何，因为这一位同胞已经搜完衣箱，我须去开第二只了。这时却使我非常为难，那第二只里并不是衣服或书籍，是极其零碎的东西：照片，钞本，自己的译稿，别人的文稿，剪存的报章，研究的资料……我想，倘一毁坏或搅乱，那损失可太大了。而同胞这时忽又去看了一回手巾包。我于是大悟，决心拿起手巾包里十元整封的角子，给他看了一看。他回头向门外一望，然后伸手接过去，在第二只箱上画了一个查讫的记号，走向那一位同胞去。大约打了一个暗号罢，——然而奇怪，他并不将钱带走，却塞在我的枕头下，自己出去了。

这时那一位同胞正在用他的铁签，恶狠狠地刺入一个装着饼类的坛子的封口去。我以为他一听到暗号，就要中止了。而孰知不然。他仍然继续工作，挖开封口，将盖着的一片木板摔在地板上，碎为两片，然后取出一个饼，捏了一捏，掷入坛中，这才也扬长而去了。

天下太平。我坐在烟尘陡乱，乱七八糟的小房里，悟出我的两位同胞开手的捣乱，倒并不是恶意。即使议价，也须在小小乱七八糟之后，这是所以“掩人耳目”的，犹言如此凌乱，可见已经检查过。王独清先生不云乎？同胞之外，是还有一位高鼻子，白皮肤的主人翁的。当收款之际，先看门外者大约就为此。但我一直没有看见这一位主人翁。

后来的毁坏，却很有一点恶意了。然而也许倒要怪我自己不肯拿出钞票去，只给银角子。银角子放在制服的口袋里，沉垫垫地，确是易为主人翁所发见的，所以只得暂且放在枕头下。我想，他大概须待公事办毕，这才再来收账罢。

皮鞋声橐橐地自远而近，停在我的房外了，我看时，是一个白人，颇胖，大概便是两位同胞的主人翁了。

“查过了？”他笑嘻嘻地问我。

的确是的，主人翁的口吻。但是，一目了然，何必问呢？ 或者因为看见我的行李特别乱七八糟，在慰安我，或在嘲弄我罢。

他从房外拾起一张《大陆报》附送的图画，本来包着什物，由同胞撕下来抛出去的，倚在壁上看了一回，就又慢慢地走过去了。

我想，主人翁已经走过，“查关”该已收场了，于是先将第一只衣箱整理，捆好。

不料还是不行。一个同胞又来了，叫我“打开来”，他要查。接着是这样的问答——

“他已经看过了。”我说。

“没有看过。没有打开过。打开来！”

“我刚刚捆好的。”

“我不信。打开来！”

“这里不画着查过的符号么？”

“那么，你给了钱了罢？你用贿赂……”

“…………”

“你给了多少钱？”

“你去问你的一伙去。”

他去了。不久，那一个又忙忙走来，从枕头下取了钱，此后便不再看见，——真正天下太平。

我才又慢慢地收拾那行李。只见桌子上聚集着几件东西，是我的一把剪刀，一个开罐头的家伙，还有一把木柄的小刀。大约倘没有那十元小洋，便还要指这为“凶器”，加上“古怪”的香，来恐吓我的罢。但那一枝香却不在桌子上。

船一走动，全船反显得更闲静了，茶房和我闲谈，却将这翻箱倒箧的事，归咎于我自己。

“你生得太瘦了，他疑心你是贩雅片的。”他说。

我实在有些愕然。真是人寿有限，“世故”无穷。我一向以为和人们抢饭碗要碰钉子，不要饭碗是无妨的。去年在厦门，才知道吃饭固难，不吃亦殊为“学者”所不悦，得了不守本分的批评。胡须的形状，有国粹和欧式之别，不易处置，我是早经明白的。今年到广州，才又知道虽颜色也难以自由，有人在日报上警告我，叫我的胡子不要变灰色，又不要变红色。[①]至于为人不可太瘦，则到香港才省悟，先前是梦里也未曾想到的。

的确，监督着同胞“查关”的一个西洋人，实在吃得很肥胖。

香港虽只一岛，却活画着中国许多地方现在和将来的小照：中央几位洋主子，手下是若干颂德的“高等华人”和一伙作伥的奴气同胞。此外即全是默默吃苦的“土人”，能耐的死在洋场上，耐不住的逃入深山中，苗瑶[②]是我们的前辈。

九月二十九之夜。海上。

本篇最初发表于1927年11月19日《语丝》周刊第一五五期。

①关于胡须颜色的警告，指当时广州《国民新闻》副刊《新时代》发表的尸一《鲁迅先生在茶楼上》一文，其中说：“把他的胡子研究起来，我的结论是，他会由黑而灰，由灰而白。至于有人希望或恐怕它变成‘红胡子’，那就非我所敢知的了。”

②苗瑶：我国两个少数民族。他们在古代由长江流域发展至黄河流域，居住于中国中部；后来经过长期的民族斗争，逐渐被迫转移至西南、中南一带山区。

喝 茶

某公司又在廉价了，去买了二两好茶叶，每两洋二角。开首泡了一壶，怕它冷得快，用棉袄包起来，却不料郑重其事的来喝的时候，味道竟和我一向喝着的粗茶差不多，颜色也很重浊。

我知道这是自己错误了，喝好茶，是要用盖碗的，于是用盖碗。果然，泡了之后，色清而味甘，微香而小苦，确是好茶叶。但这是须在静坐无为的时候的，当我正写着《吃教》的中途，拉来一喝，那好味道竟又不知不觉的滑过去，像喝着粗茶一样了。

有好茶喝，会喝好茶，是一种“清福”。不过要享这“清福”，首先就须有工夫，其次是练习出来的特别的感觉。由这一极琐屑的经验，我想，假使是一个使用筋力的工人，在喉干欲裂的时候，那么，即使给他龙井芽茶，珠兰窨片，恐怕他喝起来也未必觉得和热水有什么大区别罢。所谓“秋思”，其实也是这样的，骚人墨客，会觉得什么“悲哉秋之为气也”，风雨阴晴，都给他一种刺戟，一方面也就是一种“清福”，但在老农，却只知道每年的此际，就要割稻而已。

于是有人以为这种细腻锐敏的感觉，当然不属于粗人，这是上等人的牌号。然而我恐怕也正是这牌号就要倒闭的先声。我们有痛觉，一方面是使我们受苦的，而一方面也使我们能够自卫。假如没有，则即使背上被人刺了一尖刀，也将茫无知觉，直到血尽倒地，自己还不明白为什么倒地。但这痛觉如果细腻锐敏起来呢，则不但衣服上有一根小刺就觉得，连衣服上的接缝，线结，布毛都要觉得，倘不穿“无缝天衣”，他便要终日如芒刺在身，活不下去了。但假装锐敏的，自然不在此例。

感觉的细腻和锐敏，较之麻木，那当然算是进步的，然而以有助于生命的进化为限。如果不相干，甚而至于有碍，那就是进化中的病态，不久就要收梢。我们试将享清福，抱秋心的雅人，和破衣粗食的粗人一比较，就明白究竟是谁活得下去。喝过茶，望着秋天，我于是想：不识好茶，没有秋思，倒也罢了。

九月三十日。

本篇最初发表于1933年10月2日《申报·自由谈》。

鲁迅自传

我于一八八一年生于浙江省绍兴府城里的一家姓周的家里。父亲是读书的；母亲姓鲁，乡下人，她以自修得到能够看书的学力。听人说，在我幼小时候，家里还有四五十亩水田，并不很愁生计。但到我十三岁时，我家忽而遭了一场很大的变故，几乎什么也没有了；我寄住在一个亲戚家里，有时还被称为乞食者。我于是决心回家，而我底父亲又生了重病，约有三年多，死去了。我渐至于连极少的学费也无法可想；我底母亲便给我筹办了一点旅费，教我去寻无需学费的学校去，因为我总不肯学做幕友或商人，——这是我乡衰落了的读书人家子弟所常走的两条路。

其时我是十八岁，便旅行到南京，考入水师学堂了，分在机关科。大约过了半年，我又走出，改进矿路学堂去学开矿，毕业之后，即被派往日本去留学。但待到在东京的豫备学校毕业，我已经决意要学医了。原因之一是因为我确知道了新的医学对于日本维新有很大的助力。我于是进了仙台（Sendai）医学专门学校，学了两年。这时正值俄日战争，我偶然在电影上看见一个中国人因做侦探而将被斩，因此又觉得在中国医好几个人也无用，还应该有较为广大的运动……先提倡新文艺。我便弃了学籍，再到东京，和几个朋友立了些小计划，但都陆续失败了。我又想往德国去，也失败了。终于，因为我底母亲和几个别的人很希望我有经济上的帮助，我便回到中国来；这时我是二十九岁。

我一回国，就在浙江杭州的两级师范学堂做化学和生理学教员，第二年就走出，到绍兴中学堂去做教务长，第三年又走出，没有地方可去，想在一个书店去做编译员，到底被拒绝了。但革命也就发生，绍兴光复后，我做了师范学校的校长。革命政府在南京成立，教育部长招我去做部员，移入北京；后来又兼做北京大学，师范大学，女子师范大学的国文系讲师。到一九二六年，有几个学者到段祺瑞[①]政府去告密，说我不好，要捕拿我，我便因了朋友林语堂[②]的帮助逃到厦门，去做厦门大学教授，十二月走出，到广东做了中山大学教授，四月辞职，九月出广东，一直住在上海。

我在留学时候，只在杂志上登过几篇不好的文章。初做小说是一九一八年，因为一个朋友钱玄同的劝告，做来登在《新青年》上的。这时才用“鲁迅”的笔名（Penname）；也常用别的名字做一点短论。现在汇印成书的有两本短篇小说集：《呐喊》，《彷徨》。一本论文，一本回忆记，一本散文诗，四本短评。别的，除翻译不计外，印成的又有一本《中国小说史略》，和一本编定的《唐宋传奇集》。

一九三〇年五月十六日。

本篇据手稿编入。它是作者在1925年所作《自叙传略》的基础上增补修订而成的。

---

①段祺瑞（1864–1936）：字芝泉，安徽合肥人，北洋军阀皖系首领。1926年他制造了镇压群众反帝爱国运动的“三一八”惨案。事后，又发布秘密通缉令，据1926年2月26日《京报》披露，“该项通缉令所罗织之罪犯闻竟有五十人之多，如……周树人（即鲁迅）许寿裳……均包括在内，闻所开五十人中之学界部分，系（教长）马君武亲笔开列”。

②林语堂（1894–1976）：福建龙溪人，作家。曾留学美国、德国，回国后在北京大学、北京女子师范大学等校任教。《语丝》撰稿人之一。20世纪30年代在上海编辑《论语》《人间世》等刊物，提倡幽默和闲适。1926年6月他任厦门大学文科主任兼国学研究院秘书时，曾推荐鲁迅到厦门大学任教。

我怎么做起小说来

我怎么做起小说来？——这来由，已经在《呐喊》的序文上，约略说过了。这里还应该补叙一点的，是当我留心文学的时候，情形和现在很不同：在中国，小说不算文学，做小说的也决不能称为文学家，所以并没有人想在这一条道路上出世。我也并没有要将小说抬进“文苑”里的意思，不过想利用他的力量，来改良社会。

但也不是自己想创作，注重的倒是在绍介，在翻译，而尤其注重于短篇，特别是被压迫的民族中的作者的作品。因为那时正盛行着排满论，有些青年，都引那叫喊和反抗的作者为同调的。所以“小说作法”之类，我一部都没有看过，看短篇小说却不少，小半是自己也爱看，大半则因了搜寻绍介的材料。也看文学史和批评，这是因为想知道作者的为人和思想，以便决定应否绍介给中国。和学问之类，是绝不相干的。

因为所求的作品是叫喊和反抗，势必至于倾向了东欧，因此所看的俄国，波兰以及巴尔干诸小国作家的东西就特别多。也曾热心的搜求印度，埃及的作品，但是得不到。记得当时最爱看的作者，是俄国的果戈理（N.Gogol）和波兰的显克微支（H. Sien kiewitz）[①]。日本的是夏目漱石和森欧外[②]。

回国以后，就办学校，再没有看小说的工夫了，这样的有五六年。为什么又开手了呢？——这也已经写在《呐喊》的序文里，不必说了。但我的来做小说，也并非自以为有做小说的才能，只因为那时是住在北京的会馆里的，要做论文罢，没有参考书，要翻译罢，没有底本，就只好做一点小说模样的东西塞责，

---

①显克微支（1846–1916）：波兰作家。作品主要反映波兰农民的痛苦生活和波兰人民反对异族侵略的斗争。著有历史小说三部曲《火与剑》《洪流》《伏洛窦耶夫斯基先生》和中篇小说《炭画》等。

②夏目漱石（1867–1916）：日本小说家，著有长篇小说《我是猫》、中篇小说《哥儿》等。森鸥外（1862–1922）：日本小说家、文学评论家，著有小说《舞姬》等。

这就是《狂人日记》。大约所仰仗的全在先前看过的百来篇外国作品和一点医学上的知识，此外的准备，一点也没有。

但是《新青年》的编辑者，却一回一回的来催，催几回，我就做一篇，这里我必得记念陈独秀[①]先生，他是催促我做小说最着力的一个。

自然，做起小说来，总不免自己有些主见的。例如，说到"为什么"做小说罢，我仍抱着十多年前的"启蒙主义"，以为必须是"为人生"，而且要改良这人生。我深恶先前的称小说为"闲书"，而且将"为艺术的艺术"，看作不过是"消闲"的新式的别号。所以我的取材，多采自病态社会的不幸的人们中，意思是在揭出病苦，引起疗救的注意。所以我力避行文的唠叨，只要觉得够将意思传给别人了，就宁可什么陪衬拖带也没有。中国旧戏上，没有背景，新年卖给孩子看的花纸上，只有主要的几个人（但现在的花纸[②]却多有背景了），我深信对于我的目的，这方法是适宜的，所以我不去描写风月，对话也决不说到一大篇。

我做完之后，总要看两遍，自己觉得拗口的，就增删几个字，一定要它读得顺口；没有相宜的白话，宁可引古语，希望总有人会懂，只有自己懂得或连自己也不懂的生造出来的字句，是不大用的。这一节，许多批评家之中，只有一个人看出来了，但他称我为 Stylist[③]。

所写的事迹，大抵有一点见过或听到过的缘由，但决不全用这事实，只是采取一端，加以改造，或生发开去，到足以几乎完全发表我的意思为止。人物的模特儿也一样，没有专用过一个人，往往嘴在浙江，脸在北京，衣服在山西，是一个拼凑起来的脚色。有人说，我的那一篇是骂谁，某一篇又是骂谁，那是完全胡说的。

---

①陈独秀（1880–1942）：字仲甫，安徽怀宁人，原为北京大学教授，《新青年》杂志的创办人，"五四"时期提倡新文化运动的主要人物。"五四"时期，他在致周作人的函件中，极力敦促鲁迅从事小说写作，如 1920 年 3 月 11 日信："我们很盼望豫才先生为《新青年》创作小说，请先生告诉他。"又 8 月 22 日信："鲁迅兄做的小说，我实在五体投地的佩服。"

②花纸：绍兴方言，指一种流行于民间的木板年画。

③ Stylist：英语"文体家"。作者这里所指似为黎锦明。黎在《论体裁描写与中国新文艺》一文中说："西欧的作家对于体裁，是其第一安到著作的路的门径，还竟有所谓体裁家（Stylist）者。……我们的新文艺，除开鲁迅叶绍钧二三人的作品还可见到有体裁的修养外，其余大都似乎随意的把它挂在笔头上。"

不过这样的写法，有一种困难，就是令人难以放下笔。一气写下去，这人物就逐渐活动起来，尽了他的任务。但倘有什么分心的事情来一打岔，放下许久之后再来写，性格也许就变了样，情景也会和先前所预想的不同起来。例如我做的《不周山》，原意是在描写性的发动和创造，以至衰亡的，而中途去看报章，见了一位道学的批评家攻击情诗[①]的文章，心里很不以为然，于是小说里就有一个小人物跑到女娲的两腿之间来，不但不必有，且将结构的宏大毁坏了。但这些处所，除了自己，大概没有人会觉到的，我们的批评大家成仿吾先生，还说这一篇做得最出色。

我想，如果专用一个人做骨干，就可以没有这弊病的，但自己没有试验过。

忘记是谁说的了，总之是，要极省俭的画出一个人的特点，最好是画他的眼睛。[②]我以为这话是极对的，倘若画了全副的头发，即使细得逼真，也毫无意思。我常在学学这一种方法，可惜学不好。

可省的处所，我决不硬添，做不出的时候，我也决不硬做，但这是因为我那时别有收入，不靠卖文为活的缘故，不能作为通例的。

还有一层，是我每当写作，一律抹杀各种的批评。因为那时中国的创作界固然幼稚，批评界更幼稚，不是举之上天，就是按之入地，倘将这些放在眼里，就要自命不凡，或觉得非自杀不足以谢天下的。批评必须坏处说坏，好处说好，才于作者有益。

但我常看外国的批评文章，因为他于我没有恩怨嫉恨，虽然所评的是别人的作品，却很有可以借镜之处。但自然，我也同时一定留心这批评家的派别。

以上，是十年前的事了，此后并无所作，也没有长进，编辑先生要我做一

---

①一位道学的批评家：指胡梦华。他在1922年10月24日《时事新报·学灯》上发表《读了〈蕙的风〉以后》，攻击汪静之作的诗集《蕙的风》，认为其中某些情诗是“堕落轻薄”的作品，有“不道德的嫌疑”。

②这是东晋画家顾恺之的话，见南朝宋刘义庆《世说新语·巧艺》：“顾长康（按即顾恺之）画人，或数年不点目睛。人问其故，顾曰：‘四体妍蚩，本无关于妙处；传神写照，正在阿堵中。’”阿堵，当时俗语，为“这个”之义。

点这类的文章，怎么能呢。拉杂写来，不过如此而已。

三月五日灯下。

本篇最初印入1933年6月上海天马书店出版的《创作的经验》一书。

《阿Q正传》的成因

在《文学周报》二五一期里，西谛先生谈起《呐喊》，尤其是《阿Q正传》。[1]这不觉引动我记起了一些小事情，也想借此来说一说，一则也算是做文章，投了稿；二则还可以给要看的人去看去。

我先要抄一段西谛先生的原文——

“这篇东西值得大家如此的注意，原不是无因的。但也有几点值得商榷的，如最后‘大团圆’的一幕，我在《晨报》上初读此作之时，即不以为然，至今也还不以为然，似乎作者对于阿Q之收局太匆促了；他不欲再往下写了，便如此随意的给他以一个‘大团圆’。像阿Q那样的一个人，终于要做起革命党来，终于受到那样大团圆的结局，似乎连作者他自己在最初写作时也是料不到的。至少在人格上似乎是两个。”

阿Q是否真要做革命党，即使真做了革命党，在人格上是否似乎是两个，现在姑且勿论。单是这篇东西的成因，说起来就要很费功夫了。我常常说，我的文章不是涌出来的，是挤出来的。听的人往往误解为谦逊，其实是真情。我没有什么话要说，也没有什么文章要做，但有一种自害的脾气，是有时不免呐喊几声，想给人们去添点热闹。譬如一匹疲牛罢，明知不堪大用的了，但废物何妨利用呢，所以张家要我耕一弓地，可以的；李家要我挨一转磨，也可以的；赵家要我在他店前站一刻，在我背上帖出广告道：敝店备有肥牛，出售上等消毒滋养牛乳。我虽然深知道自己是怎么瘦，又是公的，并没有乳，然而想到他们为张罗生意起见，情有可原，只要出售的不是毒药，也就不说什么了。但倘若用得我太苦，是不行的，我还要自己觅草吃，要喘气的工夫；要专指我为某家的牛，将我关在他的牛牢内，也不行的，我有时也许还要给别家挨几转磨。如果连肉都要出卖，那自然更不行，理由自明，无须细说。倘遇到上述的三不行，

---

①《文学周报》：文学研究会的机关刊物。1921年5月在上海创刊，郑振铎等主编。郑振铎（1898—1958），笔名西谛，福建长乐人，作家、文学史家。

我就跑，或者索性躺在荒山里。即使因此忽而从深刻变为浅薄，从战士化为畜生，吓我以康有为，比我以梁启超，也都满不在乎，还是我跑我的，我躺我的，决不出来再上当，因为我于“世故”实在是太深了。

近几年《呐喊》有这许多人看，当初是万料不到的，而且连料也没有料。不过是依了相识者的希望，要我写一点东西就写一点东西。也不很忙，因为不很有人知道鲁迅就是我。我所用的笔名也不只一个：LS，神飞，唐俟，某生者，雪之，风声；更以前还有：自树，索士，令飞，迅行。鲁迅就是承迅行而来的，因为那时的《新青年》编辑者不愿意有别号一般的署名。

现在是有人以为我想做什么狗首领了，真可怜，侦察了百来回，竟还不明白。我就从不曾插了鲁迅的旗去访过一次人；“鲁迅即周树人”，是别人查出来的。这些人有四类：一类是为要研究小说，因而要知道作者的身世；一类单是好奇；一类是因为我也做短评，所以特地揭出来，想我受点祸；一类是以为于他有用处，想要钻进来。

那时我住在西城边，知道鲁迅就是我的，大概只有《新青年》，《新潮》社里的人们罢；孙伏园也是一个。他正在晨报馆编副刊。不知是谁的主意，忽然要添一栏称为“开心话”的了，每周一次。他就来要我写一点东西。

阿Q的影像，在我心目中似乎确已有了好几年，但我一向毫无写他出来的意思。经这一提，忽然想起来了，晚上便写了一点，就是第一章：序。因为要切“开心话”这题目，就胡乱加上些不必有的滑稽，其实在全篇里也是不相称的。署名是“巴人”，取“下里巴人”①，并不高雅的意思。谁料这署名又闯了祸了，但我却一向不知道，今年在《现代评论》上看见涵庐（即高一涵）的《闲话》才知道的。那大略是——

“……我记得当《阿Q正传》一段一段陆续发表的时候，有许多人都栗栗危惧，恐怕以后要骂到他的头上。并且有一位朋友，当我面说，昨日《阿Q正传》上某一段仿佛就是骂他自己。因此便猜疑《阿Q正传》是某人作的，何以呢？因为只有某人知道他这一段私事。……从此疑神疑鬼，凡是《阿Q正传》中所骂的，都以为就是他的阴私；凡是与登载《阿Q正传》的报纸有关系的投稿人，都不免做了他所认为《阿Q正传》的作者的嫌疑犯了！等到他打听出来《阿

①“下里巴人”：古代楚国的通俗歌曲。《文选》卷四十五宋玉《对楚王问》：“客有歌于郢中者，其始曰下里巴人，国中属而和者数千人；……其为阳春白雪，国中属而和者，不过数十人。”

Q正传》的作者名姓的时候，他才知道他和作者素不相识，因此，才恍然自悟，又逢人声明说不是骂他。”（第四卷第八十九期）

我对于这位“某人”先生很抱歉，竟因我而做了许多天嫌疑犯。可惜不知是谁，“巴人”两字很容易疑心到四川人身上去，或者是四川人罢。直到这一篇收在《呐喊》里，也还有人问我：你实在是在骂谁和谁呢？我只能悲愤，自恨不能使人看得我不至于如此下劣。

第一章登出之后，便“苦”字临头了，每七天必须做一篇。我那时虽然并不忙，然而正在做流民，夜晚睡在做通路的屋子里，这屋子只有一个后窗，连好好的写字地方也没有，那里能够静坐一会，想一下。伏园虽然还没有现在这样胖，但已经笑嬉嬉，善于催稿了。每星期来一回，一有机会，就是：“先生《阿Q正传》……。明天要付排了。”于是只得做，心里想着“俗语说：‘讨饭怕狗咬，秀才怕岁考。’我既非秀才，又要周考真是为难……。”然而终于又一章。但是，似乎渐渐认真起来了；伏园也觉得不很“开心”，所以从第二章起，便移在“新文艺”栏里。

这样地一周一周挨下去，于是乎就不免发生阿Q可要做革命党的问题了。据我的意思，中国倘不革命，阿Q便不做，既然革命，就会做的。我的阿Q的运命，也只能如此，人格也恐怕并不是两个。民国元年已经过去，无可追踪了，但此后倘再有改革，我相信还会有阿Q似的革命党出现。我也很愿意如人们所说，我只写出了现在以前的或一时期，但我还恐怕我所看见的并非现代的前身，而是其后，或者竟是二三十年之后。其实这也不算辱没了革命党，阿Q究竟已经用竹筷盘上他的辫子了；此后十五年，长虹“走到出版界”，不也就成为一个中国的“绥惠略夫”[①]了么？

《阿Q正传》大约做了两个月，我实在很想收束了，但我已经记不大清楚，似乎伏园不赞成，或者是我疑心倘一收束，他会来抗议，所以将“大团圆”藏在心里，而阿Q却已经渐渐向死路上走。到最末的一章，伏园倘在，也许会压下，而要求放阿Q多活几星期的罢。但是“会逢其适”[②]，他回去了，代庖的是何

---

①“绥惠略夫”：俄国作家阿尔志跋绥夫的小说《工人绥惠略夫》中的人物，一个无政府主义者。

②“会逢其适”：语见《文中子·中说·周公》，原是“会当其意有所适”的意思。章士钊在《甲寅》周刊第一卷第一号（1925年7月18日）发表的《毁法辨》中错误地把它当作“适逢其会”来用。作者在这里顺笔给予讽刺。

作霖君，于阿 Q 素无爱憎，我便将“大团圆”送去，他便登出来。待到伏园回京，阿 Q 已经枪毙了一个多月了。纵令伏园怎样善于催稿，如何笑嬉嬉，也无法再说“先生,《阿 Q 正传》……。”从此我总算收束了一件事,可以另干别的去。另干了别的什么，现在也已经记不清，但大概还是这一类的事。

其实“大团圆”倒不是“随意”给他的；至于初写时可曾料到，那倒确乎也是一个疑问。我仿佛记得：没有料到。不过这也无法，谁能开首就料到人们的“大团圆”？不但对于阿 Q，连我自己将来的“大团圆”，我就料不到究竟是怎样。终于是“学者”，或“教授”乎？还是“学匪”或“学棍”呢？“官僚”乎,还是“刀笔吏”呢？“思想界之权威”乎,抑“思想界先驱者”乎,抑又“世故的老人”乎？“艺术家”？“战士”？抑又是见客不怕麻烦的特别“亚拉籍夫”乎？乎？乎？乎？乎？

但阿 Q 自然还可以有各种别样的结果，不过这不是我所知道的事。

先前，我觉得我很有写得“太过”的地方，近来却不这样想了。中国现在的事，即使如实描写，在别国的人们，或将来的好中国的人们看来，也都会觉得 Grotesk[①]。我常常假想一件事，自以为这是想得太奇怪了；但倘遇到相类的事实,却往往更奇怪。在这事实发生以前,以我的浅见寡识,是万万想不到的。

大约一个多月以前，这里枪毙一个强盗，两个穿短衣的人各拿手枪，一共打了七枪。不知道是打了不死呢，还是死了仍然打，所以要打得这么多。当时我便对我的一群少年同学们发感慨，说：这是民国初年初用枪毙的时候的情形；现在隔了十多年，应该进步些，无须给死者这么多的苦痛。北京就不然，犯人未到刑场，刑吏就从后脑一枪，结果了性命，本人还来不及知道已经死了呢。所以北京究竟是“首善之区”，便是死刑，也比外省的好得远。

但是前几天看见十一月二十三日的北京《世界日报》，又知道我的话并不的确了，那第六版上有一条新闻，题目是《杜小拴子刀铡而死》，共分五节，现在撮录一节在下面——

杜小拴子刀铡余人枪毙　先时，卫戍司令部因为从了毅军各兵士的请求，决定用“枭首刑”，所以杜等不曾到场以前，刑场已预备好了铡草大刀一把了。刀是长形的，下边是木底，中缝有厚大而锐利的刀一把，刀下头有一孔，横嵌木上，可以上下的活动，杜等四人入刑场之后，由招扶的兵士把杜等架下刑车，就叫他们脸冲北，对着已备好的刑桌前站着。……杜并没有跪，有外右五区的

① Grotesk：德语，意思是“古怪的”、“荒诞的”。

某巡官去问杜：要人把着不要？杜就笑而不答，后来就自己跑到刀前，自己睡在刀上，仰面受刑，先时行刑兵已将刀抬起，杜枕到适宜的地方后，行刑兵就合眼猛力一铡，杜的身首，就不在一处了。当时血出极多。在旁边跪等枪决的宋振山等三人，也各偷眼去看，中有赵振一名，身上还发起颤来。后由某排长拿手枪站在宋等的后面，先毙宋振山，后毙李有三赵振，每人都是一枪毙命。……先时，被害程步墀的两个儿子忠智忠信，都在场观看，放声大哭，到各人执刑之后，去大喊：爸！妈呀！你的仇已报了！我们怎么办哪？听的人都非常难过，后来由家族引导着回家去了。

假如有一个天才，真感着时代的心搏，在十一月二十二日发表出记叙这样情景的小说来，我想，许多读者一定以为是说着包龙图[①]爷爷时代的事，在西历十一世纪，和我们相差将有九百年。

这真是怎么好……。

至于《阿Q正传》的译本，我只看见过两种。法文的登在八月分的《欧罗巴》上，还止三分之一，是有删节的。英文的似乎译得很恳切，但我不懂英文，不能说什么。只是偶然看见还有可以商榷的两处：一是“三百大钱九二串”当译为“三百大钱，以九十二文作为一百”的意思；二是“柿油党”不如译音，因为原是“自由党”，乡下人不能懂，便讹成他们能懂的“柿油党”了。

十二月三日，在厦门写。

本篇最初发表于1926年12月18日上海《北新》周刊第十八期。

---

①包龙图：即包拯（999—1062），宋代安徽合肥人，曾官龙图阁直学士。旧日民间关于他的传说很多；在《三侠五义》等小说或戏剧中，都有他用铡刀铡人的故事。

自言自语

一 序

水村的夏夜，摇着大芭蕉扇，在大树下乘凉，是一件极舒服的事。

男女都谈些闲天，说些故事。孩子是唱歌的唱歌，猜谜的猜谜。

只有陶老头子，天天独自坐着。因为他一世没有进过城，见识有限，无天可谈。而且眼花耳聋，问七答八，说三话四，很有点讨厌，所以没人理他。

他却时常闭着眼，自己说些什么。仔细听去，虽然昏话多，偶然之间，却也有几句略有意思的段落的。

夜深了，乘凉的都散了。我回家点上灯，还不想睡，便将听得的话写了下来，再看一回，却又毫无意思了。

其实陶老头子这等人，那里真会有好话呢，不过既然写出，姑且留下罢了。

留下又怎样呢？这是连我也答复不来。

中华民国八年八月八日灯下记。

二 火的冰

流动的火，是熔化的珊瑚么？

中间有些绿白，像珊瑚的心，浑身通红，像珊瑚的肉，外层带些黑，是珊瑚焦了。

好是好呵，可惜拿了要烫手。

遇着说不出的冷，火便结了冰了。

中间有些绿白，像珊瑚的心，浑身通红，像珊瑚的肉，外层带些黑，也还是珊瑚焦了。

好是好呵，可惜拿了便要火烫一般的冰手。

火，火的冰，人们没奈何他，他自己也苦么？

唉，火的冰。

唉，唉，火的冰的人！

三 古城

你以为那边是一片平地么？不是的。其实是一座沙山，沙山里面是一座古城。这古城里，一直从前住着三个人。

古城不很大，却很高。只有一个门，门是一个闸。青铅色的浓雾，卷着黄沙，波涛一般的走。

少年说，“沙来了。活不成了。孩子快逃罢。”

老头子说，“胡说，没有的事。”

这样的过了三年和十二个月另八天。

少年说，“沙积高了，活不成了。孩子快逃罢。”老头子说，“胡说，没有的事。”

少年想开闸，可是重了。因为上面积了许多沙了。

少年拼了死命，终于举起闸，用手脚都支着，但总不到二尺高。

少年挤那孩子出去说，“快走罢！”

老头子拖那孩子回来说，“没有的事！”

少年说，“快走罢！这不是理论，已经是事实了！”青铅色的浓雾，卷着黄沙，波涛一般的走。

以后的事，我可不知道了。

你要知道，可以掘开沙山，看看古城。闸门下许有一个死尸。闸门里是两个还是一个？

四 螃蟹

老螃蟹觉得不安了，觉得全身太硬了。自己知道要蜕壳了。

他跑来跑去的寻。他想寻一个窟穴，躲了身子，将石子堵了穴口，隐隐的蜕壳。他知道外面蜕壳是危险的。身子还软，要被别的螃蟹吃去的。这并非空害怕，他实在亲眼见过。他慌慌张张的走。

旁边的螃蟹问他说，“老兄，你何以这般慌？”

他说，“我要蜕壳了。”

“就在这里蜕不很好么？我还要帮你呢。”“那可太怕人了。”

“你不怕窟穴里的别的东西，却怕我们同种么？”“我不是怕同种。”

“那还怕什么呢？”

“就怕你要吃掉我。”

五 波儿

波儿气愤愤的跑了。

波儿这孩子，身子有矮屋一般高了，还是淘气，不知道从那里学了坏样子，也想种花了。

不知道从那里要来的蔷薇子，种在干地上，早上浇水，上午浇水，正午浇水。

正午浇水，土上面一点小绿，波儿很高兴，午后浇水，小绿不见了，许是被虫子吃了。

波儿去了喷壶，气愤愤的跑到河边，看见一个女孩子哭着。

波儿说，“你为什么在这里哭？”

女孩子说，“你尝河水什么味罢。”

波儿尝了水，说是“淡的”。

女孩子说，“我落下了一滴泪了，还是淡的，我怎么不哭呢。”

波儿说，“你是傻丫头！”

波儿气愤愤的跑到海边，看见一个男孩子哭着。

波儿说，“你为什么在这里哭？”

男孩子说，“你看海水是什么颜色？”

波儿看了海水，说是“绿的”。

男孩子说，“我滴下了一点血了，还是绿的，我怎么不哭呢。”

波儿说，“你是傻小子！”

波儿才是傻小子哩。世上那有半天抽芽的蔷薇花，花的种子还在土里呢。

便是终于不出，世上也不会没有蔷薇花。

六 我的父亲

我的父亲躺在床上，喘着气，脸上很瘦很黄，我有点怕敢看他了。

他眼睛慢慢闭了，气息渐渐平了。我的老乳母对我说，“你的爹要死了，你叫他罢。”

“爹爹。”

“不行，大声叫！”

“爹爹！”

我的父亲张一张眼，口边一动，彷佛有点伤心，——他仍然慢慢的闭了眼睛。

我的老乳母对我说，“你的爹死了。”

阿！我现在想，大安静大沈寂的死，应该听他慢慢到来。谁敢乱嚷，是大过失。

我何以不听我的父亲，徐徐入死，大声叫他。

阿！我的老乳母。你并无恶意，却教我犯了大过，扰乱我父亲的死亡，使他只听得叫“爹”，却没有听到有人向荒山大叫。

那时我是孩子，不明白什么事理。现在，略略明白，已经迟了。我现在告知我的孩子，倘我闭了眼睛，万不要在我的耳朵边叫了。

七 我的兄弟

我是不喜欢放风筝的，我的一个小兄弟是喜欢放风筝的。

我的父亲死去之后，家里没有钱了。我的兄弟无论怎么热心，也得不到一个风筝了。

一天午后，我走到一间从来不用的屋子里，看见我的兄弟，正躲在里面糊风筝，有几支竹丝，是自己削的，几张皮纸，是自己买的，有四个风轮，已经糊好了。

我是不喜欢放风筝的，也最讨厌他放风筝，我便生气，踏碎了风轮，拆了竹丝，将纸也撕了。

我的兄弟哭着出去了，悄然的在廊下坐着，以后怎样，我那时没有理会，都不知道了。

我后来悟到我的错处。我的兄弟却将我这错处全忘了，他总是很要好的叫我“哥哥”。

我很抱歉，将这事说给他听，他却连影子都记不起了。他仍是很要好的叫我“哥哥”。

阿！我的兄弟。你没有记得我的错处，我能请你原谅么？然而还是请你原谅罢！

一九一九年。

本篇最初连载于《国民公报》“新文艺”栏，署名神飞。第一、二节发表于1919年8月19日；第三节发表于8月20日；第四节发表于8月21日；第五节发表于9月7日；第六、七节发表于9月9日。第七节末原注“未完”。

阿　金

近几时我最讨厌阿金。

她是一个女仆，上海叫娘姨，外国人叫阿妈，她的主人也正是外国人。

她有许多女朋友，天一晚，就陆续到她窗下来，“阿金，阿金！”的大声的叫，这样的一直到半夜。她又好像颇有几个姘头；她曾在后门口宣布她的主张：弗轧姘头，到上海来做啥呢？……

不过这和我不相干。不幸的是她的主人家的后门，斜对着我的前门，所以“阿金，阿金！”的叫起来，我总受些影响，有时是文章做不下去了，有时竟会在稿子上写一个“金”字。更不幸的是我的进出，必须从她家的晒台下走过，而她大约是不喜欢走楼梯的，竹竿，木板，还有别的什么，常常从晒台上直摔下来，使我走过的时候，必须十分小心，先看一看这位阿金可在晒台上面，倘在，就得绕远些。自然，这是大半为了我的胆子小，看得自己的性命太值钱；但我们也得想一想她的主子是外国人，被打得头破血出，固然不成问题，即使死了，开同乡会，打电报也都没有用的，——况且我想，我也未必能够弄到开起同乡会。

半夜以后，是别一种世界，还剩着白天脾气是不行的。有一夜，已经三点半钟了，我在译一篇东西，还没有睡觉。忽然听得路上有人低声的在叫谁，虽然听不清楚，却并不是叫阿金，当然也不是叫我。我想：这么迟了，还有谁来叫谁呢？同时也站起来，推开楼窗去看去了，却看见一个男人，望着阿金的绣阁的窗，站着。他没有看见我。我自悔我的莽撞，正想关窗退回的时候，斜对面的小窗开处，已经现出阿金的上半身来，并且立刻看见了我，向那男人说了一句不知道什么话，用手向我一指，又一挥，那男人便开大步跑掉了。我很不舒服，好像是自己做了甚么错事似的，书译不下去了，心里想：以后总要少管闲事，要炼到泰山崩于前而色不变，炸弹落于侧而身不移！……

但在阿金，却似乎毫不受什么影响，因为她仍然嘻嘻哈哈。不过这是晚快边才得到的结论，所以我真是负疚了小半夜和一整天。这时我很感激阿金的大度，但同时又讨厌了她的大声会议，嘻嘻哈哈了。自有阿金以来，四围的空气也变得扰动了，她就有这么大的力量。这种扰动，我的警告是毫无效验的，她们连看也不对我看一看。有一回，邻近的洋人说了几句洋话，她们也不理；但那洋人就奔出来了，用脚向各人乱踢，她们这才逃散，会议也收了场。这踢的效力，大约保存了五六夜。

此后是照常的嚷嚷；而且扰动又廓张了开去，阿金和马路对面一家烟纸店里的老女人开始奋斗了，还有男人相帮。她的声音原是响亮的，这回就更加响亮，我觉得一定可以使二十间门面以外的人们听见。不一会，就聚集了一大批人。论战的将近结束的时候当然要提到“偷汉”之类，那老女人的话我没有听清楚，阿金的答复是：

“你这老 × 没有人要！我可有人要呀！”

这恐怕是实情，看客似乎大抵对她表同情，“没有人要”的老 × 战败了。这时踱来了一位洋巡捕，反背着两手，看了一会，就来把看客们赶开；阿金赶紧迎上去，对他讲了一连串的洋话。洋巡捕注意的听完之后，微笑的说道：

“我看你也不弱呀！”

他并不去捉老 ×，又反背着手，慢慢的踱过去了。这一场巷战就算这样的结束。但是，人间世的纠纷又并不能解决得这么干脆，那老 × 大约是也有一点势力的。第二天早晨，那离阿金家不远的也是外国人家的西崽忽然向阿金家逃来。后面追着三个彪形大汉。西崽的小衫已被撕破，大约他被他们诱出外面，又给人堵住后门，退不回去，所以只好逃到他爱人这里来了。爱人的肘腋之下，原是可以安身立命的，伊孛生（HIbsen）戏剧里的彼尔·干德[①]，就是失败之后，终于躲在爱人的裙边，听唱催眠歌的大人物。但我看阿金似乎比不上瑙威女子，她无情，也没有魄力。独有感觉是灵的，那男人刚要跑到的时候，她已经赶紧把后门关上了。那男人于是进了绝路，只得站住。这好像也颇出于彪形大汉们的意料之外，显得有些踌躕；但终于一同举起拳头，两个是在他背脊和胸脯上一共给了三拳，仿佛也并不怎么重，一个在他脸上打了一拳，却使它立刻红起来。这一场巷战很神速，又在早晨，所以观战者也不多，胜败两军，各自走散，世界又从此暂时和平了。然而我仍然不放心，因为我曾经听人说过：所谓“和平”，不过是两次战争之间的时日。

---

①彼尔·干德：挪威易卜生的诗剧《彼尔·干德》的主角，是一个想象丰富、意志薄弱的人物，最后在他爱人给他唱催眠曲时死去。

但是，过了几天，阿金就不再看见了，我猜想是被她自己的主人所回复。补了她的缺的是一个胖胖的，脸上很有些福相和雅气的娘姨，已经二十多天，还很安静，只叫了卖唱的两个穷人唱过一回“奇葛隆冬强”的《十八摸》[①]之类，那是她用“自食其力”的余闲，享点清福，谁也没有话说的。只可惜那时又招集了一群男男女女，连阿金的爱人也在内，保不定什么时候又会发生巷战。但我却也叨光听到了男嗓子的上低音（barytone）的歌声，觉得很自然，比绞死猫儿似的《毛毛雨》要好得天差地远。

阿金的相貌是极其平凡的。所谓平凡，就是很普通，很难记住，不到一个月，我就说不出她究竟是怎么一副模样来了。但是我还讨厌她，想到“阿金”这两个字就讨厌；在邻近闹嚷一下当然不会成这么深仇重怨，我的讨厌她是因为不消几日，她就摇动了我三十年来的信念和主张。

我一向不相信昭君出塞[②]会安汉，木兰从军[③]就可以保隋；也不信妲己亡殷[④]，西施沼吴[⑤]，杨妃乱唐[⑥]的那些古老话。我以为在男权社会里，女人是决不会有这种大力量的，兴亡的责任，都应该男的负。但向来的男性的作者，大抵将败亡的大罪，推在女性身上，这真是一钱不值的没有出息的男人。殊不料现在阿金却以一个貌不出众，才不惊人的娘姨，不用一个月，就在我眼前搅乱了四分之一里，假使她是一个女王，或者是皇后，皇太后，那么，其影响也就可以推见了：

---

①《十八摸》：旧时流行的一种猥亵小调。

②昭君出塞：昭君，即王昭君，名嫱，汉元帝宫女。竟宁元年（公元前33）被遣出塞“和亲”，嫁与匈奴呼韩邪单于（见《汉书·匈奴传》）。

③木兰从军：北朝民间叙事诗《木兰诗》中的故事，写木兰女扮男装，代父从军（见《乐府诗集·鼓角横吹曲》）。

④妲己亡殷：妲己，殷纣王的妃子，周武王灭殷时被杀。《史记·殷本纪》：“帝纣……好酒淫乐，嬖于妇人，爱妲己，妲己之言是从。”武王伐殷时，在《太誓》中有“今殷王纣乃用其妇人之言，自绝于天”等语，后来一些文人就把殷亡的责任归罪于妲己。

⑤西施沼吴：西施，春秋时越国的美女。越王勾践为吴所败，把她献给吴王夫差。后来吴王昏乱失政，破灭于越（见《吴越春秋》）。“沼吴”，语出《左传》：哀公元年，当勾践战败向吴求和时，伍员谏夫差拒和，不听，伍员“退而告人曰：越十年生聚，而十年教训，二十年之外，吴其为沼乎！”

⑥杨妃乱唐：杨妃，即唐玄宗的妃子杨玉环。她的堂兄杨国忠因她得宠而骄奢跋扈，败坏朝政。天宝十四年（公元755）安禄山以诛国忠为名，起兵反唐，玄宗奔蜀，至马嵬驿，将士杀国忠，玄宗令将杨妃缢死。

足够闹出大大的乱子来。

昔者孔子“五十而知天命”[1]，我却为了区区一个阿金，连对于人事也从新疑惑起来了，虽然圣人和凡人不能相比，但也可见阿金的伟力，和我的满不行。我不想将我的文章的退步，归罪于阿金的嚷嚷，而且以上的一通议论，也很近于迁怒，但是，近几时我最讨厌阿金，仿佛她塞住了我的一条路，却是的确的。

愿阿金也不能算是中国女性的标本。

十二月二十一日。

本篇写成时未能发表，后发表于1936年2月20日上海《海燕》月刊第二期。

① “五十而知天命”：孔丘的话，见《论语·为政》。据朱熹《集注》：“天命，即天道之流行而赋于物者，乃事物所以当然之故也。”

看萧和“看萧的人们”记

我是喜欢萧[1]的。这并不是因为看了他的作品或传记，佩服得喜欢起来，仅仅是在什么地方见过一点警句，从什么人听说他往往撕掉绅士们的假面，这就喜欢了他了。还有一层，是因为中国也常有模仿西洋绅士的人物的，而他们却大抵不喜欢萧。被我自己所讨厌的人们所讨厌的人，我有时会觉得他就是好人物。

现在，这萧就要到中国来，但特地搜寻着去看一看的意思倒也并没有。

十六日的午后，内山完造君将改造社的电报给我看，说是去见一见萧怎么样。我就决定说，有这样地要我去见一见，那就见一见罢。

十七日的早晨，萧该已在上海登陆了，但谁也不知道他躲着的处所。这样地过了好半天，好像到底不会看见似的。到了午后，得到蔡先生的信，说萧现就在孙夫人的家里吃午饭，教我赶紧去。

我就跑到孙夫人的家里去。一走进客厅隔壁的一间小小的屋子里，萧就坐在圆桌的上首，和别的五个人在吃饭。因为早就在什么地方见过照相，听说是世界的名人的，所以便电光一般觉得是文豪，而其实是什么标记也没有。但是，雪白的须发，健康的血色，和气的面貌，我想，倘若作为肖像画的模范，倒是很出色的。

午餐像是吃了一半了。是素菜，又简单。白俄的新闻上，曾经猜有无数的侍者，但只有一个厨子在搬菜。

萧吃得并不多，但也许开始的时候，已经很吃了一通了也难说。到中途，他用起筷子来了，很不顺手，总是夹不住。然而令人佩服的是他竟逐渐巧妙，终于紧紧的夹住了一块什么东西，于是得意的遍看着大家的脸，可是谁也没有看见这成功。

---

①本文的“萧”指英国现实主义戏剧家萧伯纳。

在吃饭时候的萧，我毫不觉得他是讽刺家。谈话也平平常常。例如说：朋友最好，可以久远的往还，父母和兄弟都不是自己自由选择的，所以非离开不可之类。

午餐一完，照了三张相。并排一站，我就觉得自己的矮小了。虽然心里想，假如再年青三十年，我得来做伸长身体的体操……。

两点光景，笔会（Pen Club）有欢迎。也趁了摩托车一同去看时，原来是在叫作“世界学院”的大洋房里。走到楼上，早有为文艺的文艺家，民族主义文学家，交际明星，伶界大王等等，大约五十个人在那里了。合起围来，向他质问各色各样的事，好像翻检《大英百科全书》似的。

萧也演说了几句：诸君也是文士，所以这玩艺儿是全都知道的。至于扮演者，则因为是实行的，所以比起自己似的只是写写的人来，还要更明白。此外还有什么可说的呢。总之，今天就如看看动物园里的动物一样，现在已经看见了，这就可以了罢。云云。

大家都哄笑了，大约又以为这是讽刺。

也还有一点梅兰芳博士和别的名人的问答，但在这里，略之。

此后是将赠品送给萧的仪式。这是由有着美男子之誉的邵洵美君拿上去的，是泥土做的戏子的脸谱的小模型，收在一个盒子里。还有一种，听说是演戏用的衣裳，但因为是用纸包好了的，所以没有见。萧很高兴的接受了。据张若谷君后来发表出来的文章，则萧还问了几句话，张君也刺了他一下，可惜萧不听见云。但是，我实在也没有听见。

有人问他菜食主义的理由。这时很有了几个来照照相的人，我想，我这烟卷的烟是不行的，便走到外面的屋子去了。

还有面会新闻记者的约束，三点光景便又回到孙夫人的家里来。早有四五十个人在等候了，但放进的却只有一半。首先是木村毅君和四五个文士，新闻记者是中国的六人，英国的一人，白俄一人，此外还有照相师三四个。

在后园的草地上，以萧为中心，记者们排成半圆阵，替代着世界的周游，开了记者的嘴脸展览会。萧又遇到了各色各样的质问，好像翻检《大英百科全书》似的。

萧似乎并不想多话。但不说，记者们是决不干休的，于是终于说起来了，说得一多，这回是记者那面的笔记的分量，就渐渐的减少了下去。

我想，萧并不是真的讽刺家，因为他就会说得那么多。

试验是大约四点半钟完结的。萧好像已经很疲倦，我就和木村君都回到内山书店里去了。

第二天的新闻，却比萧的话还要出色得远远。在同一的时候，同一的地方，听着同一的话，写了出来的记事，却是各不相同的。似乎英文的解释，也会由于听者的耳朵，而变换花样。例如，关于中国的政府罢，英字新闻的萧，说的是中国人应该挑选自己们所佩服的人，作为统治者；日本字新闻的萧，说的是中国政府有好几个；汉字新闻的萧，说的是凡是好政府，总不会得人民的欢心的。从这一点看起来，萧就并不是讽刺家，而是一面镜。

但是，在新闻上的对于萧的评论，大体是坏的。人们是各各去听自己所喜欢的，有益的讽刺去的，而同时也给听了自己所讨厌的，有损的讽刺。于是就各各用了讽刺来讽刺道，萧不过是一个讽刺家而已。

在讽刺竞赛这一点上，我以为还是萧这一面伟大。

我对于萧，什么都没有问；萧对于我，也什么都没有问。不料木村君却要我写一篇萧的印象记。别人做的印象记，我是常看的，写得仿佛一见便窥见了那人的真心一般，我实在佩服其观察之锐敏。至于自己，却连相书也没有翻阅过，所以即使遇见了名人罢，倘要我滔滔的来说印象，可就穷矣了。

但是，因为是特地从东京到上海来要我写的，我就只得寄一点这样的东西，算是一个对付。

一九三三年二月二十三夜。

本篇为日本改造社特约稿，原为日文，发表于1933年4月号《改造》。后由许霞（许广平）译成中文，经作者校订，发表于1933年5月1日《现代》第三卷第一期。

上海所感

一有所感，倘不立刻写出，就忘却，因为会习惯。幼小时候，洋纸一到手，便觉得羊臊气扑鼻，现在却什么特别的感觉也没有了。初看见血，心里是不舒服的，不过久住在杀人的名胜之区，则即使见了挂着的头颅，也不怎么诧异。这就是因为能够习惯的缘故。由此看来，人们——至少，是我一般的人们，要从自由人变成奴隶，怕也未必怎么烦难罢。无论什么，都会惯起来的。

中国是变化繁多的地方，但令人并不觉得怎样变化。变化太多，反而很快的忘却了。倘要记得这么多的变化，实在也非有超人的记忆力就办不到。

但是，关于一年中的所感，虽然淡漠，却还能够记得 些的。不知怎的，好像无论什么，都成了潜行活动，秘密活动了。

至今为止，所听到的是革命者因为受着压迫，所以用着潜行，或者秘密的活动，但到一九三三年，却觉得统治者也在这么办的了。譬如罢，阔佬甲到阔佬乙所在的地方来，一般的人们，总以为是来商量政治的，然而报纸上却道并不为此，只因为要游名胜，或是到温泉里洗澡；外国的外交官来到了，它告诉读者的是也并非有什么外交问题，不过来看看某大名人的贵恙。但是，到底又总好像并不然。

用笔的人更能感到的，是所谓文坛上的事。有钱的人，给绑匪架去了，作为抵押品，上海原是常有的，但近来却连作家也往往不知所往。有些人说，那是给政府那面捉去了，然而好像政府那面的人们，却道并不是。然而又好像实在也还是在属于政府的什么机关里的样子。犯禁的书籍杂志的目录，是没有的，然而邮寄之后，也往往不知所往。假如是列宁的著作罢，那自然不足为奇，但《国木田独步集》[①]有时也不行，还有，是亚米契斯的《爱的教育》[②]。不过，卖着

①《国木田独步集》：日本作家国木田独步（1871—1908）的短篇小说集。内收小说5篇，夏丏尊译。1927年6月开明书店出版。

②亚米契斯（E.deAmicis，1846—1908）：意大利作家。《爱的教育》，是他的日记体小说《心》的中译名，夏丏尊译。1926年由开明书店出版。

也许犯忌的东西的书店，却还是有的，虽然还有，而有时又会从不知什么地方飞来一柄铁锤，将窗上的大玻璃打破，损失是二百元以上。打破两块的书店也有，这回是合计五百元正了。有时也撒些传单，署名总不外乎什么什么团之类。

平安的刊物上，是登着莫索里尼或希特拉的传记，恭维着，还说是要救中国，必须这样的英雄，然而一到中国的莫索里尼或希特拉是谁呢这一个紧要结论，却总是客气着不明说。这是秘密，要读者自己悟出，各人自负责任的罢。对于论敌，当和苏俄绝交时，就说他得着卢布，抗日的时候，则说是在将中国的秘密向日本卖钱。但是，用了笔墨来告发这卖国事件的人物，却又用的是化名，好像万一发生效力，敌人因此被杀了，他也不很高兴负这责任似的。

革命者因为受压迫，所以钻到地里去，现在是压迫者和他的爪牙，也躲进暗地里去了。这是因为虽在军刀的保护之下，胡说八道，其实却毫无自信的缘故；而且连对于军刀的力量，也在怀着疑。一面胡说八道，一面想着将来的变化，就越加缩进暗地里去，准备着情势一变，就另换一副面孔，另拿一张旗子，从新来一回。而拿着军刀的伟人存在外国银行里的钱，也使他们的自信力更加动摇的。这是为不远的将来计。为了辽远的将来，则在愿意在历史上留下一个芳名。中国和印度不同，是看重历史的。但是，并不怎么相信，总以为只要用一种什么好手段，就可以使人写得体体面面。然而对于自己以外的读者，那自然要他们相信的。

我们从幼小以来，就受着对于意外的事情，变化非常的事情，绝不惊奇的教育。那教科书是《西游记》，全部充满着妖怪的变化。例如牛魔王呀，孙悟空呀……就是。据作者所指示，是也有邪正之分的，但总而言之，两面都是妖怪，所以在我们人类，大可以不必怎样关心。然而，假使这不是书本上事，而自己也身历其境，这可颇有点为难了。以为是洗澡的美人罢，却是蜘蛛精；以为是寺庙的大门罢，却是猴子的嘴，这教人怎么过。早就受了《西游记》教育，吓得气绝是大约不至于的，但总之，无论对于什么，就都不免要怀疑了。

外交家是多疑的，我却觉得中国人大抵都多疑。如果跑到乡下去，向农民问路径，问他的姓名，问收成，他总不大肯说老实话。将对手当蜘蛛精看是未必的，但好像他总在以为会给他什么祸祟。这种情形，很使正人君子们愤慨，就给了他们一个徽号，叫作“愚民”。但在事实上，带给他们祸祟的时候却也并非全没有。因了一整年的经验，我也就比农民更加多疑起来，看见显着正人君子模样的人物，竟会觉得他也许正是蜘蛛精了。然而，这也就会习惯的罢。

愚民的发生，是愚民政策的结果，秦始皇已经死了二千多年，看看历史，是没有再用这种政策的了，然而，那效果的遗留，却久远得多么骇人呵！

十二月五日。

本篇系用日文写作，发表于1934年1月1日日本大阪《朝日新闻》。译文发表于1934年9月25日《文学新地》创刊号，题为《一九三三年上海所感》，署名石介译。

记“杨树达”君的袭来

今天早晨，其实时候是大约已经不早了。我还睡着，女工将我叫了醒来，说，“有一个师范大学的杨先生，杨树达，要来见你。”我虽然还不大清醒，但立刻知道是杨遇夫君[①]，他名树达，曾经因为邀我讲书的事，访过我一次的。我一面起来，一面对女工说：“略等一等，就请罢。”

我起来看钟，是九点二十分。女工也就请客去了。不久，他就进来，但我一看很愕然，因为他并非我所熟识的杨树达君，他是一个方脸，淡赭色脸皮，大眼睛长眼梢，中等身材的二十多岁的学生风的青年。他穿着一件藏青色的爱国布（？）长衫，时式的大袖子。手上拿一顶很新的淡灰色中折帽，白的围带；还有一个彩色铅笔的扁匣，但听那摇动的声音，里面最多不过是两支很短的铅笔。

“你是谁？”我诧异的问，疑心先前听错了。

“我就是杨树达。”

我想：原来是一个和教员的姓名完全相同的学生，但也许写法并不一样。

“现在是上课时间，你怎么出来的？”

“我不乐意上课！”

我想：原来是一个孤行己意，随随便便的青年，怪不得他模样如此傲慢。

“你们明天放假罢……”

“没有，为什么？”

“我这里可是有通知的，……”我一面说，一面想，他连自己学校里的纪念日都不知道了，可见是已经多天没有上课，或者也许不过是一个假借自由的美名的游荡者罢。

---

①杨遇夫（1885–1956）：名树达，湖南长沙人，语言文字学家。曾留学日本，历任北京师范大学、清华大学、湖南大学教授。著有《高等国文法》《词诠》等。文中所说自称“杨树达”者本名为杨鄂生。

“拿通知给我看。”

“我团掉了。”我说。

“拿团掉的我看。”

“拿出去了。”

“谁拿出去的？”

我想：这奇怪，怎么态度如此无礼？然而他似乎是山东口音，那边的人多是率直的，况且年青的人思想简单……或者他知道我不拘这些礼节：这不足为奇。

“你是我的学生么？”但我终于疑惑了。

“哈哈哈，怎么不是。”

“那么，你今天来找我干什么？”

“要钱呀，要钱！”

我想：那么，他简直是游荡者，荡窘了，各处乱钻。

“你要钱什么用？”我问。

“穷呀。要吃饭不是总要钱吗？我没有饭吃了！”他手舞足蹈起来。

“你怎么问我来要钱呢？”

“因为你有钱呀。你教书，做文章，送来的钱多得很。”他说着，脸上做出凶相，手在身上乱摸。

我想：这少年大约在报章上看了些什么上海的恐吓团的记事，竟模仿起来了，还是防着点罢。我就将我的坐位略略移动，豫备容易取得抵抗的武器。

“钱是没有。”我决定的说。

“说谎！哈哈哈，你钱多得很。”

女工端进一杯茶来。

“他不是很有钱么？”这少年便问他，指着我。

女工很惶窘了，但终于很怕的回答：“没有。”

“哈哈哈，你也说谎！”

女工逃出去了。他换了一个坐位，指着茶的热气，说：“多么凉。”

我想：这意思大概算是讥刺我，犹言不肯将钱助人，是凉血动物。

“拿钱来！”他忽而发出大声，手脚也愈加舞蹈起来，“不给钱是不走的！”

“没有钱。”我仍然照先的说。

“没有钱？你怎么吃饭？我也要吃饭。哈哈哈哈。”

“我有我吃饭的钱，没有给你的钱。你自己挣去。”

“我的小说卖不出去。哈哈哈！”

我想：他或者投了几回稿，没有登出，气昏了。然而为什么向我为难呢？大概是反对我的作风的。或者是有些神经病的罢。

“你要做就做，要不做就不做，一做就登出，送许多钱，还说没有，哈哈哈哈。晨报[1]馆的钱已经送来了罢，哈哈哈。什么东西！周作人[2]，钱玄同；周树人就是鲁迅，做小说的，对不对？孙伏园[3]；马裕藻就是马幼渔，对不对？陈通伯，郁达夫。什么东西！Tolstoi，Andreev[4]，张三，什么东西！哈哈哈，冯玉祥，吴佩孚[5]，哈哈哈。”

“你是为了我不再向晨报馆投稿的事而来的么？”但我又即刻觉到我的推测有些不确了，因为我没有见过杨遇夫马幼渔在《晨报副镌》上做过文章，不至于拉在一起；况且我的译稿的稿费至今还没有着落，他该不至于来说反话的。

“不给钱是不走的。什么东西，还要找！还要找陈通伯去。我就要找你的兄弟去，找周作人去，找你的哥哥去。”

我想：他连我的兄弟哥哥都要找遍，大有恢复灭族法之意了，的确古人的凶心都遗传在现在的青年中。我同时又觉得这意思有些可笑，就自己微笑起来。

“你不舒服罢？”他忽然问。

“是的，有些不舒服，但是因为你骂得不中肯。”

“我朝南。”他又忽而站起来，向后窗立着说。

我想：这不知道是什么意思。

他忽而在我的床上躺下了。我拉开窗幔，使我的佳客的脸显得清楚些，以

---

①《晨报》：梁启超、汤化龙等组织的政治团体研究系的机关报。在政治上拥护北洋政府，但它的副刊在进步力量推动下，一个时期内曾是赞助新文化运动的重要刊物之一。鲁迅在1921年秋至1924年冬孙伏园任编辑时经常为它撰稿，孙伏园去职后即不再投稿。

②周作人（1885–1967）：字启明，浙江绍兴人，鲁迅的二弟。曾留学日本，当时任北京大学教授。抗日战争期间堕落为汉奸。

③孙伏园（1894–1966）：原名福源，浙江绍兴人。北京大学毕业，新潮社和语丝社成员。先后任《晨报副刊》、《京报副刊》编辑。著有《伏园游记》、《鲁迅先生二三事》等。

④ Tolstoi：托尔斯泰。Andreev，安德烈夫。

⑤冯玉祥（1882–1948）：字焕章，安徽巢县人，北洋直系将领，当时任国民军总司令。后来逐渐倾向进步。吴佩孚（1873–1939）：字子玉，山东蓬莱人，北洋直系军阀。

便格外看见他的笑貌。他果然有所动作了，是使他自己的眼角和嘴角都颤抖起来，以显示凶相和疯相，但每一抖都很费力，所以不到十抖，脸上也就平静了。

我想：这近于疯人的神经性痉挛，然而颤动何以如此不调匀，牵连的范围又何以如此之大，并且很不自然呢？——一定，他是装出来的。

我对于这杨树达君的纳罕和相当的尊重，忽然都消失了，接着就涌起要呕吐和沾了龌龊东西似的感情来。原来我先前的推测，都太近于理想的了。初见时我以为简率的口调，他的意思不过是装疯，以热茶为冷，以北为南的话，也不过是装疯。从他的言语举动综合起来，其本意无非是用了无赖和狂人的混合状态，先向我加以侮辱和恫吓，希图由此传到别个，使我和他所提出的人们都不敢再做辩论或别样的文章。而万一自己遇到困难的时候，则就用"神经病"这一个盾牌来减轻自己的责任。但当时不知怎样，我对于他装疯技术的拙劣，就是其拙至于使我在先觉不出他是疯人，后来渐渐觉到有些疯意，而又立刻露出破绽的事，尤其抱着特别的反感了。

他躺着唱起歌来。但我于他已经毫不感到兴味，一面想，自己竟受了这样浅薄卑劣的欺骗了，一面却照了他的歌调吹着口笛，籍此嘘出我心中的厌恶来。

"哈哈哈！"他翘起一足，指着自己鞋尖大笑。那是玄色的深梁的布鞋，裤是西式的，全体是一个时髦的学生。

我知道，他是在嘲笑我的鞋尖已破，但已经毫不感到什么兴味了。

他忽而起来，走出房外去，两面一看，极灵敏地找着了厕所，小解了。我跟在他后面，也陪着他小解了。

我们仍然回到房里。

"吓！什么东西！……"他又要开始。

我可是有些不耐烦了，但仍然恳切地对他说：

"你可以停止了。我已经知道你的疯是装出来的。你此来也另外还藏着别的意思。如果是人，见人就可以明白的说，无须装怪相。还是说真话罢，否则，白费许多工夫，毫无用处的。"

他貌如不听见，两手搂着裤裆，大约是扣扣子，眼睛却注视着壁上的一张水彩画。过了一会，就用第二个指头指着那画大笑：

"哈哈哈！"

这些单调的动作和照例的笑声，我本已早经觉得枯燥的了，而况是假装的，又如此拙劣，便愈加看得烦厌。他侧立在我的前面，我坐着，便用了曾被讥笑的破的鞋尖一触他的胫骨，说：

“已经知道是假的了，还装甚么呢？还不如直说出你的本意来。”

但他貌如不听见，徘徊之间，突然取了帽和铅笔匣，向外走去了。

这一着棋是又出于我的意外的，因为我还希望他是一个可以理喻，能知惭愧的青年。他身体很强壮，相貌很端正的。Tolstoi 和 Andreev 的发音也还正。

我追到风门前，拉住他的手，说道，“何必就走，还是自己说出本意来罢，我可以更明白些……”他却一手乱摇，终于闭了眼睛，拼两手向我一挡，手掌很平的正对着我：他大概是懂得一点国粹的拳术的。

他又往外走。我一直送到大门口，仍然用前说去固留，而他推而且挣，终于挣出大门了。他在街上走得很傲然，而且从容地。

这样子，杨树达君就远了。

我回进来，才向女工问他进来时候的情形。

“他说了名字之后，我问他要名片，他在衣袋里掏了一会，说道，‘阿，名片忘了，还是你去说一声罢。’笑嘻嘻，一点不像疯的。”女工说。

我愈觉得要呕吐了。

然而这手段却确乎使我受损了，——除了先前的侮辱和恫吓之外。我的女工从此就将门关起来，到晚上听得打门声，只大叫是谁，却不出去，总须我自己去开门。我写完这篇文字之间，就放下了四回笔。

“你不舒服罢？”杨树达君曾经这样问过我。

是的，我的确不舒服。我历来对于中国的情形，本来多已不舒服的了，但我还没有豫料到学界或文界对于他的敌手竟至于用了疯子来做武器，而这疯子又是假的，而装这假疯子的又是青年的学生。

二四年十一月十三日夜。

本篇最初发表于1924年11月24日《语丝》周刊第二期。

半夏小集

一

A：你们大家来品评一下罢，B竟蛮不讲理的把我的大衫剥去了！

B：因为A还是不穿大衫好看。我剥它掉，是提拔他；要不然，我还不屑剥呢。

A：不过我自己却以为还是穿着好……

C：现在东北四省失掉了，你漫不管，只嚷你自己的大衫，你这利己主义者，你这猪猡！

C太太：他竟毫不知道B先生是合作的好伴侣，这昏蛋！

二

用笔和舌，将沦为异族的奴隶之苦告诉大家，自然是不错的，但要十分小心，不可使大家得着这样的结论："那么，到底还不如我们似的做自己人的奴隶好。"

三

"联合战线"[①]之说一出，先前投敌的一批"革命作家"，就以"联合"的先觉者自居，渐渐出现了。纳款，通敌的鬼蜮行为，一到现在，就好像都是"前进"的光明事业。

四

这是明亡后的事情。

凡活着的，有些出于心服，多数是被压服的。但活得最舒服横恣的是汉奸；而活得最清高，被人尊敬的，是痛骂汉奸的逸民。后来自己寿终林下，儿子已不妨应试去了，而且各有一个好父亲。至于默默抗战的烈士，却很少能有一个遗孤。

我希望目前的文艺家，并没有古之逸民气。

① "联合战线"：指抗日民族统一战线。

五

A：B，我们当你是一个可靠的好人，所以几种关于革命的事情，都没有瞒了你。你怎么竟向敌人告密去了？

B：岂有此理！怎么是告密！我说出来，是因为他们问了我呀。

A：你不能推说不知道吗？

B：什么话！我一生没有说过谎，我不是这种靠不住的人！

六

A：阿呀，B先生，三年不见了！你对我一定失望了罢？……

B：没有的事……为什么？

A：我那时对你说过，要到西湖上去做二万行的长诗，直到现在，一个字也没有，哈哈哈！

B：哦，……我可并没有失望。

A：您的“世故”可是进步了，谁都知道您记性好，“责人严”，不会这么随随便便的，您现在也学会了说谎。

B：我可并没有说谎。

A：那么，您真的对我没有失望吗？

B：唔，无所谓失不失望，因为我根本没有相信过你。

七

庄生以为“在上为乌鸢食，在下为蝼蚁食”，死后的身体，大可随便处置，因为横竖结果都一样。

我却没有这么旷达。假使我的血肉该喂动物，我情愿喂狮虎鹰隼，却一点也不给癞皮狗们吃。

养肥了狮虎鹰隼，它们在天空，岩角，大漠，丛莽里是伟美的壮观，捕来放在动物园里，打死制成标本，也令人看了神旺，消去鄙吝的心。

但养胖一群癞皮狗，只会乱钻，乱叫，可多么讨厌！

八

琪罗[①]编辑圣·蒲孚[②]的遗稿，名其一部为《我的毒》（Mes Poisons）；我

---

①琪罗（VGiraud，1868—1953）：法国文艺批评家，著有《泰纳评传》等。

②圣·蒲孚（CA Sainte-Beuve，1804—1869）：通译作圣佩韦，法国文艺批评家。著有《文学家画像》、《月曜日讲话》等。

从日译本上，看见了这样的一条："明言着轻蔑什么人，并不是十足的轻蔑。惟沉默是最高的轻蔑。——我在这里说，也是多余的。"

诚然，"无毒不丈夫"，形诸笔墨，却还不过是小毒。最高的轻蔑是无言，而且连眼珠也不转过去。

九

作为缺点较多的人物的模特儿，被写入一部小说里，这人总以为是晦气的。

殊不知这并非大晦气，因为世间实在还有写不进小说里去的人。倘写进去，而又逼真，这小说便被毁坏。

譬如画家，他画蛇，画鳄鱼，画龟，画果子壳，画字纸篓，画垃圾堆，但没有谁画毛毛虫，画癞头疮，画鼻涕，画大便，就是一样的道理。

有人一知道我是写小说的，便回避我，我常想这样的劝止他，但可惜我的毒还不到这程度。

本篇最初发表于1936年10月《作家》月刊第二卷第一期。

"靠天吃饭"

"靠天吃饭说"是我们中国的国宝。清朝中叶就有《靠天吃饭图》的碑[1]，民国初年，状元陆润庠[2]先生也画过一张：一个大"天"字，末一笔的尖端有一位老头子靠着，捧了碗在吃饭。这图曾经石印，信天派或嗜奇派，也许还有收藏的。

而大家也确是实行着这学说，和图不同者，只是没有碗捧而已。这学说总算存在着一半。

前一月，我们曾经听到过嚷着"旱象已成"，现在是梅雨天，连雨了十几日，是每年必有的常事，又并无飓风暴雨，却又到处发现水灾了。植树节[3]所种的几株树，也不足以挽回天意。"五日一风，十日一雨"的唐虞之世[4]，去今已远，靠天而竟至于不能吃饭，大约为信天派所不及料的罢。到底还是做给俗人读的《幼学琼林》聪明，曰："轻清者上浮而为天"，"轻清"而又"上浮"，怎么一个"靠"法。

古时候的真话，到现在就有些变成谎话。大约是西洋人说的罢，世界上穷人有份的，只有日光，空气和水。这在现在的上海就不适用，卖心卖力的被一天关到夜，他就晒不着日光，吸不到好空气；装不起自来水的，也喝不到干净

---

①《靠天吃饭图》的碑：山东济南大明湖铁公祠有这样的碑，并附有清嘉庆癸酉（1813）魏祥的一篇文章，其中说："余襄工五台，得此石拓，语虽近俚，实有理趣……今重刊一石，作《靠天论》，以与天下吃饭者共质之。"

②陆润庠（1841—1915）：字凤石，江苏元和（今吴县）人。清同治时状元，官至东阁大学士。

③植树节：1930年，国民党政府规定每年3月12日（孙中山逝世纪念日）为植树节。

④"五日一风，十日一雨"：语见王充《论衡·是应》："儒者论太平瑞应，皆言气物卓异……风不鸣条，雨不破块；五日一风，十日一雨。"唐虞之世：指我国上古传说中的尧（陶唐氏）、舜（有虞氏）时代。儒家典籍中常把它作为太平盛世的典范。

水。报上往往说："近来天时不正，疾病盛行"，这岂只是"天时不正"之故，"天何言哉"，它默默地被冤枉了。

但是，"天"下去就要做不了"人"，沙漠中的居民为了一塘水，争夺起来比我们这里的才子争夺爱人还激烈，他们要拚命，决不肯做一首"阿呀诗"就了事。洋大人斯坦因[①]博士，不是从甘肃敦煌的沙里掘去了许多古董么？那地方原是繁盛之区，靠天的结果，却被天风吹了沙埋没了。为制造将来的古董起见，靠天确也是一种好方法，但为活人计，却是不大值得的。

一到这里，就不免要说征服自然了，但现在谈不到，"带住"可也。

七月一日。

本篇最初发表于1935年7月20日《太白》半月刊第二卷第九期，署名姜珂。

---

①斯坦因（M.A.Stein，1862–1943）：英国考古学家。他曾在1907年、1914年先后从甘肃敦煌千佛洞等处盗走我国大量古代文物。敦煌：汉唐时代我国与中亚和欧洲交通线上的重镇，是当时经济文化比较发达的地方。

人生识字糊涂始

中国的成语只有“人生识字忧患始”，这一句是我翻造的。

孩子们常常给我好教训，其一是学话。他们学话的时候，没有教师，没有语法教科书，没有字典，只是不断的听取，记住，分析，比较，终于懂得每个词的意义，到得两三岁，普通的简单的话就大概能够懂，而且能够说了，也不大有错误。小孩子往往喜欢听人谈天，更喜欢陪客，那大目的，固然在于一同吃点心，但也为了爱热闹，尤其是在研究别人的言语，看有什么对于自己有关系——能懂，该问，或可取的。

我们先前的学古文也用同样的方法，教师并不讲解，只要你死读，自己去记住，分析，比较去。弄得好，是终于能够有些懂，并且竟也可以写出几句来的，然而到底弄不通的也多得很。自以为通，别人也以为通了，但一看底细，还是并不怎么通，连明人小品都点不断的，又何尝少有？人们学话，从高等华人以至下等华人，只要不是聋子或哑子，学不会的是几乎没有的，一到学文，就不同了，学会的恐怕不过极少数，就是所谓学会了的人们之中，请恕我坦白的再来重复的说一句罢，大约仍然胡胡涂涂的还是很不少。这自然是古文作怪。因为我们虽然拚命的读古文，但时间究竟是有限的，不像说话，整天的可以听见；而且所读的书，也许是《庄子》和《文选》呀，《东莱博议》呀，《古文观止》呀，从周朝人的文章，一直读到明朝人的文章，非常驳杂，脑子给古今各种马队践踏了一通之后，弄得乱七八遭，但蹄迹当然是有些存留的，这就是所谓“有所得”。这一种“有所得”当然不会清清楚楚，大概是似懂非懂的居多，所以自以为通文了，其实却没有通，自以为识字了，其实也没有识。自己本是胡涂的，写起文章来自然也胡涂，读者看起文章来，自然也不会倒明白。然而无论怎样的胡涂文作者，听他讲话，却大抵清楚，不至于令人听不懂的——除了故意大显本领的讲演之外。因此我想，这“胡涂”的来源，是在识字和读书。

例如我自己，是常常会用些书本子上的词汇的。虽然并非什么冷僻字，或者连读者也并不觉得是冷僻字。然而假如有一位精细的读者，请了我去，交给我一枝铅笔和一张纸，说道，“您老的文章里，说过这山是‘崚嶒’的，那山是‘巉岩’的，那究竟是怎么一副样子呀？您不会画画儿也不要紧，就钩出一点轮廓来给我看看罢。请，请，请……”这时我就会腋下出汗，恨无地洞可钻。因为我实在连自己也不知道“崚嶒”和“巉岩”究竟是什么样子，这形容词，是从旧书上钞来的，向来就并没有弄明白，一经切实的考查，就糟了。此外如“幽婉”，“玲珑”，“蹒跚”，“嗫嚅”……之类，还多得很。

说是白话文应该“明白如话”，已经要算唱厌了的老调了，但其实，现在的许多白话文却连“明白如话”也没有做到。倘要明白，我以为第一是在作者先把似识非识的字放弃，从活人的嘴上，采取有生命的词汇，搬到纸上来；也就是学学孩子，只说些自己的确能懂的话。至于旧语的复活，方言的普遍化，那自然也是必要的，但一须选择，二须有字典以确定所含的意义，这是另一问题，在这里不说它了。

四月二日。

本篇最初发表于1935年5月《文学》月刊第四卷第五号“文学论坛”栏，署名庚。

隐 士

隐士，历来算是一个美名，但有时也当作一个笑柄。最显著的，则有刺陈眉公的“翩然一只云中鹤，飞去飞来宰相衙”的诗，至今也还有人提及。[①]我以为这是一种误解。因为一方面，是“自视太高”，于是别方面也就“求之太高”，彼此“忘其所以”，不能“心照”，而又不能“不宣”，从此口舌也多起来了。

非隐士的心目中的隐士，是声闻不彰，息影山林的人物。但这种人物，世间是不会知道的。一到挂上隐士的招牌，则即使他并不“飞去飞来”，也一定难免有些表白，张扬；或是他的帮闲们的开锣喝道——隐士家里也会有帮闲，说起来似乎不近情理，但一到招牌可以换饭的时候，那是立刻就有帮闲的，这叫作“啃招牌边”。这一点，也颇为非隐士的人们所诟病，以为隐士身上而有油可揩，则隐士之阔绰可想了。其实这也是一种“求之太高”的误解，和硬要有名的隐士，老死山林中者相同。凡是有名的隐士，他总是已经有了“悠哉游哉，聊以卒岁”[②]的幸福的。倘不然，朝砍柴，昼耕田，晚浇菜，夜织屦，又那有吸烟品茗，吟诗作文的闲暇？陶渊明先生是我们中国赫赫有名的大隐，一名“田园诗人”，自

---

①陈眉公：陈继儒（1558-1639），字仲醇，号眉公，华亭（今上海市松江）人，明代文学家、书画家，曾隐居小昆山，但又常周旋官绅间。“翩然一只云中鹤，飞去飞来宰相衙”是清代蒋士铨所作传奇《临川梦·隐奸》一出出场诗的末两句。松江古名“云间”，所以这诗曾被人认为是刺陈眉公的。

②“悠哉游哉，聊以卒岁”：语出《左传》襄公二十一年：“诗曰：‘优哉游哉，聊以卒岁’。”按现在的通行本《诗经》中并无“聊以卒岁”句；“优哉游哉”则见于《小雅·采菽》。

然，他并不办期刊，也赶不上吃“庚款”[①]，然而他有奴子。汉晋时候的奴子，是不但侍候主人，并且给主人种地，营商的，正是生财器具。所以虽是渊明先生，也还略略有些生财之道在，要不然，他老人家不但没有酒喝，而且没有饭吃，早已在东篱旁边饿死了。

所以我们倘要看看隐君子风，实际上也只能看看这样的隐君子，真的“隐君子”[②]是没法看到的。古今著作，足以汗牛而充栋，但我们可能找出樵夫渔父的著作来？他们的著作是砍柴和打鱼。至于那些文士诗翁，自称什么钓徒樵子的，倒大抵是悠游自得的封翁或公子，何尝捏过钓竿或斧头柄。要在他们身上赏鉴隐逸气，我敢说，这只能怪自己胡涂。

登仕，是啖饭之道，归隐，也是啖饭之道。假使无法啖饭，那就连“隐”也隐不成了。“飞去飞来”，正是因为要“隐”，也就是因为要啖饭；肩出“隐士”的招牌来，挂在“城市山林”里，这就正是所谓“隐”，也就是啖饭之道。帮闲们或开锣，或喝道，那是因为自己还不配“隐”，所以只好揩一点“隐”油，其实也还不外乎啖饭之道。汉唐以来，实际上是入仕并不算鄙，隐居也不算高，而且也不算穷，必须欲“隐”而不得，这才看作士人的末路。唐末有一位诗人左偃[③]，自述他悲惨的境遇道：“谋隐谋官两无成”，是用七个字道破了所谓“隐”的秘密的。

“谋隐”无成，才是沦落，可见“隐”总和享福有些相关，至少是不必十分挣扎谋生，颇有悠闲的余裕。但赞颂悠闲，鼓吹烟茗[④]，却又是挣扎之一种，

①“庚款”：指美英等国退还的庚子赔款。1900 年（庚子）八国联军入侵我国，次年强迫清政府订立《辛丑条约》，其中规定付给各国“偿款”银四亿五千万两。后来英、美等国宣布将赔款中尚未付给的部分“退还”，作为在我国兴办学校、图书馆、医院等机构和设立各科学术文化奖金的经费。

②“隐君子”：即隐士。语见《史记·老庄申韩列传》：“老子，隐君子也。”

③左偃：南唐诗人。《全唐诗》载有他的诗十首。“谋隐谋官两无成”，原作“谋身谋隐两无成”，是他的七律《寄韩侍郎》中的一句。

④赞颂悠闲，鼓吹烟茗：周作人、林语堂等人长期提倡悠闲的生活情趣。1934 年林语堂创办《人间世》半月刊，更大肆提倡“以闲适为格调”的小品文。在他所办的《人间世》《论语》等刊物上，经常登载反映闲适生活的谈烟说茗一类文字。

不过挣扎得隐藏一些。虽“隐”，也仍然要啖饭，所以招牌还是要油漆，要保护的。泰山崩，黄河溢，隐士们目无见，耳无闻，但苟有议及自己们或他的一伙的，则虽千里之外，半句之微，他便耳聪目明，奋袂而起，好像事件之大，远胜于宇宙之灭亡者，也就为了这缘故。其实连和苍蝇也何尝有什么相关。

明白这一点，对于所谓“隐士”也就毫不诧异了，心照不宣，彼此都省事。

一月二十五日。

本篇最初发表于1935年2月20日上海《太白》半月刊第一卷第十一期，署名长庚。

病后杂谈

一

生一点病，的确也是一种福气。不过这里有两个必要条件：一要病是小病，并非什么霍乱吐泻，黑死病，或脑膜炎之类；二要至少手头有一点现款，不至于躺一天，就饿一天。这二者缺一，便是俗人，不足与言生病之雅趣的。

我曾经爱管闲事，知道过许多人，这些人物，都怀着一个大愿。大愿，原是每个人都有的，不过有些人却模模胡胡，自己抓不住，说不出。他们中最特别的有两位：一位是愿天下的人都死掉，只剩下他自己和一个好看的姑娘，还有一个卖大饼的；另一位是愿秋天薄暮，吐半口血，两个侍儿扶着，恹恹的到阶前去看秋海棠。这种志向，一看好像离奇，其实却照顾得很周到。第一位姑且不谈他罢，第二位的"吐半口血"，就有很大的道理。才子本来多病，但要"多"，就不能重，假使一吐就是一碗或几升，一个人的血，能有几回好吐呢？过不几天，就雅不下去了。

我一向很少生病，上月却生了一点点。开初是每晚发热，没有力，不想吃东西，一礼拜不肯好，只得看医生。医生说是流行性感冒。好罢，就是流行性感冒。但过了流行性感冒一定退热的时期，我的热却还不退。医生从他那大皮包里取出玻璃管来，要取我的血液，我知道他在疑心我生伤寒病了，自己也有些发愁。然而他第二天对我说，血里没有一粒伤寒菌；于是注意的听肺，平常；听心，上等。这似乎很使他为难。我说，也许是疲劳罢；他也不甚反对，只是沉吟着说，但是疲劳的发热，还应该低一点。……

好几回检查了全体，没有死症，不至于呜呼哀哉是明明白白的，不过是每晚发热，没有力，不想吃东西而已，这真无异于"吐半口血"，大可享生病之福了。因为既不必写遗嘱，又没有大痛苦，然而可以不看正经书，不管柴米账，玩他几天，名称又好听，叫作"养病"。从这一天起，我就自己觉得好像有点儿"雅"了；那一位愿吐半口血的才子，也就是那时躺着无事，忽然记了起来的。

光是胡思乱想也不是事，不如看点不劳精神的书，要不然，也不成其为“养病”。像这样的时候，我赞成中国纸的线装书，这也就是有点儿“雅”起来了的证据。洋装书便于插架，便于保存，现在不但有洋装二十五六史，连《四部备要》也硬领而皮靴了，——原是不为无见的。但看洋装书要年富力强，正襟危坐，有严肃的态度。假使你躺着看，那就好像两只手捧着一块大砖头，不多工夫，就两臂酸麻，只好叹一口气，将它放下。所以，我在叹气之后，就去寻线装书。

一寻，寻到了久不见面的《世说新语》[①]之类一大堆，躺着来看，轻飘飘的毫不费力了，魏晋人的豪放潇洒的风姿，也仿佛在眼前浮动。由此想到阮嗣宗的听到步兵厨善于酿酒，就求为步兵校尉；陶渊明的做了彭泽令，就教官田都种秫，以便做酒，因了太太的抗议，这才种了一点秔。这真是天趣盎然，决非现在的“站在云端里呐喊”者们所能望其项背。但是，“雅”要想到适可而止，再想便不行。例如阮嗣宗可以求做步兵校尉，陶渊明补了彭泽令，他们的地位，就不是一个平常人，要“雅”，也还是要地位。“采菊东篱下，悠然见南山”是渊明的好句，但我们在上海学起来可就难了。没有南山，我们还可以改作“悠然见洋房”或“悠然见烟囱”的，然而要租一所院子里有点竹篱，可以种菊的房子，租钱就每月总得一百两，水电在外；巡捕捐按房租百分之十四，每月十四两。单是这两项，每月就是一百十四两，每两作一元四角算，等于一百五十九元六。近来的文稿又不值钱，每千字最低的只有四五角，因为是学陶渊明的雅人的稿子，现在算他每千字三大元罢，但标点，洋文，空白除外。那么，单单为了采菊，他就得每月译作净五万三千二百字。吃饭呢？要另外想法子生发，否则，他只好“饥来驱我去，不知竟何之”。“雅”要地位，也要钱，古今并不两样的，但古代的买雅，自然比现在便宜；办法也并不两样，书要摆在书架上，或者抛几本在地板上，酒杯要摆在桌子上，但算盘却要收在抽屉里，或者最好是在肚子里。

此之谓“空灵”。

二

为了“雅”，本来不想说这些话的。后来一想，这于“雅”并无伤，不过是在证明我自己的“俗”。王夷甫口不言钱，还是一个不干不净人物，雅人打算盘，当然也无损其为雅人。不过他应该有时收起算盘，或者最妙是暂时忘却算盘，

---

①《世说新语》：南朝宋刘义庆撰，共三卷。内容是记述东汉至东晋间一般文士名流的言谈、风貌、轶事等。

那么，那时的一言一笑，就都是灵机天成的一言一笑，如果念念不忘世间的利害，那可就成为“杭育杭育派”了。这关键，只在一者能够忽而放开，一者却是永远执着，因此也就大有了雅俗和高下之分。我想，这和时而“敦伦”[①]者不失为圣贤，连白天也在想女人的就要被称为“登徒子”[②]的道理，大概是一样的。

所以我恐怕只好自己承认“俗”，因为随手翻了一通《世说新语》，看过“娵隅跃清池”[③]的时候，千不该万不该的竟从“养病”想到“养病费”上去了，于是一骨碌爬起来，写信讨版税，催稿费。写完之后，觉得和魏晋人有点隔膜，自己想，假使此刻有阮嗣宗或陶渊明在面前出现，我们也一定谈不来的。于是另换了几本书，大抵是明末清初的野史，时代较近，看起来也许较有趣味。第一本拿在手里的是《蜀碧》。

这是蜀宾从成都带来送我的，还有一部《蜀龟鉴》，都是讲张献忠[④]祸蜀的书，其实是不但四川人，而是凡有中国人都该翻一下的著作，可惜刻的太坏，错字颇不少。翻了一遍，在卷三里看见了这样的一条——

“又，剥皮者，从头至尻，一缕裂之，张于前，如鸟展翅，率逾日始绝。有即毙者，行刑之人坐死。”

也还是为了自己生病的缘故罢，这时就想到了人体解剖。医术和虐刑，是都要生理学和解剖学智识的。中国却怪得很，固有的医书上的人身五脏图，真是草率错误到见不得人，但虐刑的方法，则往往好像古人早懂得了现代的科学。例如罢，谁都知道从周到汉，有一种施于男子的“宫刑”，也叫“腐刑”，次于

---

①“敦伦”：意即性交。清代袁枚在《答杨笠湖书》中说：“李刚主自负不欺之学，日记云：昨夜与老妻‘敦伦’一次。至今传为笑谈。”

②“登徒子”：宋玉曾作有《登徒子好色赋》，后来就称好色的人为登徒子。宋玉文中所说的登徒子，是楚国的一个大夫，姓登徒。

③娵隅跃清池：《世说新语·排调》载：“郝隆为桓公南蛮参军三月三日会，作诗，不能者罚酒三升。隆初以不能受罚，既饮，揽笔便作一句云：‘娵隅跃清池。’桓问：‘娵隅是何物？’答曰：‘蛮名鱼为娵隅。’桓公曰：‘作诗何以作蛮语？’隆曰：‘千里投公，始得蛮府参军，那得不作蛮语也？’”

④张献忠（1606-1646）：延安柳树涧（今陕西定边东）人，明末农民起义领袖。崇祯三年（1630）起义，转战陕西、河南等地。崇祯十七年（1644）入川，在成都建立大西国。清顺治三年（1646）出川途中，在川北盐亭界为清兵所害。旧史书中常有关于他杀人的夸大记载。

"大辟"一等。对于女性就叫"幽闭",向来不大有人提起那方法,但总之,是决非将她关起来,或者将它缝起来。近时好像被我查出一点大概来了,那办法的凶恶,妥当,而又合乎解剖学,真使我不得不吃惊。但妇科的医书呢?几乎都不明白女性下半身的解剖学的构造,他们只将肚子看作一个大口袋,里面装着莫名其妙的东西。

单说剥皮法,中国就有种种。上面所抄的是张献忠式;还有孙可望式,见于屈大均的《安龙逸史》,也是这回在病中翻到的。其时是永历六年,即清顺治九年,永历帝已经躲在安隆(那时改为安龙),秦王孙可望杀了陈邦传父子,御史李如月就弹劾他"擅杀勋将,无人臣礼",皇帝反打了如月四十板。可是事情还不能完,又给孙党张应科知道了,就去报告了孙可望。

"可望得应科报,即令应科杀如月,剥皮示众。俄缚如月至朝门,有负石灰一筐,稻草一捆,置于其前。如月问,'如何用此?'其人曰,'是揎你的草!'如月叱曰,'瞎奴!此株株是文章,节节是忠肠也!'既而应科立在角门阶,捧可望令旨,喝如月跪。如月叱曰,'我是朝廷命官,岂跪贼令!?'乃步至中门,向阙再拜。……应科促令仆地,剖脊,及臀,如月大呼曰:'死得快活,浑身清凉!'又呼可望名,大骂不绝。及断至手足,转前胸,犹微声恨骂;至颈绝而死。随以灰渍之,纫以线,后乃入草,移北城门通衢阁上,悬之。……"

张献忠的自然是"流贼"式;孙可望虽然也是流贼出身,但这时已是保明拒清的柱石,封为秦王,后来降了满洲,还是封为义王,所以他所用的其实是官式。明初,永乐皇帝剥那忠于建文帝的景清的皮,也就是用这方法的。大明一朝,以剥皮始,以剥皮终,可谓始终不变;至今在绍兴戏文里和乡下人的嘴上,还偶然可以听到"剥皮揎草"的话,那皇泽之长也就可想而知了。

真也无怪有些慈悲心肠人不愿意看野史,听故事;有些事情,真也不像人世,要令人毛骨悚然,心里受伤,永不全愈的。残酷的事实尽有,最好莫如不闻,这才可以保全性灵,也是"是以君子远庖厨也"的意思。比灭亡略早的晚明名家的潇洒小品在现在的盛行,实在也不能说是无缘无故。不过这一种心地晶莹的雅致,又必须有一种好境遇,李如月仆地"剖脊",脸孔向下,原是一个看书的好姿势[①]，但如果这时给他看袁中郎的《广庄》[②]，我想他是一定不要看的。这时他的性灵有些儿不对，不懂得真文艺了。

然而，中国的士大夫是到底有点雅气的，例如李如月说的“株株是文章，节节是忠肠”，就很富于诗趣。临死做诗的，古今来也不知道有多少。直到近代，谭嗣同[①]在临刑之前就做一绝“闭门投辖思张俭”，秋瑾女士也有一句“秋雨秋风愁杀人”，然而还雅得不够格，所以各种诗选里都不载，也不能卖钱。

三

清朝有灭族，有凌迟，却没有剥皮之刑，这是汉人应该惭愧的，但后来脍炙人口的虐政是文字狱。虽说文字狱，其实还含着许多复杂的原因，在这里不能细说；我们现在还直接受到流毒的，是他删改了许多古人的著作的字句，禁了许多明清人的书。

《安龙逸史》大约也是一种禁书，我所得的是吴兴刘氏嘉业堂的新刻本。他刻的前清禁书还不止这一种，屈大均的又有《翁山文外》；还有蔡显的《闲渔闲闲录》，是作者因此“斩立决”，还累及门生的，但我细看了一遍，却又寻不出什么忌讳。对于这种刻书家，我是很感激的，因为他传授给我许多知识——虽然从雅人看来，只是些庸俗不堪的知识。但是到嘉业堂去买书，可真难。我还记得，今年春天的一个下午，好容易在爱文义路找着了，两扇大铁门，叩了几下，门上开了一个小方洞，里面有中国门房，中国巡捕，白俄镖师各一位。巡捕问我来干什么的。我说买书。他说账房出去了，没有人管，明天再来罢。我告诉他我住得远，可能给我等一会呢？他说，不成！同时也堵住了那个小方洞。过了两天，我又去了，改作上午，以为此时账房也许不至于出去。但这回所得回答却更其绝望，巡捕曰：“书都没有了！卖完了！不卖了！”

我就没有第三次再去买，因为实在回复的斩钉截铁。现在所有的几种，是托朋友去辗转买来的，好像必须是熟人或走熟的书店，这才买得到。

---

①看书的好姿势：《论语》第二十八期（1933 年 11 月 1 日）载有黄嘉音作的一组画，题为《介绍几个读论语的好姿势》，共六图，其中之一为“游蛟伏地式”，画的是一人伏在地上看书。作者在这里顺笔给以讽刺。

②袁中郎（1568—1610）：名宏道，字中郎，湖广公安（今属湖北）人，明代文学家。他与兄宗道，弟中道，反对文学上的拟古主义，主张“独抒性灵，不拘格套”，世称“公安派”。当时林语堂、周作人等提倡“公安派”文章，借明人小品以宣扬所谓“闲适”、“性灵”。《广庄》是袁中郎仿《庄子》文体谈道家思想的作品，并七篇，后收入《袁中郎全集》。

每种书的末尾，都有嘉业堂主人刘承干先生的跋文，他对于明季的遗老很有同情，对于清初的文祸也颇不满。但奇怪的是他自己的文章却满是前清遗老的口风；书是民国刻的，“儀”字还缺着末笔[①]。我想，试看明朝遗老的著作，反抗清朝的主旨，是在异族的入主中夏的，改换朝代，倒还在其次。所以要顶礼明末的遗民，必须接受他的民族思想，这才可以心心相印。现在以明遗老之仇的满清的遗老自居，却又引明遗老为同调，只着重在“遗老”两个字，而毫不问遗于何族，遗在何时，这真可以说是“为遗老而遗老”，和现在文坛上的“为艺术而艺术”，成为一副绝好的对子了。

倘以为这是因为“食古不化”的缘故，那可也并不然。中国的士大夫，该化的时候，就未必决不化。就如上面说过的《蜀龟鉴》，原是一部笔法都仿《春秋》的书，但写到“圣祖仁皇帝康熙元年春正月”，就有“赞”道：“……明季之乱甚矣！风终罹豳，雅终《召旻》[②]，托乱极思治之隐忧而无其实事，孰若臣祖亲见之，臣身亲被之乎？是终以元年正月。终者，非徒谓体元表正，蔑以加兹；生逢盛世，荡荡难名，一以寄没世不忘之恩，一以见太平之业所由始耳！”

《春秋》上是没有这种笔法的。满洲的肃王的一箭，不但射死了张献忠，也感化了许多读书人，而且改变了“春秋笔法”[③]了。

四

病中来看这些书，归根结蒂，也还是令人气闷。但又开始知道了有些聪明的士大夫，依然会从血泊里寻出闲适来。例如《蜀碧》，总可以说是够惨的书了，然而序文后面却刻着一位乐斋先生的批语道：“古穆有魏晋间人笔意。”

这真是天大的本领！那死似的镇静，又将我的气闷打破了。

我放下书，合了眼睛，躺着想想学这本领的方法，以为这和“君子远庖厨也”的法子是大两样的，因为这时是君子自己也亲到了庖厨里。瞑想的结果，拟定了两手太极拳。一，是对于世事要“浮光掠影”，随时忘却，不甚了然，仿佛有

①缺着末笔：从唐代开始的一种避讳方法，即在书写或镌刻本朝皇帝或尊长的名字时省略最末一笔。刘承干对“儀”字缺末笔，是避清废帝溥仪的讳。

②风终幽罹豳，雅终《召旻》：《诗经》分为“国风”、“小雅”、“大雅”、“颂”四类。《豳》列于“国风”的最后。《召旻》是“大雅”的最后一篇。

③“春秋笔法”：《春秋》是春秋时期鲁国的编年史，相传为孔丘所修。过去的经学家认为它每用一字，都隐含“褒”“贬”的“微言大义”，称为“春秋笔法”。

些关心，却又并不恳切；二，是对于现实要“蔽聪塞明”，麻木冷静，不受感触，先由努力，后成自然。第一种的名称不大好听，第二种却也是却病延年的要诀，连古之儒者也并不讳言的。这都是大道。还有一种轻捷的小道，是：彼此说谎，自欺欺人。

有些事情，换一句话说就不大合式，所以君子憎恶俗人的“道破”。其实，“君子远庖厨也”就是自欺欺人的办法：君子非吃牛肉不可，然而他慈悲，不忍见牛的临死的觳觫，于是走开，等到烧成牛排，然后慢慢的来咀嚼。牛排是决不会“觳觫”的了，也就和慈悲不再有冲突，于是他心安理得，天趣盎然，剔剔牙齿，摸摸肚子，“万物皆备于我矣”了。彼此说谎也决不是伤雅的事情，东坡先生在黄州，有客来，就要客谈鬼，客说没有，东坡道：“姑妄言之！”至今还算是一件韵事。

撒一点小谎，可以解无聊，也可以消闷气；到后来，忘却了真，相信了谎。也就心安理得，天趣盎然了起来。永乐的硬做皇帝，一部分士大夫是颇以为不大好的。尤其是对于他的惨杀建文的忠臣。和景清一同被杀的还有铁铉，景清剥皮，铁铉油炸，他的两个女儿则发付了教坊，叫她们做婊子。这更使士大夫不舒服，但有人说，后来二女献诗于原问官，被永乐所知，赦出，嫁给士人了。这真是“曲终奏雅”，令人如释重负，觉得天皇毕竟圣明，好人也终于得救。她虽然做过官妓，然而究竟是一位能诗的才女，她父亲又是大忠臣，为夫的士人，当然也不算辱没。但是，必须“浮光掠影”到这里为止，想不得下去。一想，就要想到永乐的上谕，有些是凶残猥亵，将张献忠祭梓潼神的“咱老子姓张，你也姓张，咱老子和你联了宗罢。尚飨！”的名文，和他的比起来，真是高华典雅，配登西洋的上等杂志，那就会觉得永乐皇帝决不像一位爱才怜弱的明君。况且那时的教坊是怎样的处所？罪人的妻女在那里是并非静候嫖客的，据永乐定法，还要她们“转营”，这就是每座兵营里都去几天，目的是在使她们为多数男性所凌辱，生出“小龟子”和“淫贱材儿”来！所以，现在成了问题的“守节”，在那时，其实是只准“良民”专利的特典。在这样的治下，这样的地狱里，做一首诗就能超生的么？

我这回从杭世骏的《订讹类编》（续补卷上）里，这才确切的知道了这佳话的欺骗。他说：

“……考铁长女诗，乃吴人范昌期《题老妓卷》作也。诗云：‘教坊落籍洗铅华，一片春心对落花。旧曲听来空有恨，故园归去却无家。云鬟半亸临青镜，雨泪频弹湿绛纱。安得江州司马在，尊前重为赋琵琶。’昌期，字鸣凤；诗见张士瀹《国朝文纂》。同时杜琼用嘉亦有次韵诗，题曰《无题》，则其非铁氏作明矣。次女诗所谓‘春来雨露深如海，嫁得刘郎胜阮郎’，其论尤为不伦。宗正睦㮮论革除事，谓建文流落西南诸诗，皆好事伪作，则铁女之诗可知。……”

《国朝文纂》我没有见过，铁氏次女的诗，杭世骏也并未寻出根底，但我以为他的话是可信的，——虽然他败坏了口口相传的韵事。况且一则他也是一个认真的考证学者，二则我觉得凡是得到大杀风景的结果的考证，往往比表面说得好听，玩得有趣的东西近真。

首先将范昌期的诗嫁给铁氏长女，聊以自欺欺人的是谁呢？我也不知道。但“浮光掠影”的一看，倒也罢了，一经杭世骏道破，再去看时，就很明白的知道了确是咏老妓之作，那第一句就不像现任官妓的口吻。不过中国的有一些士大夫，总爱无中生有，移花接木的造出故事来，他们不但歌颂升平，还粉饰黑暗。关于铁氏二女的撒谎，尚其小焉者耳，大至胡元杀掠，满清焚屠之际，也还会有人单单捧出什么烈女绝命，难妇题壁的诗词来，这个艳传，那个步韵，比对于华屋丘墟，生民涂炭之惨的大事情还起劲。到底是刻了一本集，连自己们都附进去，而韵事也就完结了。

我在写着这些的时候，病是要算已经好了的了，用不着写遗书。但我想在这里趁便拜托我的相识的朋友，将来我死掉之后，即使在中国还有追悼的可能，也千万不要给我开追悼会或者出什么记念册。因为这不过是活人的讲演或挽联的斗法场，为了造语惊人，对仗工稳起见，有些文豪们是简直不恤于胡说八道的。结果至多也不过印成一本书，即使有谁看了，于我死人，于读者活人，都无益处，就是对于作者，其实也并无益处，挽联做得好，也不过挽联做得好而已。

现在的意见，我以为倘有购买那些纸墨白布的闲钱，还不如选几部明人，清人或今人的野史或笔记来印印，倒是于大家很有益处的。但是要认真，用点工夫，标点不要错。

十二月十一日。

本篇第一节最初发表于1935年3月《文学》月刊第四卷第二号，其他三节都被国民党检查官删去。

病后杂谈之余

——关于“舒愤懑”

一

我常说明朝永乐皇帝的凶残，远在张献忠之上，是受了宋端仪的《立斋闲录》[①]的影响的。那时我还是满洲治下的一个拖着辫子的十四五岁的少年，但已经看过记载张献忠怎样屠杀蜀人的《蜀碧》，痛恨着这“流贼”的凶残。后来又偶然在破书堆里发见了一本不全的《立斋闲录》，还是明抄本，我就在那书上看见了永乐的上谕，于是我的憎恨就移到永乐身上去了。

那时我毫无什么历史知识，这憎恨转移的原因是极简单的，只以为流贼尚可，皇帝却不该，还是“礼不下庶人”的传统思想。至于《立斋闲录》，好像是一部少见的书，作者是明人，而明朝已有抄本，那刻本之少就可想。记得《汇刻书目》说是在明代的一部什么丛书中，但这丛书我至今没有见；清《四库全书总目提要》将它放在“存目”里，那么，《四库全书》里也是没有的，我家并不是藏书家，我真不解怎么会有这明抄本。这书我一直保存着，直到十多年前，因为肚子饿得慌了，才和别的两本明抄和一部明刻的《宫闺秘典》去卖给以藏书家和学者出名的傅某，他使我跑了三四趟之后，才说一总给我八块钱，我赌气不卖，抱回来了，又藏在北平的寓里；但久已没有人照管，不知道现在究竟怎样了。

那一本书，还是四十年前看的，对于永乐的憎恨虽然还在，书的内容却早已模模胡胡，所以在前几天写《病后杂谈》时，举不出一句永乐上谕的实例。我也很想看一看《永乐实录》，但在上海又如何能够；来青阁有残本在寄售，十本，实价却是一百六十元，也决不是我辈书架上的书。又是一个偶然：昨天在《安徽丛书》第三集中看见了清俞正燮（1775-1840）《癸巳类稿》的改定本，那《除

①宋端仪：字孔时，福建莆田人，明成化时进士，官至广东提学佥事。著有《考亭渊源录》、《立斋闲录》等。《立斋闲录》，四卷，是依据明人的碑志和说部杂录的笔记。

乐户丐户籍及女乐考附古事》里，却引有永乐皇帝的上谕，是根据王世贞《弇州史料》[①]中的《南京法司所记》的，虽然不多，又未必是精粹，但也足够“略见一斑”，和献忠流贼的作品相比较了。摘录于下——

“永乐十一年正月十一日，教坊司于右顺门口奏：齐泰姊及外甥媳妇，又黄子澄妹四个妇人，每一日一夜，二十余条汉子看守着，年少的都有身孕，除生子令做小龟子，又有三岁女子，奏请圣旨。奉钦依：由他。不的到长大便是个淫贱材儿？”

“铁铉妻杨氏年三十五，送教坊司；茅大芳妻张氏年五十六，送教坊司。张氏病故，教坊司安政于奉天门奏。奉圣旨：分付上元县抬出门去，着狗吃了！钦此！”

君臣之间的问答，竟是这等口吻，不见旧记，恐怕是万想不到的罢。但其实，这也仅仅是一时的一例。自有历史以来，中国人是一向被同族和异族屠戮，奴隶，敲掠，刑辱，压迫下来的，非人类所能忍受的楚毒，也都身受过，每一考查，真教人觉得不像活在人间。俞正燮看过野史，正是一个因此觉得义愤填膺的人，所以他在记载清朝的解放惰民丐户，罢教坊，停女乐[②]的故事之后，作一结语道——

“自三代至明，惟宇文周武帝，唐高祖，后晋高祖，金，元及明景帝，于法宽假之，而尚存其旧。余皆视为固然。本朝尽去其籍，而天地为之廓清矣。汉儒歌颂朝廷功德，自云‘舒愤懑’，除乐户之事，诚可云舒愤懑者：故列古语琐事之实，有关因革者如此。”

这一段结语，有两事使我吃惊。第一事，是宽假奴隶的皇帝中，汉人居很少数。但我疑心俞正燮还是考之未详，例如金元，是并非厚待奴隶的，只因那时连中国的蓄奴的主人也成了奴隶，从征服者看来，并无高下，即所谓“一视同仁”，于是就好像对于先前的奴隶加以宽假了。第二事，就是这自有历史以来的虐政，竟必待满洲的清才来廓清，使考史的儒生，为之拍案称快，自比于汉

---

①王世贞（1526—1590）：字元美，号凤洲，别号弇州山人，太仓（今属江苏）人，明代文学家，官至南京刑部尚书。著有《弇州山人四部稿》、《弇山堂别集》等。《弇州史料》：明代董复表编，系采录王世贞著作中有关朝野的记载编纂而成。

②惰民：又作“堕民”，明代称作丐户，清雍正元年（1723）始废除惰民的“丐籍”。教坊废于清雍正七年（1729）。女乐废于清顺治十六年（1659）。

儒的“舒愤懑”——就是明末清初的才子们之所谓“不亦快哉！”[①]然而解放乐户却是真的，但又并未“廓清”，例如绍兴的惰民，直到民国革命之初，他们还是不与良民通婚，去给大户服役，不过已有报酬，这一点，恐怕是和解放之前大不相同的了。革命之后，我久不回到绍兴去了，不知道他们怎样，推想起来，大约和三十年前是不会有什么两样的。

二

但俞正燮的歌颂清朝功德，却不能不说是当然的事。他生于乾隆四十年，到他壮年以至晚年的时候，文字狱的血迹已经消失，满洲人的凶焰已经缓和，愚民政策早已集了大成，剩下的就只有“功德”了。那时的禁书，我想他都未必看见。现在不说别的，单看雍正乾隆两朝的对于中国人著作的手段，就足够令人惊心动魄。全毁，抽毁，剜去之类也且不说，最阴险的是删改了古书的内容。乾隆朝的纂修《四库全书》，是许多人颂为一代之盛业的，但他们却不但捣乱了古书的格式，还修改了古人的文章；不但藏之内廷，还颁之文风较盛之处，使天下士子阅读，永不会觉得我们中国的作者里面，也曾经有过很有些骨气的人。（这两句，奉官命改为“永远看不出底细来。”）

嘉庆道光以来，珍重宋元版本的风气逐渐旺盛，也没有悟出乾隆皇帝的“圣虑”，影宋元本或校宋元本的书籍很有些出版了，这就使那时的阴谋露了马脚。最初启示了我的是《琳琅秘室丛书》里的两部《茅亭客话》[②]，一是校宋本，一是四库本，同是一种书，而两本的文章却常有不同，而且一定是关于“华夷”的处所。这一定是四库本删改了的；现在连影宋本的《茅亭客话》也已出版，更足据为铁证，不过倘不和四库本对读，也无从知道那时的阴谋。《琳琅秘室丛书》我是在图书馆里看的，自己没有，现在去买起来又嫌太贵，因此也举不出实例来。但还有比较容易的法子在。

新近陆续出版的《四部丛刊续编》自然应该说是一部新的古董书，但其中却保存着满清暗杀中国著作的案卷。例如宋洪迈的《容斋随笔》至《五笔》是

---

①“不亦快哉！”：金圣叹在他批评的《西厢记》的《圣叹外书》卷七《拷艳》章篇首中说：“昔与亚斤山同客共住，霖雨十日，对床无聊，因约赌说快事，以破积闷。”下面就记录了“快事”三十三则，每则都用“不亦快哉”一语结束。

②《琳琅秘室丛书》：清代胡珽校刊。共五集，计三十六种，所收主要是掌故、说部、释道方面的书。《茅亭客话》：宋代黄休复著，共十卷，内容系记录从五代到宋真宗时（约公元十世纪）的蜀中杂事。

影宋刊本和明活字本，据张元济跋，其中有三条就为清代刻本中所没有。所删的是怎样内容的文章呢？为惜纸墨计，现在只摘录一条《容斋三笔》卷三里的《北狄俘虏之苦》在这里——

“元魏破江陵，尽以所俘士民为奴，无分贵贱，盖北方夷俗皆然也。自靖康之后，陷于金虏者，帝子王孙，官门仕族之家，尽没为奴婢，使供作务。每人一月支稗子五斗，令自舂为米，得一斗八升，用为餱粮；岁支麻五把，令缉为裘。此外更无一钱一帛之入。男子不能缉者，则终岁裸体。虏或哀之，则使执爨，虽时负火得暖气，然才出外取柴归，再坐火边，皮肉即脱落，不日辄死。惟喜有手艺，如医人绣工之类，寻常只团坐地上，以败席或芦藉衬之，遇客至开筵，引能乐者使奏技，酒阑客散，各复其初，依旧环坐刺绣：任其生死，视如草芥。……”

清朝不惟自掩其凶残，还要替金人来掩饰他们的凶残。据此一条，可见俞正燮入金朝于仁君之列，是不确的了，他们不过是一扫宋朝的主奴之分，一律都作为奴隶，而自己则是主子。但是，这校勘，是用清朝的书坊刻本的，不知道四库本是否也如此。要更确凿，还有一部也是《四部丛刊续编》里的影旧抄本宋晁说之《嵩山文集》在这里，卷末就有单将《负薪对》一篇和四库本相对比，以见一斑的实证，现在摘录几条在下面，大抵非删则改，语意全非，仿佛宋臣晁说之，已在对金人战栗，嗫嚅不吐，深怕得罪似的了——

旧抄本	四库书
金贼以我疆埸之臣无状，斥堠不明，遂豕突河北，蛇结河东。	金人扰我疆埸之地，边城斥堠不明，遂长驱河北，盘结河东。
犯孔子春秋之大禁，	为上下臣民之大耻，
以百骑却虏枭将，	以百骑却辽枭将，
彼金贼虽非人类，而犬豕亦有掉瓦怖恐之号，顾弗之惧哉！	彼金人虽甚强盛，而赫然示之以威令之森严，顾弗之惧哉！
我取而歼焉可也。	我因而取之可也。
太宗时，女真困于契丹之三栅，控告乞援，亦卑恭甚矣。不谓敢眦睨中	太宗时，女真困于契丹之三栅，控告乞援，亦和好甚矣。不谓竟酿患滋

国之地于今日也。	祸一至于今日也。
忍弃上皇之子于胡虏乎？	忍弃上皇之子于异地乎？
何则：夷狄喜相吞并斗争，是其犬羊狺吠咋啮之性也。唯其富者最先亡。古今夷狄族帐，大小见于史册者百十，今其存者一二，皆以其财富而自底灭亡者也。今此小丑不指日而灭亡，是无天道也。	（无）
褫中国之衣冠，复夷狄之态度	遂其报复之心，肆其凌侮之意。
取故相家孙女姊妹，缚马上而去，执侍帐中，远近胆落，不暇寒心。	故相家皆携老襁幼，弃其籍而去，焚掠之余，远近胆落，不暇寒心。

即此数条，已可见“贼”“虏”“犬羊”是讳的；说金人的淫掠是讳的；“夷狄”当然要讳，但也不许看见“中国”两个字，因为这是和“夷狄”对立的字眼，很容易引起种族思想来的。但是，这《嵩山文集》的抄者不自改，读者不自改，尚存旧文，使我们至今能够看见晁氏的真面目，在现在说起来，也可以算是令人大“舒愤懑”的了。

清朝的考据家有人说过，“明人好刻古书而古书亡”，因为他们妄行校改。我以为这之后，则清人纂修《四库全书》而古书亡，因为他们变乱旧式，删改原文；今人标点古书而古书亡，因为他们乱点一通，佛头着粪：这是古书的水火兵虫以外的三大厄。

三

对于清朝的愤懑的从新发作，大约始于光绪中，但在文学界上，我没有查过以谁为“祸首”。太炎先生是以文章排满的骁将著名的，然而在他那《訄书》

的未改订本中，还承认满人可以主中国，称为“客帝”，比于嬴秦的“客卿”[①]。但是，总之，到光绪末年，翻印的不利于清朝的古书，可是陆续出现了；太炎先生也自己改正了“客帝”说，在再版的《訄书》里，“删而存此篇”；后来这书又改名为《检论》，我却不知道是否还是这办法。留学日本的学生们中的有些人，也在图书馆里搜寻可以鼓吹革命的明末清初的文献。那时印成一大本的有《汉声》，是《湖北学生界》的增刊，面子上题着四句集《文选》句：“抒怀旧之积念，发思古之幽情”，第三句想不起来了，第四句是“振大汉之天声”。无古无今，这种文献，倒是总要在外国的图书馆里抄得的。

我生长在偏僻之区，毫不知道什么是满汉，只在饭店的招牌上看见过“满汉酒席”字样，也从不引起什么疑问来。听人讲“本朝”的故事是常有的，文字狱的事情却一向没有听到过，乾隆皇帝南巡的盛事也很少有人讲述了，最多的是“打长毛”。我家里有一个年老的女工，她说长毛时候，她已经十多岁，长毛故事要算她对我讲得最多，但她并无邪正之分，只说最可怕的东西有三种，一种自然是“长毛”，一种是“短毛”，还有一种是“花绿头”[②]。到得后来，我才明白后两种其实是官兵，但在愚民的经验上，是和长毛并无区别的。给我指明长毛之可恶的倒是几位读书人；我家里有几部县志，偶然翻开来看，那时殉难的烈士烈女的名册就有一两卷，同族里的人也有几个被杀掉的，后来封了“世袭云骑尉”[③]，我于是确切的认定了长毛之可恶。然而，真所谓“心事如波涛”罢，久而久之，由于自己的阅历，证以女工的讲述，我竟决不定那些烈士烈女的凶手，究竟是长毛呢，还是“短毛”和“花绿头”了。我真很羡慕“四十而不惑”的圣人的幸福。

对我最初提醒了满汉的界限的不是书，是辫子。这辫子，是砍了我们古人

---

①“客卿”：战国时代，某一诸侯国任用他国人担任官职，称之为客卿。如秦始皇的丞相李斯是楚国人。

②“长毛”：指太平天国起义的军队。为了对抗清政府剃发留辫的法令，他们都留发而不结辫，因此被称为“长毛”。“短毛”，指剃发的清朝官兵。“花绿头”，指帮助清政府镇压太平天国的法、英帝国主义军队。

③“世袭云骑尉”：云骑尉是官名。唐、宋、元、明各朝都有这名称；清朝则以为世袭的职位，为世职的末级。凡阵亡者授爵，自云骑尉至轻车都尉兼一云骑尉不等。

的许多头，这才种定了的，到得我有知识的时候，大家早忘却了血史，反以为全留乃是长毛，全剃好像和尚，必须剃一点，留一点，才可以算是一个正经人了。而且还要从辫子上玩出花样来：小丑挽一个结，插上一朵纸花打诨；开口跳将小辫子挂在铁杆上，慢慢的吸烟献本领；变把戏的不必动手，只消将头一摇，劈拍一声，辫子便自会跳起来盘在头顶上，他于是耍起关王刀来了。而且还切于实用：打架的时候可以拔住，挣脱极难；捉人的时候可以拉着，省得绳索，要是被捉的人多呢，只要捏住辫梢头，一个人就可以牵一大串。吴友如画的《申江胜景图》里，有一幅会审公堂，就有一个巡捕拉着犯人的辫子的形象，但是，这是已经算作“胜景”了。

住在偏僻之区还好，一到上海，可就不免有时会听到一句洋话：Pig-tail——猪尾巴。这一句话，现在是早不听见了，那意思，似乎也不过说人头上生着猪尾巴，和今日之上海，中国人自己一斗嘴，便彼此互骂为“猪猡”的，还要客气得远。不过那时的青年，好像涵养工夫没有现在的深，也还未懂得“幽默”，所以听起来实在觉得刺耳。而且对于拥有二百余年历史的辫子的模样，也渐渐的觉得并不雅观，既不全留，又不全剃，剃去一圈，留下一撮，又打起来拖在背后，真好像做着好给别人来拔着牵着的柄子。对于它终于怀了恶感，我看也正是人情之常，不必指为拿了什么地方的东西，迷了什么斯基的理论的。（这两句，奉官谕改为“不足怪的”。）

我的辫子留在日本，一半送给客店里的一位使女做了假发，一半给了理发匠，人是在宣统初年回到故乡来了。一到上海，首先得装假辫子。这时上海有一个专装假辫子的专家，定价每条大洋四元，不折不扣，他的大名，大约那时的留学生都知道。做也真做得巧妙，只要别人不留心，是很可以不出岔子的，但如果人知道你原是留学生，留心研究起来，那就漏洞百出。夏天不能戴帽，也不大行；人堆里要防挤掉或挤歪，也不行。装了一个多月，我想，如果在路上掉了下来或者被人拉下来，不是比原没有辫子更不好看么？索性不装了，贤人说过的：一个人做人要真实。

但这真实的代价真也不便宜，走出去时，在路上所受的待遇完全和先前两样了。我从前是只以为访友作客，才有待遇的，这时才明白路上也一样的一路有待遇。最好的是呆看，但大抵是冷笑，恶骂。小则说是偷了人家的女人，因为那时捉住奸夫，总是首先剪去他辫子的，我至今还不明白为什么；大则指为"里通外国"，就是现在之所谓"汉奸"。我想，如果一个没有鼻子的人在街上走，他还未必至于这么受苦，假使没有了影子，那么，他恐怕也要这样的受社会的责罚了。

我回中国的第一年在杭州做教员，还可以穿了洋服算是洋鬼子；第二年回到故乡绍兴中学去做学监，却连洋服也不行了，因为有许多人是认识我的，所以不管如何装束，总不失为"里通外国"的人，于是我所受的无辫之灾，以在故乡为第一。尤其应该小心的是满洲人的绍兴知府的眼睛，他每到学校来，总喜欢注视我的短头发，和我多说话。

学生们里面，忽然起了剪辫风潮了，很有许多人要剪掉。我连忙禁止。他们就举出代表来诘问道：究竟有辫子好呢，还是没有辫子好呢？我的不假思索的答复是：没有辫子好，然而我劝你们不要剪。学生是向来没有一个说我"里通外国"的，但从这时起，却给了我一个"言行不一致"的结语，看不起了。"言行一致"，当然是很有价值的，现在之所谓文学家里，也还有人以这一点自豪，但他们却不知道他们一剪辫子，价值就会集中在脑袋上。轩亭口离绍兴中学并不远，就是秋瑾小姐就义之处，他们常走，然而忘却了。

"不亦快哉！"——到了一千九百十一年的双十，后来绍兴也挂起白旗来，算是革命了，我觉得革命给我的好处，最大，最不能忘的是我从此可以昂头露顶，慢慢的在街上走，再不听到什么嘲骂。几个也是没有辫子的老朋友从乡下来，一见面就摩着自己的光头，从心底里笑了出来道：哈哈，终于也有了这一天了。

假如有人要我颂革命功德，以"舒愤懑"，那么，我首先要说的就是剪辫子。

四

然而辫子还有一场小风波，那就是张勋[①]的"复辟"，一不小心，辫子是又可以种起来的，我曾见他的辫子兵在北京城外布防，对于没辫子的人们真是气焰万丈。幸而不几天就失败了，使我们至今还可以剪短，分开，披落，烫卷……

张勋的姓名已经暗淡，"复辟"的事件也逐渐遗忘，我曾在《风波》里提到它，别的作品上却似乎没有见，可见早就不受人注意。现在是，连辫子也日见稀少，将与周鼎商彝同列，渐有卖给外国人的资格了。

①张勋（1854—1923）：江西奉新人，北洋军阀。原为清朝提督，民国成立后，他和所部官兵仍留着辫子，表示忠于清王朝。1917 年 10 月 1 日他在北京扶持清废帝溥仪复辟，1918 年 7 月 12 日即告失败。

我也爱看绘画，尤其是人物。国画呢，方巾长袍，或短褐椎结，从没有见过一条我所记得的辫子；洋画呢，歪脸汉子，肥腿女人，也从没有见过一条我所记得的辫子。这回见了几幅钢笔画和木刻的阿Q像，这才算遇到了在艺术上的辫子，然而是没有一条生得合适的。想起来也难怪，现在的二十岁上下的青年，他生下来已是民国，就是三十岁的，在辫子时代也不过四五岁，当然不会深知道辫子的底细的了。

那么，我的“舒愤懑”，恐怕也很难传给别人，令人一样的愤激，感慨，欢喜，忧愁的罢。

十二月十七日。

一星期前，我在《病后杂谈》里说到铁氏二女的诗。据杭世骏说，钱谦益编的《列朝诗集》里是有的，但我没有这书，所以只引了《订讹类编》完事。今天《四部丛刊续编》的明遗民彭孙贻《茗斋集》出版了，后附《明诗钞》，却有铁氏长女诗在里面。现在就照抄在这里，并将范昌期原作，与所谓铁女诗不同之处，用括弧附注在下面，以便比较。照此看来，作伪者实不过改了一句，并每句各改易一二字而已——

教坊献诗

教坊脂粉（落籍）洗铅华，一片闲（春）心对落花。旧曲听来犹（空）有恨，

故园归去已（却）无家。云鬟半挽（髀）临妆（青）镜，雨泪空流（频弹）湿绛纱。

今日相逢白司马（安得江州司马在），尊前重与诉（为赋）琵琶。

但俞正燮《癸巳类稿》又据茅大芳《希董集》，言“铁公妻女以死殉”；并记或一说云，“铁二子，无女。”那么，连铁铉有无女儿，也都成为疑案了。两个近视眼论扁额上字，辩论一通，其实连扁额也没有挂，原也是能有的事实。不过铁妻死殉之说，我以为是粉饰的。《弇州史料》所记，奏文与上谕具存，王世贞明人，决不敢捏造。

倘使铁铉真的并无女儿，或有而实已自杀，则由这虚构的故事，也可以窥见社会心理之一斑。就是：在受难者家族中，无女不如其有之有趣，自杀又不如其落教坊之有趣；但铁铉究竟是忠臣，使其女永沦教坊，终觉于心不安，所以还是和寻常女子不同，因献诗而配了士子。这和小生落难，下狱挨打，到底

中了状元的公式，完全是一致的。

二十三日之夜，附记。

本篇最初发表于1935年3月《文学》月刊第四卷第三号，发表时题目被改为《病后余谈》，副题亦被删去。

拿破仑与隋那

我认识一个医生，忙的，但也常受病家的攻击，有一回，自解自叹道：要得称赞，最好是杀人，你把拿破仑[①]和隋那（Edward Jenner，1749-1823）[②]去比比看……

我想，这是真的。拿破仑的战绩，和我们什么相干呢，我们却总敬服他的英雄。甚而至于自己的祖宗做了蒙古人的奴隶，我们却还恭维成吉思；从现在的卐字眼睛看来，黄人已经是劣种了，我们却还夸耀希特拉。

因为他们三个，都是杀人不眨眼的大灾星。

但我们看看自己的臂膊，大抵总有几个疤，这就是种过牛痘的痕迹，是使我们脱离了天花的危症的。自从有这种牛痘法以来，在世界上真不知救活了多少孩子，——虽然有些人大起来也还是去给英雄们做炮灰，但我们有谁记得这发明者隋那的名字呢?

杀人者在毁坏世界，救人者在修补它，而炮灰资格的诸公，却总在恭维杀人者。

这看法倘不改变，我想，世界是还要毁坏，人们也还要吃苦的。

十一月六日。

本篇最初印入上海生活书店编辑出版的1935年《文艺日记》。

---

①拿破仑（Napoleon Bonaparte，1769—1821）：即拿破仑·波拿巴，法国资产阶级革命时期的军事家、政治家。1799年担任共和国执政。1804年建立法兰西第一帝国，自称拿破仑一世。

②隋那：通译为琴纳，英国医学家，牛痘接种的创始者。

运 命

倪朔尔

电影“《姊妹花》[1]中的穷老太婆对她的穷女儿说：‘穷人终是穷人，你要忍耐些！’”宗汉先生慨然指出，名之曰“穷人哲学”（见《大晚报》）。

自然，这是教人安贫的，那根据是“运命”。古今圣贤的主张此说者已经不在少数了，但是不安贫的穷人也“终是”很不少。“智者千虑，必有一失”，这里的“失”，是在非到盖棺之后，一个人的运命“终是”不可知。

豫言运命者也未尝没有人，看相的，排八字的，到处都是。然而他们对于主顾，肯断定他穷到底的是很少的，即使有，大家的学说又不能相一致，甲说当穷，乙却说当富，这就使穷人不能确信他将来的一定的运命。

不信运命，就不能“安分”，穷人买奖券，便是一种“非分之想”。但这于国家，现在是不能说没有益处的。不过“有一利必有一弊”，运命既然不可知，穷人又何妨想做皇帝，这就使中国出现了《推背图》。据宋人说，五代时候，许多人都看了这图给自己的儿子取名字，希望应着将来的吉兆，直到宋太宗（？）抽乱了一百本，与别本一同流通，读者见次序多不相同，莫衷一是，这才不再珍藏了。然而九一八那时，上海却还大卖着《推背图》的新印本。

“安贫”诚然是天下太平的要道，但倘使无法指定究竟的运命，总不能令人

①《姊妹花》：郑正秋根据自己编写的舞台剧《贵人与犯人》改编和导演的电影，1933年由上海明星影片公司摄制。影片以1924年军阀内战为背景，描写了一对自幼离散的孪生姊妹，因处境不同，妹妹成了军阀的姨太太，姊姊成了囚犯。结局是姊妹相认，与父母阖家团圆。

死心塌地。现在的优生学[①]，本可以说是科学的了，中国也正有人提倡着，冀以济运命说之穷，而历史又偏偏不挣气，汉高祖[②]的父亲并非皇帝，李白的儿子也不是诗人；还有立志传，絮絮叨叨的在对人讲西洋的谁以冒险成功，谁又以空手致富。

运命说之毫不足以治国平天下，是有明明白白的履历的。倘若还要用它来做工具，那中国的运命可真要“穷”极无聊了。

二月二十三日。

本篇最初发表于1934年2月26日上海《申报·自由谈》。

①优生学：英国哥尔登创立的学说，他认为人或人种在生理和智力上的差别由遗传所决定，研究如何改进人类的遗传性。

②汉高祖：即刘邦（前247－前195），字季，沛县（今属江苏）人，汉王朝的建立者。

玩 具

宓子章

今年是儿童年①。我记得的，所以时常看看造给儿童的玩具。

马路旁边的洋货店里挂着零星小物件，纸上标明，是从法国运来的，但我在日本的玩具店看见一样的货色，只是价钱更便宜。在担子上，在小摊上，都卖着渐吹渐大的橡皮泡，上面打着一个印子道："完全国货"，可见是中国自己制造的了。然而日本孩子玩着的橡皮泡上，也有同样的印子，那却应该是他们自己制造的。

大公司里则有武器的玩具：指挥刀，机关枪，坦克车……。然而，虽是有钱人家的小孩，拿着玩的也少见。公园里面，外国孩子聚沙成为圆堆，横插上两条短树干，这明明是在创造铁甲炮车了，而中国孩子是青白的，瘦瘦的脸，躲在大人的背后，羞怯的，惊异的看着，身上穿着一件斯文之极的长衫。

我们中国是大人用的玩具多：姨太太，雅片枪，麻雀牌，《毛毛雨》，科学灵乩，金刚法会，还有别的，忙个不了，没有工夫想到孩子身上去了。虽是儿童年，虽是前年身历了战祸，也没有因此给儿童创出一种纪念的小玩艺，一切都是照样抄。然则明年不是儿童年了，那情形就可想。

但是，江北人却是制造玩具的天才。他们用两个长短不同的竹筒，染成红绿，连作一排，筒内藏一个弹簧，旁边有一个把手，摇起来就格格的响。这就是机关枪！也是我所见的惟一的创作。我在租界边上买了一个，和孩子摇着在路上走，文明的西洋人和胜利的日本人看见了，大抵投给我们一个鄙夷或悲悯的苦笑。

---

①儿童年：1933 年 10 月，中华慈幼协会曾根据上海儿童幸福委员会的提议，呈请国民党政府定 1934 年为儿童年。后来国民党政府于 1934 年 3 月发出"训令"，改定 1935 年为儿童年。但上海市儿童幸福委员会经上海市政府批准，仍单独定 1934 年为儿童年。

然而我们摇着在路上走，毫不愧恧，因为这是创作。前年以来，很有些人骂着江北人[①]，好像非此不足以自显其高洁，现在沉默了，那高洁也就渺渺然，茫茫然。而江北人却创造了粗笨的机枪玩具，以坚强的自信和质朴的才能与文明的玩具争。他们，我以为是比从外国买了极新式的武器回来的人物，更其值得赞颂的，虽然也许又有人会因此给我一个鄙夷或悲悯的冷笑。

六月十一日。

本篇最初发表于1934年6月14日《申报·自由谈》。

①江北人：这里的江北指江苏境内长江以北，淮河以南一带。1932年一·二八事变后，日军占领闸北，利用汉奸组织了“上海北市地方人民维持会”，为非作歹。该会头目胡立夫等多为江北人，因此引起当时一般群众对江北人的恶感。

零　食

莫　朕

出版界的现状，期刊多而专书少，使有心人发愁，小品多而大作少，又使有心人发愁。人而有心，真要“日坐愁城”了。

但是，这情形是由来已久的，现在不过略有变迁，更加显著而已。

上海的居民，原就喜欢吃零食。假使留心一听，则屋外叫卖零食者，总是“实繁有徒”[①]。桂花白糖伦教糕[②]，猪油白糖莲心粥，虾肉馄饨面，芝麻香蕉，南洋芒果，西路（暹罗）蜜橘，瓜子大王，还有蜜饯，橄榄，等等。只要胃口好，可以从早晨直吃到半夜，但胃口不好也不妨，因为这又不比肥鱼大肉，分量原是很少的。那功效，据说，是在消闲之中，得养生之益，而且味道好。

前几年的出版物，是有“养生之益”的零食，或曰“入门”，或曰“ＡＢＣ”，或曰“概论”，总之是薄薄的一本，只要化钱数角，费时半点钟，便能明白一种科学，或全盘文学，或一种外国文。意思就是说，只要吃一包五香瓜子，便能使这人发荣滋长，抵得吃五年饭。试了几年，功效不显，于是很有些灰心了。一试验，如果有名无实，是往往不免灰心的，例如现在已经很少有人修仙或炼金，而代以洗温泉和买奖券，便是试验无效的结果。于是放松了“养生”这一面，偏到“味道好”那一面去了。自然，零食也还是零食。上海的居民，和零食是死也分拆不开的。

于是而出现了小品，但也并不是新花样。当老九章[③]生意兴隆的时候，就

①“实繁有徒”：语见《尚书·仲虺之诰》，意思是这种人确实不少。

②伦教糕：一种广东式糕点。

③老九章：指上海老九章绸缎庄。

有过《笔记小说大观》[①]之流，这是零食一大箱；待到老九章关门之后，自然也跟着成了一小撮。分量少了，为什么倒弄得闹闹嚷嚷，满城风雨的呢？我想，这是因为在担子上装起了篆字的和罗马字母合璧的年红电灯[②]的招牌。

然而，虽然仍旧是零食，上海居民的感应力却比先前敏捷了，否则又何至于闹嚷嚷。但这也许正因为神经衰弱的缘故。假使如此，那么，零食的前途倒是可虑的。

六月十一日。

本篇最初发表于1934年6月16日《申报·自由谈》。

①《笔记小说大观》：上海进步书局编印的一套丛书，汇辑自唐代至清代的杂史、笔记而成，共出九辑（包括外集），约六十册为一辑，最初四辑在1918年左右出版，后几辑于数年后出版。

②年红电灯：即霓虹灯。

过　年

张承禄

今年上海的过旧年，比去年热闹。

文字上和口头上的称呼，往往有些不同：或者谓之“废历”[1]，轻之也；或者谓之“古历”，爱之也。但对于这“历”的待遇是一样的：结账，祀神，祭祖，放鞭炮，打马将，拜年，“恭喜发财”！

虽过年而不停刊的报章上，也已经有了感慨；但是，感慨而已，到底胜不过事实。有些英雄的作家，也曾经叫人终年奋发，悲愤，纪念。但是，叫而已矣，到底也胜不过事实。中国的可哀的纪念太多了，这照例至少应该沉默；可喜的纪念也不算少，然而又怕有“反动分子乘机捣乱”，所以大家的高兴也不能发扬。几经防遏，几经淘汰，什么佳节都被绞死，于是就觉得只有这仅存残喘的“废历”或“古历”还是自家的东西，更加可爱了。那就格外的庆贺——这是不能以“封建的余意”一句话，轻轻了事的。

叫人整年的悲愤，劳作的英雄们，一定是自己毫不知道悲愤，劳作的人物。在实际上，悲愤者和劳作者，是时时需要休息和高兴的。古埃及的奴隶们，有时也会冷然一笑。这是蔑视一切的笑。不懂得这笑的意义者，只有主子和自安于奴才生活，而劳作较少，并且失了悲愤的奴才。

① “废历”：指阴历（或称夏历）。1912 年（民国元年）1 月 2 日，中华民国临时政府通令各省废除阴历，改用阳历。

我不过旧历年已经二十三年了，这回却连放了三夜的花爆[①]，使隔壁的外国人也“嘘”了起来：这却和花爆都成了我一年中仅有的高兴。

二月十五日。

本篇最初发表于1934年2月17日《申报·自由谈》。

①花爆：即花炮、爆竹。

清明时节

孟弧

清明时节，是扫墓的时节，有的要进关内来祭祖[①]，有的是到陕西去上坟[②]，或则激论沸天，或则欢声动地，真好像上坟可以亡国，也可以救国似的。

坟有这么大关系，那么，掘坟当然是要不得的了。

元朝的国师八合思巴[③]罢，他就深相信掘坟的利害。他掘开宋陵，要把人骨和猪狗骨同埋在一起，以使宋室倒楣。后来幸而给一位义士盗走了，没有达到目的，然而宋朝还是亡。曹操[④]设了“摸金校尉”之类的职员，专门盗墓，他的儿子却做了皇帝，自己竟被谥为“武帝”，好不威风。这样看来，死人的安危，和生人的祸福，又仿佛没有关系似的。相传曹操怕死后被人掘坟，造了七十二疑冢，令人无从下手。于是后之诗人曰：“遍掘七十二疑冢，必有一冢葬君尸。”于是后之论者又曰：阿瞒老奸巨猾，安知其尸实不在此七十二冢之内乎。真是没有法子想。

阿瞒虽是老奸巨猾，我想，疑冢之流倒未必安排的，不过古来的冢墓，却

①进关内来祭祖：1934年4月4日《大晚报》载：伪“满洲国”皇帝溥仪要求在清明节入关祭扫清代皇帝的坟墓。此事在当时曾引起人们的愤慨。

②到陕西去上坟：1934年4月7日《申报》载：清明节时，国民党政府考试院院长戴季陶等同西安军政要人及各界代表前往陕西咸阳、兴平祭扫周文王、汉武帝等陵墓，“民众参观者人山人海，道为之塞，……诚可说是民族扫墓也。”

③八合思巴（1235–1280）：即八思巴，本名罗卓坚参，吐蕃萨斯迦（今西藏自治区日喀则专区萨迦）人。佛教高僧。元中统元年（1260）封为“国师”。

④曹操（155–220）：字孟德，小字阿瞒，沛国谯（今安徽亳县）人，三国时政治家、军事家。他的儿子曹丕称帝后，追尊他为魏武帝。

大抵被发掘者居多，冢中人的主名，的确者也很少，洛阳邙山[①]，清末掘墓者极多，虽在名公巨卿的墓中，所得也大抵是一块志石[②]和凌乱的陶器，大约并非原没有贵重的殉葬品，乃是早经有人掘过，拿走了，什么时候呢，无从知道。总之是葬后以至清末的偷掘那一天之间罢。

至于墓中人究竟是什么人，非掘后往往不知道。即使有相传的主名的，也大抵靠不住。中国人一向喜欢造些和大人物相关的名胜，石门有“子路止宿处”，泰山上有“孔子小天下处”；一个小山洞，是埋着大禹，几堆大土堆，便葬着文武和周公。

如果扫墓的确可以救国，那么，扫就要扫得真确，要扫文武周公的陵，不要扫着别人的土包子，还得查考自己是否周朝的子孙。丁是乎要有考古的工作，就是掘开坟来，看看有无葬着文王武王周公旦的证据，如果有遗骨，还可照《洗冤录》[③]的方法来滴血。但是，这又和扫墓救国说相反，很伤孝子顺孙的心了。不得已，就只好闭了眼睛，硬着头皮，乱拜一阵。

“非其鬼而祭之，谄也！”单是扫墓救国术没有灵验，还不过是一个小笑话而已。

四月二十六日。

本篇最初发表于1934年5月24日上海《中华日报·动向》。

①邙山：在河南洛阳城北，东汉至唐宋等朝的王侯公卿多葬在那里。这些坟墓历代被人屡次发掘。

②志石：古代放在墓中镌有死者事略的石刻。下底上盖，底石刻有关于死者生平的铭文，盖石刻有“某某之墓”字样，以便后来山丘变化时得以辨识死者。

③《洗冤录》：亦名《洗冤集录》，宋代宋慈著，共五卷，是一部关于检验尸体的书。滴血认亲见该书卷一《滴血》：“父母骸骨在他处，子女欲相认，令以身上刺出血滴骨上。亲生者，则血入骨，非则否。”这一说法不合乎科学。

《看图识字》

凡一个人，即使到了中年以至暮年，倘一和孩子接近，便会踏进久经忘却了的孩子世界的边疆去，想到月亮怎么会跟着人走，星星究竟是怎么嵌在天空中。但孩子在他的世界里，是好像鱼之在水，游泳自如，忘其所以的，成人却有如人的凫水一样，虽然也觉到水的柔滑和清凉，不过总不免吃力，为难，非上陆不可了。

月亮和星星的情形，一时怎么讲得清楚呢，家境还不算精穷，当然还不如给一点所谓教育，首先是识字。上海有各国的人们，有各国的书铺，也有各国的儿童用书。但我们是中国人，要看中国书，识中国字。这样的书也有，虽然纸张，图画，色彩，印订，都远不及别国，但有是也有的。我到市上去，给孩子买来的是民国二十一年十一月印行的"国难后第六版"的《看图识字》。

先是那色彩就多么恶浊，但这且不管他。图画又多么死板，这且也不管他。出版处虽然是上海，然而奇怪，图上有蜡烛，有洋灯，却没有电灯；有朝靴，有三镶云头鞋，却没有皮鞋。跪着放枪的，一脚拖地；站着射箭的，两臂不平，他们将永远不能达到目的，更坏的是连钓竿，风车，布机之类，也和实物有些不同。

我轻轻的叹了一口气，记起幼小时候看过的《日用杂字》来。这是一本教育妇女婢仆，使她们能够记账的书，虽然名物的种类并不多，图画也很粗劣，然而很活泼，也很像。为什么呢？就因为作画的人，是熟悉他所画的东西的，一个"萝卜"，一只鸡，在他的记忆里并不含胡，画起来当然就切实。现在我们只要看《看图识字》里所画的生活状态——洗脸，吃饭，读书——就知道这是作者意中的读者，也是作者自己的生活状态，是在租界上租一层屋，装了全家，既不阔绰，也非精穷的，埋头苦干一日，才得维持生活一日的人，孩子得上学校，自己须穿长衫，用尽心神，撑住场面，又那有余力去买参考书，观察事物，修炼本领呢？况且，那书的末页上还有一行道："戊申年七月初版。"查年表，才知道那就是清朝光绪三十四年，即西历一九〇八年，虽是前年新印，书却成于二十七年前，已是一部古籍了，其奄奄无生气，正也不足为奇的。

孩子是可以敬服的，他常常想到星月以上的境界，想到地面下的情形，想到花卉的用处，想到昆虫的言语；他想飞上天空，他想潜入蚁穴……所以给儿童看的图书就必须十分慎重，做起来也十分烦难。即如《看图识字》这两本小书，就天文，地理，人事，物情，无所不有。其实是，倘不是对于上至宇宙之大，下至苍蝇之微，都有些切实的知识的画家，决难胜任的。

然而我们是忘却了自己曾为孩子时候的情形了，将他们看作一个蠢才，什么都不放在眼里。即使因为时势所趋，只得施一点所谓教育，也以为只要付给蠢才去教就足够。于是他们长大起来，就真的成了蠢才，和我们一样了。然而我们这些蠢才，却还在变本加厉的愚弄孩子。只要看近两三年的出版界，给"小学生"，"小朋友"看的刊物，特别的多就知道。中国突然出了这许多"儿童文学家"了么？我想：是并不然的。

五月三十日。

本篇最初发表于1934年7月上海《文学季刊》第三期，署名唐俟。

北人与南人

栾廷石

这是看了“京派”与“海派”的议论之后，牵连想到的——

北人的卑视南人，已经是一种传统。这也并非因为风俗习惯的不同，我想，那大原因，是在历来的侵入者多从北方来，先征服中国之北部，又携了北人南征，所以南人在北人的眼中，也是被征服者。

二陆[①]入晋，北方人士在欢欣之中，分明带着轻薄，举证太烦，姑且不谈罢。容易看的是，羊衒之的《洛阳伽蓝记》中，就常诋南人，并不视为同类。至于元，则人民截然分为四等[②]，一蒙古人，二色目人，三汉人即北人，第四等才是南人，因为他是最后投降的一伙。最后投降，从这边说，是矢尽援绝，这才罢战的南方之强，从那边说，却是不识顺逆，久梗王师的贼。孑遗[③]自然还是投降的，然而为奴隶的资格因此就最浅，因为浅，所以班次就最下，谁都不妨加以卑视了。到清朝，又重理了这一篇账，至今还流衍着余波；如果此后的历史是

---

①二陆：指陆机、陆云兄弟。陆机（261—303），字士衡；陆云（262—303），字士龙，吴郡华亭（今上海市松江）人。二人都是西晋文学家。

②元代把所统治的人民划分为四等：前三等据元末明初陶宗仪《南村辍耕录·氏族》载为：一、蒙古人。二、色目人，包括钦察、唐兀、回回等族，是蒙古人侵入中原前已征服的西域人。三、汉人，包括契丹、高丽等族及在金人治下北中国的汉族人。又有第四等：南人，据钱大昕《十驾斋养新录》卷九说，“汉人南人之分，以宋金疆域为断，江浙湖广江西三行省为南人，河南省唯江北淮南诸路为南人。”

③孑遗：这里指前朝的遗民。语出《诗经·大雅·云汉》：“周余黎民，靡有孑遗。”

不再回旋的，那真不独是南人的如天之福。当然，南人是有缺点的。权贵南迁[①]，就带了腐败颓废的风气来，北方倒反而干净。性情也不同，有缺点，也有特长，正如北人的兼具二者一样。据我所见，北人的优点是厚重，南人的优点是机灵。但厚重之弊也愚，机灵之弊也狡，所以某先生[②]曾经指出缺点道：北方人是“饱食终日，无所用心”；南方人是“群居终日，言不及义”。就有闲阶级而言，我以为大体是的确的。

缺点可以改正，优点可以相师。相书上有一条说，北人南相，南人北相者贵。我看这并不是妄语。北人南相者，是厚重而又机灵，南人北相者，不消说是机灵而又能厚重。昔人之所谓“贵”，不过是当时的成功，在现在，那就是做成有益的事业了。这是中国人的一种小小的自新之路。

不过做文章的是南人多，北方却受了影响。北京的报纸上，油嘴滑舌，吞吞吐吐，顾影自怜的文字不是比六七年前多了吗？这倘和北方固有的“贫嘴”一结婚，产生出来的一定是一种不祥的新劣种！

一月三十日。

本篇最初发表于1934年2月4日《申报·自由谈》。

①权贵南迁：指汉族统治者不能抵御北方少数民族奴隶主的入侵，把政权转移到南方。如东晋为北方匈奴所迫，迁都建康（今南京）；南宋为北方金人所迫，迁都临安（今杭州）。他们南迁后，仍过着荒淫糜烂的生活。

②某先生：指明末清初的学者顾炎武。他在《日知录》卷十三《南北学者之病》中说：“‘饱食终日，无所用心，难矣哉’，今日北方之学者是也。‘群居终日，言不及义，好行小慧，难矣哉’，今日南方之学者是也。”

看变戏法

游光

我爱看“变戏法”。

他们是走江湖的，所以各处的戏法都一样。为了敛钱，一定有两种必要的东西：一只黑熊，一个小孩子。

黑熊饿得真瘦，几乎连动弹的力气也快没有了。自然，这是不能使它强壮的，因为一强壮，就不能驾驭。现在是半死不活，却还要用铁圈穿了鼻子，再用索子牵着做戏。有时给吃一点东西，是一小块水泡的馒头皮，但还将勺子擎得高高的，要它站起来，伸头张嘴，许多工夫才得落肚，而变戏法的则因此集了一些钱。

这熊的来源，中国没有人提到过。据西洋人的调查，说是从小时候，由山里捉来的；大的不能用，因为一大，就总改不了野性。但虽是小的，也还须“训练”，这“训练”的方法，是“打”和“饿”；而后来，则是因虐待而死亡。我以为这话是的确的，我们看它还在活着做戏的时候，就瘪得连熊气息也没有了，有些地方，竟称之为“狗熊”，其被蔑视至于如此。

孩子在场面上也要吃苦，或者大人踏在他肚子上，或者将他的两手扭过来，他就显出很苦楚，很为难，很吃重的相貌，要看客解救。六个，五个，再四个，三个……而变戏法的就又集了一些钱。

他自然也曾经训练过，这苦痛是装出来的，和大人串通的勾当，不过也无碍于赚钱。

下午敲锣开场，这样的做到夜，收场，看客走散，有化了钱的，有终于不化钱的。

每当收场，我一面走，一面想：两种生财家伙，一种是要被虐待至死的，再寻幼小的来；一种是大了之后，另寻一个小孩子和一只小熊，仍旧来变照样的戏法。

事情真是简单得很，想一下，就好像令人索然无味。然而我还是常常看。

此外叫我看什么呢，诸君？

十月一日。

本篇最初发表于1933年10月4日《申报·自由谈》。

看书琐记（一）

焉 于

高尔基很惊服巴尔扎克[①]小说里写对话的巧妙，以为并不描写人物的模样，却能使读者看了对话，便好像目睹了说话的那些人。(八月份《文学》内《我的文学修养》)

中国还没有那样好手段的小说家，但《水浒》[②]和《红楼梦》的有些地方，是能使读者由说话看出人来的。其实，这也并非什么奇特的事情，在上海的弄堂里，租一间小房子住着的人，就时时可以体验到。他和周围的住户，是不一定见过面的，但只隔一层薄板壁，所以有些人家的眷属和客人的谈话，尤其是高声的谈话，都大略可以听到，久而久之，就知道那里有那些人，而且仿佛觉得那些人是怎样的人了。

如果删除了不必要之点，只摘出各人的有特色的谈话来，我想，就可以使别人从谈话里推见每个说话的人物。但我并不是说，这就成了中国的巴尔扎克。

作者用对话表现人物的时候，恐怕在他自己的心目中，是存在着这人物的模样的，于是传给读者，使读者的心目中也形成了这人物的模样。但读者所推见的人物，却并不一定和作者所设想的相同，巴尔扎克的小胡须的清瘦老人，到了高尔基的头里，也许变了粗蛮壮大的络腮胡子。不过那性格，言动，一定有些类似，大致不差，恰如将法文翻成了俄文一样。要不然，文学这东西便没有普遍性了。

文学虽然有普遍性，但因读者的体验的不同而有变化，读者倘没有类似的体验，它也就失去了效力。譬如我们看《红楼梦》，从文字上推见了林黛玉这一个人，但须排除了梅博士的“黛玉葬花”照相的先入之见，另外想一个，那么，

---

①巴尔扎克（H. de Balzac，1799—1850）法国作家，他的作品总题为《人间喜剧》，包括长篇小说《欧也妮·葛朗台》、《高老头》、《幻灭》等九十余部。

②《水浒》：即《水浒传》，明初施耐庵所作的长篇小说。

恐怕会想到剪头发，穿印度绸衫，清瘦，寂寞的摩登女郎；或者别的什么模样，我不能断定。但试去和三四十年前出版的《红楼梦图咏》之类里面的画像比一比罢，一定是截然两样的，那上面所画的，是那时的读者的心目中的林黛玉。

文学有普遍性，但有界限；也有较为永久的，但因读者的社会体验而生变化。北极的遏斯吉摩人①和非洲腹地的黑人，我以为是不会懂得“林黛玉型”的；健全而合理的好社会中人，也将不能懂得，他们大约要比我们的听讲始皇焚书，黄巢杀人更其隔膜。一有变化，即非永久，说文学独有仙骨，是做梦的人们的梦话。

八月六日。

本篇最初发表于1934年8月8日《申报·自由谈》。

①遏斯吉摩人：通译爱斯基摩人，居住北极圈一带，以渔猎为生的一个民族。

看书琐记（二）

焉 于

就在同时代，同国度里，说话也会彼此说不通的。

巴比塞有一篇很有意思的短篇小说，叫作《本国话和外国话》，记的是法国的一个阔人家里招待了欧战中出死入生的三个兵，小姐出来招呼了，但无话可说，勉勉强强的说了几句，他们也无话可答，倒只觉坐在阔房间里，小心得骨头疼。直到溜回自己的“猪窠”里，他们这才遍身舒齐，有说有笑，并且在德国俘虏里，由手势发见了说他们的“我们的话”的人。

因了这经验，有一个兵便模模胡胡的想：“这世间有两个世界。一个是战争的世界。别一个是有着保险箱门一般的门，礼拜堂一般干净的厨房，漂亮的房子的世界。完全是另外的世界。另外的国度。那里面，住着古怪想头的外国人。”

那小姐后来就对一位绅士说的是：“和他们是连话都谈不来的。好像他们和我们之间，是有着跳不过的深渊似的。”

其实，这也无须小姐和兵们是这样。就是我们——算作“封建余孽”或“买办”或别的什么而论都可以——和几乎同类的人，只要什么地方有些不同，又得心口如一，就往往免不了彼此无话可说。不过我们中国人是聪明的，有些人早已发明了一种万应灵药，就是“今天天气……哈哈哈！”倘是宴会，就只猜拳，不发议论。

这样看来，文学要普遍而且永久，恐怕实在有些艰难。“今天天气……哈哈哈！”虽然有些普遍，但能否永久，却很可疑，而且也不大像文学。于是高超的文学家便自己定了一条规则，将不懂他的“文学”的人们，都推出“人类”之外，以保持其普遍性。文学还有别的性，他是不肯说破的，因此也只好用这手段。然而这么一来，“文学”存在，“人”却不多了。

于是而据说文学愈高超，懂得的人就愈少，高超之极，那普遍性和永久性便只汇集于作者一个人。然而文学家却又悲哀起来，说是吐血了，这真是没有法子想。

八月六日。

本篇最初发表于1934年8月9日《申报·自由谈》。

看书琐记（三）

焉 于

创作家大抵憎恶批评家的七嘴八舌。

记得有一位诗人说过这样的话：诗人要做诗，就如植物要开花，因为他非开不可的缘故。如果你摘去吃了，即使中了毒，也是你自己错。

这比喻很美，也仿佛很有道理的。但再一想，却也有错误。错的是诗人究竟不是一株草，还是社会里的一个人；况且诗集是卖钱的，何尝可以白摘。一卖钱，这就是商品，买主也有了说好说歹的权利了。

即使真是花罢，倘不是开在深山幽谷，人迹不到之处，如果有毒，那是园丁之流就要想法的。花的事实，也并不如诗人的空想。

现在可是换了一个说法了，连并非作者，也憎恶了批评家，他们里有的说道：你这么会说，那么，你倒来做一篇试试看！

这真要使批评家抱头鼠窜。因为批评家兼能创作的人，向来是很少的。

我想，作家和批评家的关系，颇有些像厨司和食客。厨司做出一味食品来，食客就要说话，或是好，或是歹。厨司如果觉得不公平，可以看看他是否神经病，是否厚舌苔，是否挟夙嫌，是否想赖账。或者他是否广东人，想吃蛇肉；是否四川人，还要辣椒。于是提出解说或抗议来——自然，一声不响也可以。但是，倘若他对着客人大叫道：“那么，你去做一碗来给我吃吃看！”那却未免有些可笑了。

诚然，四五年前，用笔的人以为一做批评家，便可以高踞文坛，所以速成和乱评的也不少，但要矫正这风气，是须用批评的批评的，只在批评家这名目上，涂上烂泥，并不是好办法。不过我们的读书界，是爱平和的多，一见笔战，便是什么“文坛的悲观”呀，“文人相轻”呀，甚至于不问是非，统谓之“互骂”，指为“漆黑一团糟”。果然，现在是听不见说谁是批评家了。但文坛呢，依然如故，不过它不再露出来。

文艺必须有批评；批评如果不对了，就得用批评来抗争，这才能够使文艺和批评一同前进，如果一律掩住嘴，算是文坛已经干净，那所得的结果倒是要相反的。

八月二十二日。

本篇最初发表于1934年8月23日《申报·自由谈》。原题为《批评家与创作家》。

中秋二愿

白道

前几天真是“悲喜交集”。刚过了国历的九一八，就是“夏历”的“中秋赏月”，还有“海宁观潮”[①]。因为海宁，就又有人来讲“乾隆皇帝是海宁陈阁老的儿子”了。这一个满洲“英明之主”，原来竟是中国人掉的包，好不阔气，而且福气。不折一兵，不费一矢，单靠生殖机关便革了命，真是绝顶便宜。

中国人是尊家族，尚血统的，但一面又喜欢和不相干的人们去攀亲，我真不知道是什么意思。从小以来，什么“乾隆是从我们汉人的陈家悄悄的抱去的”呀，“我们元朝是征服了欧洲的”呀之类，早听的耳朵里起茧了，不料到得现在，纸烟铺子的选举中国政界伟人投票，还是列成吉思汗为其中之一人；开发民智的报章，还在讲满洲的乾隆皇帝是陈阁老的儿子。

古时候，女人的确去和过番；在演剧里，也有男人招为番邦的驸马，占了便宜，做得津津有味。就是近事，自然也还有拜侠客做干爷，给富翁当赘婿[②]，陡了起来的，不过这不能算是体面的事情。男子汉，大丈夫，还当别有所能，别有所志，自恃着智力和另外的体力。要不然，我真怕将来大家又大说一通日本人是徐福[③]的子孙。

---

①“海宁观潮”：海宁在浙江省钱塘江下游，著名的铁塘江潮以在海宁所见最为壮观，每年中秋后三日内潮水最高时，前往观赏的人很多。

②拜侠客做干爷：指和上海流氓帮头子有勾结，拜他们做“干爷”、“师傅”的市侩文人。给富翁当赘婿：指当时文人邵洵美等，邵是清末大官僚资本家盛宣怀的孙女婿。

③徐福：一作徐市，秦代的方士。据《史记·秦始皇本纪》记载，秦始皇听信徐福的话，派他带童男童女数千人入海求仙，数年不得。大概从汉代起，有徐福航海到日本即留日未返的传说。

一愿：从此不再胡乱和别人去攀亲。

但竟有人给文学也攀起亲来了，他说女人的才力，会因与男性的肉体关系而受影响，并举欧洲的几个女作家，都有文人做情人来作证据。于是又有人来驳他，说这是弗洛伊特说，不可靠。其实这并不是弗洛伊特说[①]，他不至于忘记梭格拉第[②]太太全不懂哲学，托尔斯泰太太不会做文字这些反证的。况且世界文学史上，有多少中国所谓“父子作家”“夫妇作家”那些“肉麻当有趣”的人物在里面？因为文学和梅毒不同，并无霉菌，决不会由性交传给对手的。至于有“诗人”在钓一个女人，先捧之为“女诗人”，那是一种讨好的手段，并非他真传染给她了诗才。

二愿：从此眼光离开脐下三寸。

九月二十五日。

本篇最初发表于1934年9月28日《中华日报·动向》。

---

①弗洛伊特说：奥地利精神病学家弗洛伊德（1856–1039）创立的精神分析学说。这种学说，认为文学、艺术、哲学、宗教等一切精神现象，都是人们受压抑而潜藏在下意识里的某种“生命力”（Libido），特别是性欲的潜力所产生的。

②梭格拉第（Sokrates，前469–前399）通译为苏格拉底，古希腊哲学家。

奇　怪（一）

白 道

世界上有许多事实，不看记载，是天才也想不到的。非洲有一种土人，男女的避忌严得很，连女婿遇见丈母娘，也得伏在地上，而且还不够，必须将脸埋进土里去。这真是虽是我们礼义之邦的“男女七岁不同席”的古人，也万万比不上的。

这样看来，我们的古人对于分隔男女的设计，也还不免是低能儿；现在总跳不出古人的圈子，更是低能之至。不同泳，不同行，不同食，不同做电影[①]，都只是“不同席”的演义。低能透顶的是还没有想到男女同吸着相通的空气，从这个男人的鼻孔里呼出来，又被那个女人从鼻孔里吸进去，淆乱乾坤，实在比海水只触着皮肤更为严重。对于这一个严重问题倘没有办法，男女的界限就永远分不清。

我想，这只好用“西法”了。西法虽非国粹，有时却能够帮助国粹的。例如无线电播音，是摩登的东西，但早晨有和尚念经，却不坏；汽车固然是洋货，坐着去打麻将，却总比坐绿呢大轿，好半天才到的打得多几圈。以此类推，防止男女同吸空气就可以用防毒面具，各背一个箱，将养气由管子通到自己的鼻孔里，既免抛头露面，又兼防空演习，也就是“中学为体，西学为用”。凯末

---

① 1934 年 7 月，国民党广东舰队司令张之英等向广东省政府提议禁止男女同场游泳，曾由广州市公安局通令实施。同时又有自称“蚁民”的黄维新，拟具了分别男女界限的五项办法，呈请国民党广东政治研究会采用：（一）禁止男女同车；（二）禁止酒楼茶肆男女同食；（三）禁止旅客男女同住；（四）禁止军民人等男女同行；（五）禁止男女同演影片，并分男女游乐场所。

尔[①]将军治国以前的土耳其女人的面幕，这回可也万万比不上了。

假使现在有一个英国的斯惠夫德似的人，做一部《格利佛游记》那样的讽刺的小说[②]，说在二十世纪中，到了一个文明的国度，看见一群人在烧香拜龙，作法求雨[③]，赏鉴“胖女”，禁杀乌龟[④]；又一群人在正正经经的研究古代舞法，主张男女分途，以及女人的腿应该不许其露出[⑤]。那么，远处，或是将来的人，恐怕大抵要以为这是作者贫嘴薄舌，随意捏造，以挖苦他所不满的人们的罢。

然而这的确是事实。倘没有这样的事实，大约无论怎样刻薄的天才作家也想不到的。幻想总不能怎样的出奇，所以人们看见了有些事，就有叫作“奇怪”这一句话。

八月十四日。

本篇最初发表于1934年8月17日《中华日报·动向》。

---

①凯末尔（1881—1938）通译作基马尔，土耳其政治家，土耳其共和国第一任总统。在他执政期间，曾采取一些改革措施，如废除回教历，创新字母，撤去妇女的面罩，废除一夫多妻制等。

②斯惠夫德在其长篇小说《格利佛游记》里，通过虚构的“小人国”、“大人国”等的描写，对英国上流社会进行了讽刺。

③烧香拜龙：当时求雨消旱的一种迷信活动。1934年夏天，南方大旱，报上就有南通农民筑泥龙烧香祈雨、苏州举行小白龙出游等报道。作法求雨：国民党政府在当年7月请第九世班禅喇嘛、安钦活沸等在南京、汤山等处祈祷求雨。

④赏鉴“胖女”：1934年8月1日，上海先施公司联合各厂商聘请体重七百余磅的美国胖女人尼丽，在该公司二楼表演。禁杀乌龟，当时上海徐家汇沿河一带，有些人捕卖乌龟谋生，上海“中国保护动物会”认为“劈杀龟肉，……势甚惨酷”，于1934年3月呈请国民党上海市公安局通令禁止。

⑤研究古代舞法：指1934年8月上海祭孔前演习佾舞。主张男女分途。禁止女人露腿，是蒋介石在1934年6月7日手令国民党江西省政府颁布的《取缔妇女奇装异服办法》中的 -项：“裤长最短须过膝四寸，不得露腿赤足。”

奇 怪（二）

白 道

尤墨君先生以教师的资格参加着讨论大众语，那意见是极该看重的。他主张“使中学生练习大众语”，还举出“中学生作文最喜用而又最误用的许多时髦字眼”来，说“最好叫他们不要用”，待他们将来能够辨别时再说，因为是与其“食新不化，何如禁用于先”的。现在摘一点所举的“时髦字眼”在这里——

共鸣 对象 气压 温度 结晶 彻底 趋势 理智 现实 下意识 相对性 绝对性 纵剖面横剖面 死亡率……（《新语林》三期）

但是我很奇怪。

那些字眼，几乎算不得“时髦字眼”了。如“对象”“现实”等，只要看看书报的人，就时常遇见，一常见，就会比较而得其意义，恰如孩子懂话，并不依靠文法教科书一样；何况在学校中，还有教员的指点。至于“温度”“结晶”“纵剖面”“横剖面”等，也是科学上的名词，中学的物理学矿物学植物学教科书里就有，和用于国文上的意义并无不同。现在竟“最误用”，莫非自己既不思索，教师也未给指点，而且连别的科学也一样的模胡吗?

那么，单是中途学了大众语，也不过是一位中学出身的速成大众，于大众有什么用处呢? 大众的需要中学生，是因为他教育程度比较的高，能够给大家开拓知识，增加语汇，能解明的就解明，该新添的就新添；他对于“对象”等等的界说，就先要弄明白，当必要时，有方言可以替代，就译换，倘没有，便教给这新名词，并且说明这意义。如果大众语既是半路出家，新名词也还不很明白，这“落伍”可真是“彻底”了。

我想，为大众而练习大众语，倒是不该禁用那些“时髦字眼”的，最要紧的是教给他定义，教师对于中学生，和将来中学生的对于大众一样。譬如“纵断面”和“横断面”，解作“直切面”和“横切面”，就容易懂；倘说就是“横锯面”和“直锯面”，那么，连木匠学徒也明白了，无须识字。禁，是不好的，他们中有些人将永远模胡，“因为中学生不一定个个能升入大学而实现其做文豪或学者的理想的”。

八月十四日。

本篇最初发表于1934年8月18日《中华日报·动向》。

奇 怪（三）

白 道

“中国第一流作家”叶灵凤和穆时英两位先生编辑的《文艺画报》①的大广告，在报上早经看见了。半个多月之后，才在店头看见这“画报”。既然是“画报”，看的人就自然也存着看“画报”的心，首先来看“画”。

不看还好，一看，可就奇怪了。

戴平万先生的《沈阳之旅》里，有三幅插图有些像日本人的手笔，记了一记，哦，原来是日本杂志店里，曾经见过的在《战争版画集》里的料治朝鸣的木刻，是为记念他们在奉天的战胜而作的，日本记念他对中国的战胜的作品，却就是被战胜国的作者的作品的插图——奇怪一。

再翻下去是穆时英先生的《墨绿衫的小姐》里，有三幅插画有些像麦绥莱勒②的手笔，黑白分明，我曾从良友公司翻印的四本小书里记得了他的作法，而这回的木刻上的署名，也明明是F M两个字。莫非我们“中国第一流作家”的这作品，是豫先翻成法文，托麦绥莱勒刻了插画来的吗？——奇怪二。

这回是文字，《世界文坛了望台》了。开头就说，“法国的龚果尔奖金③，去年出人意外地（白注：可恨！）颁给了一部以中国作题材的小说《人的命运》，

①叶灵凤（1904–1975）：江苏南京人，作家和画家，曾是创造社成员。穆时英（1912–1939）：浙江鄞县人，作家，后堕落为汉奸。《文艺画报》为叶灵凤和穆时英两人合编的月刊。

②麦绥莱勒（F.Masereel，1889–1972）：通译为麦绥莱尔，比利时画家、木刻家。

③龚果尔奖金：是法国为纪念19世纪自然主义作家龚果尔（通译为龚古尔）兄弟而设的文学奖金。

它的作者是安得烈马尔路[①]"，但是，"或者由于立场的关系，这书在文字上总是受着赞美，而在内容上却一致的被一般报纸评论攻击，好像惋惜像马尔路这样才干的作家，何必也将文艺当作了宣传的工具"云。这样一"了望"，"好像"法国的为龚果尔奖金审查文学作品的人的"立场"，乃是赞成"将文艺当作了宣传工具"的了奇怪三。

不过也许这只是我自己的"少见多怪"，别人倒并不如此的。先前的"见怪者"，说是"见怪不怪，其怪自败"，现在的"怪"却早已声明着，叫你"见莫怪"了。开卷就有《编者随笔》在——

"只是每期供给一点并不怎样沉重的文字和图画，使对于文艺有兴趣的读者能醒一醒被其他严重的问题所疲倦了的眼睛，或者破颜一笑，只是如此而已。"

原来"中国第一流作家"的玩着先前活剥"琵亚词侣"[②]，今年生吞麦绥莱勒的小玩艺，是在大才小用，不过要给人"醒一醒被其他严重的问题所疲倦了的眼睛，或者破颜一笑"。如果再从这醒眼的"文艺画"上又发生了问题，虽然并不"严重"，不是究竟也辜负了两位"中国第一流作家"献技的苦心吗？

那么，我也来"破颜一笑"吧——

哈！

十月二十五日。

本篇最初发表于1934年10月26日《中华日报·动向》。

①安得烈马尔路（A.Malraux，1901-1976）：通译为安德烈·马尔罗，法国作家。《人的命运》：又译《人类的命运》，是一部以1927年上海四一二大屠杀为背景的长篇小说，1933年出版。

②"琵亚词侣"（A.Beardsley，1872-1898）：通译为毕亚兹莱，英国画家。作品多用图案性的黑白线条描写社会生活。叶灵凤曾模仿他的作品。

新秋杂识（一）

旅 隼

门外的有限的一方泥地上，有两队蚂蚁在打仗。

童话作家爱罗先珂[①]的名字，现在是已经从读者的记忆上渐渐淡下去了，此时我却记起了他的一种奇异的忧愁。他在北京时，曾经认真的告诉我说：我害怕，不知道将来会不会有人发明一种方法，只要怎么一来，就能使人们都成为打仗的机器的。

其实是这方法早经发明了，不过较为烦难，不能“怎么一来”就完事。我们只要看外国为儿童而作的书籍，玩具，常常以指教武器为大宗，就知道这正是制造打仗机器的设备，制造是必须从天真烂漫的孩子们入手的。

不但人们，连昆虫也知道。蚂蚁中有一种武士蚁，自己不造窠，不求食，一生的事业，是专在攻击别种蚂蚁，掠取幼虫，使成奴隶，给它服役的。但奇怪的是它决不掠取成虫，因为已经难施教化。它所掠取的一定只限于幼虫和蛹，使在盗窟里长大，毫不记得先前，永远是愚忠的奴隶，不但服役，每当武士蚁出去劫掠的时候，它还跟在一起，帮着搬运那些被侵略的同族的幼虫和蛹去了。

但在人类，却不能这么简单的造成一律。这就是人之所以为“万物之灵”。

然而制造者也决不放手。孩子长大，不但失掉天真，还变得呆头呆脑，是我们时时看见的。经济的雕敝，使出版界不肯印行大部的学术文艺书籍，不是教科书，便是儿童书，黄河决口似的向孩子们滚过去。但那里面讲的是什么呢？要将我们的孩子们造成什么东西呢？却还没有看见战斗的批评家论及，似乎已经不大有人注意将来了。

---

①爱罗先珂（1889—1952）：俄国诗人，世界语者，童话作家。

反战会议[①]的消息不很在日报上看到，可见打仗也还是中国人的嗜好，给它一个冷淡，正是违反了我们的嗜好的证明。自然，仗是要打的，跟着武士蚁去搬运败者的幼虫，也还不失为一种为奴的胜利。但是，人究竟是“万物之灵”，这样那里能就够。仗自然是要打的，要打掉制造打仗机器的蚁冢，打掉毒害小儿的药饵，打掉陷没将来的阴谋：这才是人的战士的任务。

八月二十八日。

本篇最初发表于1933年9月2日《申报·自由谈》。

---

①反战会议：指世界反对帝国主义战争委员会于1933年9月在上海召开的远东会议。这次会议讨论了反对日本帝国主义侵略中国和争取国际和平等问题。开会前，国民党政府和法租界、公共租界当局对会议进行种种诽谤和阻挠，不许在华界或租界内召开。但在当时中共上海地下党支持下终于秘密举行。英国马莱爵士、法国作家和《人道报》主笔伐扬-古久里、中国宋庆龄等都出席了这次会议；鲁迅被推为主席团名誉主席。在会议筹备期间，鲁迅曾尽力支持和给予经济上的帮助。

新秋杂识（二）

旅隼

八月三十日的夜里，远远近近，都突然劈劈拍拍起来，一时来不及细想，以为“抵抗”又开头了，不久就明白了那是放爆竹，这才定了心。接着又想：大约又是什么节气了罢？……待到第二天看报纸，才知道原来昨夜是月蚀，那些劈劈拍拍，就是我们的同胞，异胞（我们虽然大家自称为黄帝子孙，但蚩尤[①]的子孙想必也未尝死绝，所以谓之“异胞”）在示威，要将月亮从天狗嘴里救出。

再前几天，夜里也很热闹。街头巷尾，处处摆着桌子，上面有面食，西瓜；西瓜上面叮着苍蝇，青虫，蚊子之类，还有一桌和尚，口中念念有词：“回猪猡普米呀吽！[②]唵呀吽！吽！！”这是在放焰口，施饿鬼。到了盂兰盆节[③]了，饿鬼和非饿鬼，都从阴间跑出，来看上海这大世面，善男信女们就在这时尽地主之谊，托和尚“唵呀吽”的弹出几粒白米去，请它们都饱饱的吃一通。

我是一个俗人，向来不大注意什么天上和阴间的，但每当这些时候，却也不能不感到我们的还在人间的同胞们和异胞们的思虑之高超和妥帖。别的不必说，就在这不到两整年中，大则四省，小则九岛，都已变了旗色了，不久还有八岛。不但救不胜救，即使想要救罢，一开口，说不定自己就危险（这两句，印后成了“于势也有所未能”）。所以最妥当是救月亮，那怕爆竹放得震天价响，天狗决不至于来咬，月亮里的酋长（假如有酋长的话）也不会出来禁止，目为反动的。救人也一样，兵灾，旱灾，蝗灾，水灾……灾民们不计其数，幸而暂

①蚩尤：古代传说中我国九黎族的首领，相传他和黄帝作战，兵败被杀。

②“回猪猡普米呀吽！”：梵语音译，《瑜伽集要焰口施食仪》中的咒文。

③盂兰盆节：“盂兰盆”是梵语音译，意为解倒悬。旧俗以夏历七月十五日为盂兰盆节，在这一天夜里请和尚诵经施食，追荐死者，称为放焰口。焰口，饿鬼名。

免于灾殃的小民，又怎么能有一个救法？那自然远不如救魂灵，事省功多，和大人先生的打醮造塔[①]同其功德。这就是所谓“人无远虑，必有近忧”；而“君子务其大者远者”，亦此之谓也。

而况“庖人虽不治庖，尸祝不越尊俎而代之”[②]，也是古圣贤的明训，国事有治国者在，小民是用不着吵闹的。不过历来的圣帝明王，可又并不卑视小民，倒给与了更高超的自由和权利，就是听你专门去救宇宙和魂灵。这是太平的根基，从古至今，相沿不废，将来想必也不至先便废。记得那是去年的事了，沪战初停，日兵渐渐的走上兵船和退进营房里面去，有一夜也是这么劈劈拍拍起来，时候还在“长期抵抗”中，日本人又不明白我们的国粹，以为又是第几路军前来收复失地了，立刻放哨，出兵……乱烘烘的闹了一通，才知道我们是在救月亮，他们是在见鬼。“哦哦！成程（Naruhodo＝原来如此）！”惊叹和佩服之余，于是恢复了平和的原状。今年呢，连哨也没有放，大约是已被中国的精神文明感化了。

现在的侵略者和压制者，还有像古代的暴君一样，竟连奴才们的发昏和做梦也不准的么？……

八月三十一日。

本篇最初发表于1933年9月13日《申报·自由谈》，题为《秋夜漫谈》，署名虞明。

---

①打醮：旧时僧道设坛念经做法事。国民党政客戴季陶等在九一八事变后，拉拢当时的班禅喇嘛，以超荐天灾兵祸死去的鬼魂等名义，迭次发起“仁王护国法会”、“普利法会”等，诵经礼佛。

②“庖人虽不治庖，尸祝不越尊俎而代之”：语见《庄子·逍遥游》，意思是各人办理自己分内的事。庖人，厨子；尸祝，主持祝祷的人；尊俎，盛酒载牲的器具。

新秋杂识（三）

旅 隼

“秋来了！”

秋真是来了，晴的白天还好，夜里穿着洋布衫就觉得凉飕飕。报章上满是关于“秋”的大小文章：迎秋，悲秋，哀秋，责秋……等等。为了趋时，也想这么的做一点，然而总是做不出。我想，就是想要“悲秋”之类，恐怕也要福气的，实在令人羡慕得很。

记得幼小时，有父母爱护着我的时候，最有趣的是生点小毛病，大病却生不得，既痛苦，又危险的。生了小病，懒懒的躺在床上，有些悲凉，又有些娇气，小苦而微甜，实在好像秋的诗境。呜呼哀哉，自从流落江湖以来，灵感卷逃，连小病也不生了。偶然看看文学家的名文，说是秋花为之惨容，大海为之沉默云云，只是愈加感到自己的麻木。我就从来没有见过秋花为了我在悲哀，忽然变了颜色；只要有风，大海是总在呼啸的，不管我爱闹还是爱静。

冰莹①女士的佳作告诉我们：“晨是学科学的，但在这一刹那，完全忘掉了他的志趣，存在他脑海中的只有一个尽量地享受自然美景的目的。……”这也是一种福气。科学我学的很浅，只读过一本生物学教科书，但是，它那些教训，花是植物的生殖机关呀，虫鸣鸟啭，是在求偶呀之类，就完全忘不掉了。昨夜闲逛荒场，听到蟋蟀在野菊花下鸣叫，觉得好像是美景，诗兴勃发，就做了两句新诗——

野菊的生殖器下面，
蟋蟀在吊膀子。

写出来一看，虽然比粗人们所唱的俚歌要高雅一些，而对于新诗人的由“烟士披离纯”而来的诗，还是“相形见绌”。写得太科学，太真实，就不雅了，如

---

①冰莹：谢冰莹，湖南新化人，女作家。下文引自她在1933年9月8日《申报·自由谈》上发表的《海滨之夜》一文。

果改作旧诗，也许不至于这样。生殖机关，用严又陵[①]先生译法，可以谓之“性官”；“吊膀子”呢，我自己就不懂那语源，但据老于上海者说，这是因西洋人的男女挽臂同行而来的，引伸为诱惑或追求异性的意思。吊者，挂也，亦即相挟持。那么，我的诗就译出来了——

野菊性官下，

鸣蛩在悬肘。

虽然很有些费解，但似乎也雅得多，也就是好得多。人们不懂，所以雅，也就是所以好，现在也还是一个做文豪的秘诀呀。质之“新诗人”邵洵美[②]先生之流，不知以为何如?

九月十四日。

本篇最初发表于1933年9月17日《申报·自由谈》。

---

①严又陵（1853–1921）：名复，字又陵，又字几道，福建闽侯（今属福州）人，清代启蒙思想家、翻译家。他在关于自然科学的译文中，把人体和动植物的各种器官，都简译为“官”。

②邵洵美（1906–1968）：浙江余姚人。曾出资创办金屋书店，主编《金屋月刊》，提倡唯美主义文学；著有诗集《花一般的罪恶》等。

文床秋梦

游光

春梦是颠颠倒倒的。“夏夜梦”呢？看莎士比亚[①]的剧本，也还是颠颠倒倒。中国的秋梦，照例却应该“肃杀”，民国以前的死囚，就都是“秋后处决”的，这是顺天时。天教人这么着，人就不能不这么着。所谓“文人”当然也不至于例外，吃得饱饱的睡在床上，食物不能消化完，就做梦；而现在又是秋天，天就教他的梦威严起来了。

二卷三十一期（八月十二日出版）的《涛声》上，有一封自名为“林丁”先生的给编者的信，其中有一段说——“

……之争，孰是孰非，殊非外人所能详道。然而彼此摧残，则在傍观人看来，却不能不承是整个文坛的不幸。……我以为各人均应先打屁股百下，以儆效尤，余事可一概不提。……”

前两天，还有某小报上的不署名的社谈，它对于早些日子余赵的剪窃问题之争，也非常气愤——

“……假使我一朝大权在握，我一定把这般东西捉了来，判他们罚作苦工，读书十年；中国文坛，或尚有干净之一日。”

张献忠自己要没落了，他的行动就不问“孰是孰非”，只是杀。清朝的官员，对于原被两造[②]，不问青红皂白，各打屁股一百或五十的事，确也偶尔会有的，这是因为满洲还想要奴才，供搜刮，就是“林丁”先生的旧梦。某小报上的无名子先生可还要比较的文明，至少，它是已经知道了上海工部局“判罚”下等华人的方法的了。

---

①莎士比亚（W.Shakespeare，1564–1616）：欧洲文艺复兴时期的英国戏剧家。他的喜剧《仲夏夜之梦》，出版于1600年。

②原被两造：原告与被告两方。

但第一个问题是在怎样才能够“一朝大权在握”？文弱书生死样活气，怎么做得到权臣？先前，还可以希望招驸马，一下子就飞黄腾达，现在皇帝没有了，即使满脸涂着雪花膏，也永远遇不到公主的青睐；至多，只可以希图做一个富家的姑爷而已。而捐官的办法，又早经取消，对于“大权”，还是只能像狐狸的遇着高处的葡萄一样，仰着白鼻子看看。文坛的完整和干净，恐怕实在也到底很渺茫。

五四时候，曾经在出版界上发现了“文丐”，接着又发现了“文氓”，但这种威风凛凛的人物，却是我今年秋天在上海新发见的，无以名之，姑且称为“文官”罢。看文学史，文坛是常会有完整而干净的时候的，但谁曾见过这文坛的澄清，会和这类的“文官”们有丝毫关系的呢。

不过，梦是总可以做的，好在没有什么关系，而写出来也有趣。请安息罢，候补的少大人们！

九月五日。

本篇最初发表于 1933 年 9 月 11 日《申报·自由谈》。

秋 夜 纪 游

游 光

秋已经来了，炎热也不比夏天小，当电灯替代了太阳的时候，我还是在马路上漫游。

危险？危险令人紧张，紧张令人觉到自己生命的力。在危险中漫游，是很好的。

租界也还有悠闲的处所，是住宅区。但中等华人的窟穴却是炎热的，吃食担，胡琴，麻将，留声机，垃圾桶，光着的身子和腿。相宜的是高等华人或无等洋人住处的门外，宽大的马路，碧绿的树，淡色的窗幔，凉风，月光，然而也有狗子叫。

我生长农村中，爱听狗子叫，深夜远吠，闻之神怡，古人之所谓"犬声如豹"者就是。倘或偶经生疏的村外，一声狂嗥，巨獒跃出，也给人一种紧张，如临战斗，非常有趣的。

但可惜在这里听到的是吧儿狗。它躲躲闪闪，叫得很脆：汪汪！

我不爱听这一种叫。

我一面漫步，一面发出冷笑，因为我明白了使它闭口的方法，是只要去和它主子的管门人说几句话，或者抛给它一根肉骨头。这两件我还能的，但是我不做。

它常常要汪汪。

我不爱听这一种叫。

我一面漫步，一面发出恶笑了，因为我手里拿着一粒石子，恶笑刚敛，就举手一掷，正中了它的鼻梁。

呜的一声，它不见了。我漫步着，漫步着，在少有的寂寞里。

秋已经来了，我还是漫步着。叫呢，也还是有的，然而更加躲躲闪闪了，声音也和先前不同，距离也隔得远了，连鼻子都看不见。

我不再冷笑，不再恶笑了，我漫步着，一面舒服的听着它那很脆的声音。

八月十四日。

本篇最初发表于1933年8月16日《申报·自由谈》。

晨凉漫记

孺牛

关于张献忠[①]的传说，中国各处都有，可见是大家都很以他为奇特的，我先前也便是很以他为奇特的人们中的一个。

儿时见过一本书，叫作《无双谱》，是清初人之作，取历史上极特别无二的人物，各画一像，一面题些诗，但坏人好像是没有的。因此我后来想到可以择历来极其特别，而其实是代表着中国人性质之一种的人物，作一部中国的“人史”，如英国嘉勒尔[②]的《英雄及英雄崇拜》，美国亚懋生[③]的《伟人论》那样。惟须好坏俱有，有啮雪苦节的苏武[④]，舍身求法的玄奘，有“鞠躬尽瘁，死而后已”

①张献忠：明末农民起义领袖之一。崇祯十七年入川，在成都建立大西国。顺治三年（1646）出川，在川北盐亭界为清兵所害。

②嘉勒尔（T.Carlyle，1795—1881）：通译为卡莱尔，英国著作家及历史学家。著有《法国革命史》、《过去与现在》等。《英雄及英雄崇拜》是他的讲演稿，于1841年出版。

③亚懋生（R.W.Emerson，1803—1882）：通译为爱默生，美国著名作家。著有《论文集》、《英国人的性格》等。《伟人论》（一译《代表人物》）是他于1847年访问英国时在英格兰和苏格兰的讲演稿，后经整理于1850年出版。

④苏武（？—前60）：字子卿，京兆杜陵（今属陕西西安市）人。汉武帝天汉元年（前100年）以中郎将出使匈奴，被单于扣留，幽禁在一个大窖中，断绝饮食。他啮雪吞毡，得以不死。后又被送到北海（今俄罗斯贝加尔湖）无人处去牧羊，他仍坚苦卓绝，始终不屈。直到汉昭帝始元六年（前81），因匈奴与汉和好，才被遣回朝。

的孔明[①]，但也有呆信古法，“死而后已”的王莽[②]，有半当真半取笑的变法的王安石[③]；张献忠当然也在内。但现在是毫没有动笔的意思了。

《蜀碧》[④]一类的书，记张献忠杀人的事颇详细，但也颇散漫，令人看去仿佛他是像“为艺术而艺术”的一样，专在“为杀人而杀人”了。他其实是别有目的的。他开初并不很杀人，他何尝不想做皇帝。后来知道李自成进了北京，接着是清兵入关，自己只剩了没落这一条路，于是就开手杀，杀……他分明的感到，天下已没有自己的东西，现在是在毁坏别人的东西了，这和有些末代的风雅皇帝，在死前烧掉了祖宗或自己所搜集的书籍古董宝贝之类的心情，完全一样。他还有兵，而没有古董之类，所以就杀，杀，杀人，杀……

但他还要维持兵，这实在不过是维持杀。他杀得没有平民了，就派许多较为心腹的人到兵们中间去，设法窃听，偶有怨言，即跃出执之，戮其全家（他的兵像是有家眷的，也许就是掳来的妇女）。以杀治兵，用兵来杀，自己是完了，但要这样的达到一同灭亡的末路。我们对于别人的或公共的东西，不是也不很爱惜的么?

---

①孔明（181–234）：姓诸葛名亮，字孔明，琅琊阳都（今山东沂南）人，三国时蜀汉丞相。“鞠躬尽瘁，死而后已”句，是他在建兴六年（228年）十一月上蜀后主刘禅奏章中的话。这篇奏章世称为《后出师表》。

②王莽（前45–23）：字巨君，东平陵（今山东历城）人。西汉末年，他以外戚由大司马逐渐做到“摄皇帝”，实际掌握了当时的政权。公元8年，他废孺子婴，自立为帝，国号新。即位后他模仿古法，改定一切制度，如收全国土地为国有，称为“王田”，不得买卖；一家男口不满八人而有田一井（九百亩）以上的，将余田分给同族或乡里；奴婢称为“私属”，禁止买卖等等。但后来一切新政又都先后废止，王莽本人则在对农民起义军作战失败后被杀。

③王安石（1021–1086）：字介甫，抚州临川（今属江西）人，北宋政治家和文学家。他在宋神宗熙宁二年（1069）任宰相，实行改革，推行均输、青苗、免役、市易、方田均税、保甲、保马等新法。后来因受大官僚大地主的反对和攻击而失败。

④《蜀碧》：清代彭遵泗著，四卷。内容系记述张献忠在四川时的事迹，特别夸张了他杀人的事。

所以张献忠的举动，一看虽然似乎古怪，其实是极平常的。古怪的倒是那些被杀的人们，怎么会总是束手伸颈的等他杀，一定要清朝的肃王[1]来射死他，这才作为奴才而得救，而还说这是前定，就是所谓“吹箫不用竹，一箭贯当胸”。但我想，这豫言诗是后人造出来的，我们不知道那时的人们真是怎么想。

七月二十八日。

本篇最初发表于1933年8月1日《申报·自由谈》。

①肃王：即豪格（1609–1648），清太宗长子，封和硕肃亲王。顺治三年（1646）率清兵进攻陕西、四川，镇压张献忠部起义军。

别一个窃火者

丁 萌

火的来源，希腊人以为是普洛美修斯[1]从天上偷来的，因此触了大神宙斯之怒，将他锁在高山上，命一只大鹰天天来啄他的肉。

非洲的土人瓦仰安提族[2]也已经用火，但并不是由希腊人传授给他们的。他们另有一个窃火者。

这窃火者，人们不能知道他的姓名，或者早被忘却了。他从天上偷了火来，传给瓦仰安提族的祖先，因此触了大神大拉斯之怒，这一段，是和希腊古传相像的。但大拉斯的办法却两样了，并不是锁他在山巅，却秘密的将他锁在暗黑的地窖子里，不给一个人知道。派来的也不是大鹰，而是蚊子，跳蚤，臭虫，一面吸他的血，一面使他皮肤肿起来。这时还有蝇子们，是最善于寻觅创伤的脚色，嗡嗡的叫，拚命的吸吮，一面又拉许多蝇粪在他的皮肤上，来证明他是怎样地一个不干净的东西。

然而瓦仰安提族的人们，并不知道这一个故事。他们单知道火乃酋长的祖先所发明，给酋长作烧死异端和烧掉房屋之用的。

幸而现在交通发达了，非洲的蝇子也有些飞到中国来，我从它们的嗡嗡营营声中，听出了这一点点。

七月八日。

本篇最初发表于1933年7月9日《申报·自由谈》。

---

①普洛美修斯：希腊神话中造福人类的神。相传他从主神宙斯那里偷了火种给予人类，受到宙斯的惩罚。

②瓦仰安提族：即尼亚姆威齐人，东非坦桑尼亚的主要民族之一，属班图语系。原信祖先崇拜，现多已为基督教和伊斯兰教所取代。

“抄靶子”

旅 隼

中国究竟是文明最古的地方，也是素重人道的国度，对于人，是一向非常重视的。至于偶有凌辱诛戮，那是因为这些东西并不是人的缘故。皇帝所诛者，“逆”也，官军所剿者，“匪”也，刽子手所杀者，“犯”也，满洲人“入主中夏”，不久也就染了这样的淳风，雍正皇帝要除掉他的弟兄，就先行御赐改称为“阿其那”与“塞思黑”，我不懂满洲话，译不明白，大约是“猪”和“狗”罢。黄巢[①]造反，以人为粮，但若说他吃人，是不对的，他所吃的物事，叫作“两脚羊”。

时候是二十世纪，地方是上海，虽然骨子里永是“素重人道”，但表面上当然会有些不同的。对于中国的有一部分并不是“人”的生物，洋大人如何赐谥，我不得而知，我仅知道洋大人的下属们所给与的名目。

假如你常在租界的路上走，有时总会遇见几个穿制服的同胞和一位异胞（也往往没有这一位），用手枪指住你，搜查全身和所拿的物件。倘是白种，是不会指住的；黄种呢，如果被指的说是日本人，就放下手枪，请他走过去；独有文明最古的黄帝子孙，可就“则不得免焉”了。这在香港，叫作“搜身”，倒也还不算很失了体统，然而上海则竟谓之“抄靶子”。

抄者，搜也，靶子是该用枪打的东西，我从前年九月以来，才知道这名目的的确。四万万靶子，都排在文明最古的地方，私心在侥幸的只是还没有被打着。洋大人的下属，实在给他的同胞们定了绝好的名称了。

然而我们这些“靶子”们，自己互相推举起来的时候却还要客气些。我不是“老上海”，不知道上海滩上先前的相骂，彼此是怎样赐谥的了。但看看记载，还不过是“曲辫子”，“阿木林”[①]。“寿头码子”虽然已经是“猪”的隐语，然

① “曲辫子”：即乡愚。“阿木林”：即傻子。都是上海话。

而究竟还是隐语，含有宁“雅”而不“达”[①]的高谊。若夫现在，则只要被他认为对于他不大恭顺，他便圆睁了绽着红筋的两眼，挤尖喉咙，和口角的白沫同时喷出两个字来道：猪猡！

六月十六日。

本篇最初发表于1933年6月20日《申报·自由谈》。

①宁“雅”而不“达”：清末严复在《天演论·译例言》中曾说“译事三难：信、达、雅。”按：“信”指忠实于原作；“达”指语言通顺明白；“雅”指文雅。

现代史

从我有记忆的时候起，直到现在，凡我所曾经到过的地方，在空地上，常常看见有“变把戏”的，也叫作“变戏法”的。

这变戏法的，大概只有两种——

一种，是教一个猴子戴起假面，穿上衣服，耍一通刀枪；骑了羊跑几圈。还有一匹用稀粥养活，已经瘦得皮包骨头的狗熊玩一些把戏。末后是向大家要钱。

一种，是将一块石头放在空盒子里，用手巾左盖右盖，变出一只白鸽来；还有将纸塞在嘴巴里，点上火，从嘴角鼻孔里冒出烟焰。其次是向大家要钱。要了钱之后，一个人嫌少，装腔作势的不肯变了，一个人来劝他，对大家说再五个。果然有人抛钱了，于是再四个，三个……

抛足之后，戏法就又开了场。这回是将一个孩子装进小口的坛子里面去，只见一条小辫子，要他再出来，又要钱。收足之后，不知怎么一来，大人用尖刀将孩子刺死了，盖上被单，直挺挺躺着，要他活过来，又要钱。

“在家靠父母，出家靠朋友……Huazaa！ Huazaa！[①]”变戏法的装出撒钱的手势，严肃而悲哀的说。

别的孩子，如果走近去想仔细的看，他是要骂的；再不听，他就会打。

果然有许多人 Huazaa 了。待到数目和预料的差不多，他们就检起钱来，收拾家伙，死孩子也自己爬起来，一同走掉了。

看客们也就呆头呆脑的走散。

这空地上，暂时是沉寂了。过了些时，就又来这一套。俗语说，“戏法人人会变，各有巧妙不同。”其实是许多年间，总是这一套，也总有人看，总有人 Huazaa，不过其间必须经过沉寂的几日。

我的话说完了，意思也浅得很，不过说大家 HuazaaHuazaa 一通之后，又

---

① Huazaa 用拉丁字母拼写的象声词，译音似“哗嚓”，形容撒钱的声音。

要静几天了，然后再来这一套。

到这里我才记得写错了题目，这真是成了“不死不活”的东西。

四月一日。

本篇最初发表于1933年4月8日《申报·自由谈》，署名何家干。

家庭为中国之基本

中国的自己能酿酒，比自己来种鸦片早，但我们现在只听说许多人躺着吞云吐雾，却很少见有人像外国水兵似的满街发酒疯。唐宋的踢球，久已失传，一般的娱乐是躲在家里彻夜叉麻雀。从这两点看起来，我们在从露天下渐渐的躲进家里去，是无疑的。古之上海文人，已尝慨乎言之，曾出一联，索人属对，道："三鸟害人鸦雀鸽"，"鸽"是彩票，雅号奖券，那时却称为"白鸽票"的。但我不知道后来有人对出了没有。

不过我们也并非满足于现状，是身处斗室之中，神驰宇宙之外，抽鸦片者享乐着幻境，叉麻雀者心仪于好牌。檐下放起爆竹，是在将月亮从天狗嘴里救出；剑仙坐在书斋里，哼的一声，一道白光，千万里外的敌人可被杀掉了，不过飞剑还是回家，钻进原先的鼻孔去，因为下次还要用。这叫做千变万化，不离其宗。所以学校是从家庭里拉出子弟来，教成社会人才的地方，而一闹到不可开交的时候，还是"交家长严加管束"云。

"骨肉归于土，命也；若夫魂气，则无不之也，无不之也！"一个人变了鬼，该可以随便一点了罢，而活人仍要烧一所纸房子，请他住进去，阔气的还有打牌桌，鸦片盘。成仙，这变化是很大的，但是刘太太偏舍不得老家，定要运动到"拔宅飞升"[①]，连鸡犬都带了上去而后已，好依然的管家务，饲狗，喂鸡。

---

①"拔宅飞升"据《全后汉文》中的《仙人唐公房碑》记载，相传唐公房认识一个仙人，能获得"神药"。有一次，他触怒了太守，太守想逮捕他和他的妻子，"公房乃先归于谷口，呼其师告以危急。其师与之归，以药饮公房妻子曰：'可去矣。'妻子恋家不忍去。又曰：'岂欲得家俱去乎？'妻子曰：'固所愿也。'于是乃以药涂屋柱，饮牛马六畜。须臾有大风玄云来迎，公房妻子，屋宅六畜，翛然与之俱去。"

我们的古今人；对于现状，实在也愿意有变化，承认其变化的。变鬼无法，成仙更佳，然而对于老家，却总是死也不肯放。我想，火药只做爆竹，指南针只看坟山，恐怕那原因就在此。

现在是火药蜕化为轰炸弹，烧夷弹，装在飞机上面了，我们却只能坐在家里等他落下来。自然，坐飞机的人是颇有了的，但他那里是远征呢，他为的是可以快点回到家里去。

家是我们的生处，也是我们的死所。

十二月十六日。

本篇最初发表于1934年1月15日《申报月刊》第三卷第一号，署名罗怃。

火

普洛美修斯偷火给人类，总算是犯了天条，贬入地狱。但是，钻木取火的燧人氏却似乎没有犯窃盗罪，没有破坏神圣的私有财产——那时候，树木还是无主的公物。然而燧人氏[①]也被忘却了，到如今只见中国人供火神菩萨[②]，不见供燧人氏的。

火神菩萨只管放火，不管点灯。凡是火着就有他的份。因此，大家把他供养起来，希望他少作恶。然而如果他不作恶，他还受得着供养么，你想?

点灯太平凡了。从古至今，没有听到过点灯出名的名人，虽然人类从燧人氏那里学会了点火已经有五六千年的时间。放火就不然。秦始皇放了一把火[③]——烧了书没有烧人；项羽入关又放了一把火[④]——烧的是阿房宫不是民房（？——待考）。……罗马的一个什么皇帝却放火烧百姓[⑤]了；中世纪正教的僧侣就会把异教

---

①燧人氏：我国传说中的古帝王，他发明钻木取火、教人熟食。

②火神菩萨：我国传说中的火神有祝融、回禄等，他们的名字也用作火灾的代称。

③秦始皇嬴政（前259-前210）：战国时秦国的国君，秦王朝的建立者。据《史记·秦始皇本纪》，他于公元前213年，采纳丞相李斯的建议下令焚书，凡“史官非秦记，皆烧之。非博士官所职，天下敢有藏《诗》、《书》、百家语者，悉诣守尉杂烧之。”

④项羽（前232—前202）：名籍，秦末农民起义领袖之一。出身楚国贵族。据《史记·项羽本纪》，公元前206年他进兵秦国首都咸阳时，“烧秦宫室（按：即阿房宫），火三月不灭。”

⑤指罗马皇帝尼禄（公元37-68），相传他曾在公元64年放火焚烧罗马城。

徒当柴火烧，间或还灌上油。这些都是一世之雄。现代的希特拉就是活证人[①]。如何能不供养起来。何况现今是进化时代，火神菩萨也代代跨灶[②]的。

譬如说罢，没有电灯的地方，小百姓不顾什么国货年，人人都要买点洋货的煤油，晚上就点起来：那么幽黯的黄澄澄的光线映在纸窗上，多不大方！不准，不准这么点灯！你们如果要光明的话，非得禁止这样“浪费”煤油不可。煤油应当扛到田地里去，灌进喷筒，呼啦呼啦的喷起来……一场大火，几十里路的延烧过去，稻禾，树木，房舍——尤其是草棚——一会儿都变成飞灰了。还不够，就有燃烧弹，硫磺弹，从飞机上面扔下来，像上海一二八的大火似的，够烧几天几晚。那才是伟大的光明呵。

火神菩萨的威风是这样的。可是说起来，他又不承认：火神菩萨据说原是保佑小民的，至于火灾，却要怪小民自不小心，或是为非作歹，纵火抢掠。

谁知道呢？历代放火的名人总是这样说，却未必总有人信。

我们只看见点灯是平凡的，放火是雄壮的，所以点灯就被禁止，放火就受供养。你不见海京伯马戏团[③]么：宰了耕牛喂老虎，原是这年头的“时代精神”。

十一月二日。

本篇最初发表于1933年12月15日《申报月刊》第二卷第十二号，署名洛文。

---

①希特拉：即希特勒。他在1933年2月27日制造“国会纵火案”，焚烧了国会大厦，却嫁祸于德国共产党人，作为镇压共产党和革命人民的借口。

②跨灶：马的前蹄下有个空隙，称灶门。快马奔驰时，后蹄蹄印落在前蹄蹄印之前，叫做“跨灶”。人们以此比喻儿子胜过父亲。

③海京伯马戏团：德国驯兽家海京伯（1844–1913）创办的马戏团，1933年10月曾来我国上海表演。

看司徒乔君的画

我知道司徒乔君的姓名还在四五年前，那时是在北京，知道他不管功课，不寻导师，以他自己的力，终日在画古庙，土山，破屋，穷人，乞丐……。

这些自然应该最会打动南来的游子的心。在黄埃漫天的人间，一切都成土色，人于是和天然争斗，深红和绀碧的栋宇，白石的栏干，金的佛像，肥厚的棉袄，紫糖色脸，深而多的脸上的皱纹……。凡这些，都在表示人们对于天然并不降服，还在争斗。

在北京的展览会里，我已经见过作者表示了中国人的这样的对于天然的倔强的的魂灵。我曾经得到他的一幅“四个警察和一个女人”。现在还记得一幅“耶稣基督”，有一个女性的口，在他荆冠上接吻。

这回在上海相见，我便提出质问：

“那女性是谁？”

“天使，”他回答说。

这回答不能使我满足。

因为这回我发见了作者对于北方的景物——人们和天然苦斗而成的景物——又加以争斗，他有时将他自己所固有的明丽，照破黄埃。至少，是使我觉得有“欢喜”（Joy）的萌芽，如胁下的矛伤，尽管流血，而荆冠上却有天使——照他自己所说的嘴唇。无论如何，这是胜利。

后来所作的爽朗的江浙风景，热烈的广东风景，倒是作者的本色。和北方风景相对照，可以知道他挥写之际，盖谂熟而高兴，如逢久别的故人。但我却爱看黄埃，因为由此可见这抱着明丽之心的作者，怎样为人和天然的苦斗的古战场所惊，而自己也参加了战斗。

中国全土必须沟通。倘将来不至于割据，则青年的背着历史而竭力拂去黄埃的中国彩色，我想，首先是这样的。

一九二八年三月十四日夜，于上海。

怎么写

——夜记之一

写什么是一个问题，怎么写又是一个问题。

今年不大写东西，而写给《莽原》的尤其少。我自己明白这原因。说起来是极可笑的，就因为它纸张好。有时有一点杂感，仔细一看，觉得没有什么大意思，不要去填黑了那么洁白的纸张，便废然而止了。好的又没有。我的头里是如此地荒芜，浅陋，空虚。

可谈的问题自然多得很，自宇宙以至社会国家，高超的还有文明，文艺。古来许多人谈过了，将来要谈的人也将无穷无尽。但我都不会谈。记得还是去年躲在厦门岛上的时候，因为太讨人厌了，终于得到“敬鬼神而远之”式的待遇，被供在图书馆楼上的一间屋子里。白天还有馆员，钉书匠，阅书的学生，夜九时后，一切星散，一所很大的洋楼里，除我以外，没有别人。我沉静下去了。寂静浓到如酒，令人微醺。望后窗外骨立的乱山中许多白点是丛冢；一粒深黄色火，是南普陀寺的琉璃灯。前面则海天微茫，黑絮一般的夜色简直似乎要扑到心坎里。我靠了石栏远眺，听得自己的心音，四远还仿佛有无量悲哀，苦恼，零落，死灭，都杂入这寂静中，使它变成药酒，加色，加味，加香。这时，我曾经想要写，但是不能写，无从写。这也就是我所谓“当我沉默着的时候，我觉得充实，我将开口，同时感到空虚”。

莫非这就是一点“世界苦恼”[①]么？我有时想。然而大约又不是的，这不过是淡淡的哀愁，中间还带些愉快。我想接近它，但我愈想，它却愈渺茫了，几乎就要发见仅只我独自倚着石栏，此外一无所有。必须待到我忘了努力，才又感到淡淡的哀愁。

---

① “世界苦恼”（Weltschmerz）原为奥地利诗人莱瑙（1802—1850）的话，意思说人们生活在世上是苦恼的；后来有一些资产阶级文艺家引用它来解释文艺创作，认为创作起因于这种苦恼的感觉。

那结果却大抵不很高明。腿上钢针似的一刺，我便不假思索地用手掌向痛处直拍下去，同时只知道蚊子在咬我。什么哀愁，什么夜色，都飞到九霄云外去了，连靠过的石栏也不再放在心里。而且这还是现在的话，那时呢，回想起来，是连不将石栏放在心里的事也没有想到的。仍是不假思索地走进房里去，坐在一把唯一的半躺椅——躺不直的藤椅子——上，抚摩着蚊喙的伤，直到它由痛转痒，渐渐肿成一个小疙瘩。我也就从抚摩转成搔，掐，直到它由痒转痛，比较地能够打熬。

此后的结果就更不高明了，往往是坐在电灯下吃柚子。

虽然不过是蚊子的一叮，总是本身上的事来得切实。能不写自然更快活，倘非写不可，我想，也只能写一些这类小事情，而还万不能写得正如那一天所身受的显明深切。而况千叮万叮，而况一刀一枪，那是写不出来的。

尼采爱看血写的书[①]。但我想，血写的文章，怕未必有罢。文章总是墨写的，血写的倒不过是血迹。它比文章自然更惊心动魄，更直截分明，然而容易变色，容易消磨。这一点，就要任凭文学逞能，恰如冢中的白骨，往古来今，总要以它的永久来傲视少女颊上的轻红似的。

能不写自然更快活，倘非写不可，我想，就是随便写写罢，横竖也只能如此。这些都应该和时光一同消逝，假使会比血迹永远鲜活，也只足证明文人是侥幸者，是乖角儿。但真的血写的书，当然不在此例。

当我这样想的时候，便觉得“写什么”倒也不成什么问题了。

“怎样写”的问题，我是一向未曾想到的。初知道世界上有着这么一个问题，还不过两星期之前。那时偶然上街，偶然走进丁卜书店去，偶然看见一叠《这样做》，便买取了一本。这是一种期刊，封面上画着一个骑马的少年兵士。我一向有一种偏见，凡书面上画着这样的兵士和手捏铁锄的农工的刊物，是不大去涉略的，因为我总疑心它是宣传品。发抒自己的意见，结果弄成带些宣传气味了的伊孛生等辈的作品，我看了倒并不发烦。但对于先有了“宣传”两个大字的题目，然后发出议论来的文艺作品，却总有些格格不入，那不能直吞下去的模样，就和雒诵教训文学的时候相同。但这《这样做》却又有些特别，因为我还记得日报上曾经说过，是和我有关系的。也是凡事切己，则格外关心的一例罢，我便再不怕书面上的骑马的英雄，将它买来了。回来后一检查剪存的旧报，还

①尼采（1844—1900）：德国哲学家，“超人哲学”的鼓吹者。他在《查拉图斯特拉如是说·读与写》中说：“在一切著作中，吾所爱者，惟用血写之著作。”

在的，日子是三月七日，可惜没有注明报纸的名目，但不是《民国日报》，便是《国民新闻》，因为我那时所看的只有这两种。下面抄一点报上的话：

“自鲁迅先生南来后，一扫广州文学之寂寞，先后创办者有《做什么》，《这样做》两刊物。闻《这样做》为革命文学社定期出版物之一，内容注重革命文艺及本党主义之宣传。……”

开首的两句话有些含混，说我都与闻其事的也可以，说因我“南来”了而别人创办的也通。但我是全不知情。当初将日报剪存，大概是想调查一下的，后来却又忘却，搁下了。现在还记得《做什么》出版后，曾经送给我五本。我觉得这团体是共产青年主持的，因为其中有“坚如”，“三石”等署名，该是毕磊，通信处也是他。他还曾将十来本《少年先锋》送给我，而这刊物里面则分明是共产青年所作的东西。果然，毕磊君大约确是共产党，于四月十八日从中山大学被捕。据我的推测，他一定早已不在这世上了，这看去很是瘦小精干的湖南的青年。

《这样做》却在两星期以前才见面，已经出到七八期合册了。第六期没有，或者说被禁止，或者说未刊，莫衷一是，我便买了一本七八合册和第五期。看日报的记事便知道，这该是和《做什么》反对，或对立的。我拿回来，倒看上去，通讯栏里就这样说：“在一般CP[①]气焰盛张之时，……而你们一觉悟起来，马上退出CP，不只是光退出便了事，尤其值得CP气死的，就是破天荒的接二连三的退出共产党登报声明。……”那么，确是如此了。

这里又即刻出了一个问题。为什么这么大相反对的两种刊物，都因我“南来”而“先后创办”呢？这在我自己，是容易解答的：因为我新来而且灰色。但要讲起来，怕又有些话长，现在姑且保留，待有相当的机会时再说罢。

这回且说我看《这样做》。看过通讯，懒得倒翻上去了，于是看目录。忽而看见一个题目道：《郁达夫[②]先生休矣》，便又起了好奇心，立刻看文章。这还是切己的琐事总比世界的哀愁关心的老例，达夫先生是我所认识的，怎么要他“休矣”了呢？急于要知道。假使说的是张龙赵虎，或是我素昧平生的伟人，老实说罢，我决不会如此留心。

原来是达夫先生在《洪水》上有一篇《在方向转换的途中》，说这一次的革命是阶级斗争的理论的实现，而记者则以为是民族革命的理论的实现。大约还

---

① CP：英语 Communist Party 的缩写，即共产党。

②郁达夫（1896–1946）：浙江富阳人，作家，创造社主要成员之一。

有英雄主义不适宜于今日等类的话罢，所以便被认为“中伤”和“挑拨离间”，非“休矣”不可了。

我在电灯下回想，达夫先生我见过好几面，谈过好几回，只觉他稳健和平，不至于得罪于人，更何况得罪于国。怎么一下子就这么流于“偏激”了？我倒要看看《洪水》。

这期刊，听说在广西是被禁止的了，广东倒还有。我得到的是第三卷第二十九至三十二期。照例的坏脾气，从三十二期倒看上去，不久便翻到第一篇《日记文学》，也是达夫先生做的，于是便不再去寻《在方向转换的途中》，变成看谈文学了。我这种模模胡胡的看法，自己也明知道是不对的，但“怎么写”的问题，却就出在那里面。

作者的意思，大略是说凡文学家的作品，多少总带点自叙传的色彩的，若以第三人称来写出，则时常有误成第一人称的地方。而且叙述这第三人称的主人公的心理状态过于详细时，读者会疑心这别人的心思，作者何以会晓得得这样精细？于是那一种幻灭之感，就使文学的真实性消失了。所以散文作品中最便当的体裁，是日记体，其次是书简体。

这诚然也值得讨论的。但我想，体裁似乎不关重要。上文的第一缺点，是读者的粗心。但只要知道作品大抵是作者借别人以叙自己，或以自己推测别人的东西，便不至于感到幻灭，即使有时不合事实，然而还是真实。其真实，正与用第三人称时或误用第一人称时毫无不同。倘有读者只执滞于体裁，只求没有破绽，那就以看新闻记事为宜，对于文艺，活该幻灭。而其幻灭也不足惜，因为这不是真的幻灭，正如查不出大观园的遗迹，而不满于《红楼梦》[①]者相同。倘作者如此牺牲了抒写的自由，即使极小部分，也无异于削足适履的。

第二种缺陷，在中国也已经是颇古的问题。纪晓岚攻击蒲留仙的《聊斋志异》，[②]就在这一点。两人密语，决不肯泄，又不为第三人所闻，作者何从知之？

---

①《红楼梦》：长篇小说，清代曹雪芹著。通行本为一百二十回，后四十回一般认为是高鹗续作。大观园是书中人物活动的场所。

②纪晓岚（1724—1805）：名昀，字晓岚，直隶献县（今属河北）人，清代文学家，著有笔记小说《阅微草堂笔记》。蒲留仙（1640—1715）：名松龄，字留仙，山东淄川（今淄博）人，清代小说家，《聊斋志异》是他的一部短篇小说集。

所以他的《阅微草堂笔记》，竭力只写事状，而避去心思和密语。但有时又落了自设的陷阱，于是只得以《春秋左氏传》的“浑良夫梦中之噪”来解嘲[①]。他的支绌的原因，是在要使读者信一切所写为事实，靠事实来取得真实性，所以一与事实相左，那真实性也随即灭亡。如果他先意识到这一切是创作，即是他个人的造作，便自然没有一切挂碍了。

一般的幻灭的悲哀，我以为不在假，而在以假为真。记得年幼时，很喜欢看变戏法，猢狲骑羊，石子变白鸽，最末是将一个孩子刺死，盖上被单，一个江北口音的人向观众装出撒钱模样道：Huazaa! Huazaa! [②]大概是谁都知道，孩子并没有死，喷出来的是装在刀柄里的苏木汁[③]，Huazaa 一够，他便会跳起来的。但还是出神地看着，明明意识着这是戏法，而全心沉浸在这戏法中。万一变戏法的定要做得真实，买了小棺材，装进孩子去，哭着抬走，倒反索然无味了。这时候，连戏法的真实也消失了。

我宁看《红楼梦》，却不愿看新出的《林黛玉日记》，它一页能够使我不舒服小半天。《板桥家书》我也不喜欢看，不如读他的《道情》[④]。我所不喜欢的是他题了家书两个字。那么，为什么刻了出来给许多人看的呢？不免有些装腔。幻灭之来，多不在假中见真，而在真中见假。日记体，书简体，写起来也许便当得多罢，但也极容易起幻灭之感；而一起则大抵很厉害，因为它起先模样装得真。

《越缦堂日记》近来已极风行了，我看了却总觉得他每次要留给我一点很不舒服的东西。为什么呢？一是钞上谕。大概是受了何焯的故事的影响的，他提防有一天要蒙“御览”。二是许多墨涂。写了尚且涂去，该有许多不写的罢？三是早给人家看，钞，自以为一部著作了。我觉得从中看不见李慈铭的心，却时时看到一些做作，仿佛受了欺骗。翻翻一部小说，虽是很荒唐，浅陋，不合理，倒从来不起这样的感觉的。

听说后来胡适之先生也在做日记，并且给人传观了。照文学进化的理论讲

---

①《春秋左氏传》，是一部用史实解释《春秋》的书，相传为春秋时鲁国人左丘明撰。

② Huazaa：用拉丁字母拼写的象声词，译音似“哗嚓”，形容撒钱的声音。

③苏木汁：苏木是常绿小乔木，心材称“苏方”。苏木汁即用“苏方”制成的红色溶液，可作染料。

④道情：原系道士唱的歌曲，后来演变为一种民间曲调。

起来，一定该好得多。我希望他提前陆续的印出。

但我想，散文的体裁，其实是大可以随便的，有破绽也不妨。做作的写信和日记，恐怕也还不免有破绽，而一有破绽，便破灭到不可收拾了。与其防破绽，不如忘破绽。

本篇最初发表于1927年10月10日北京《莽原》半月刊第十七、十八期合刊。

在钟楼上

——夜记之二

也还是我在厦门的时候，柏生从广州来，告诉我说，爱而君也在那里了。大概是来寻求新的生命的罢，曾经写了一封长信给K委员，说明自己的过去和将来的志望。

“你知道有一个叫爱而的么？他写了一封长信给我，我没有看完。其实，这种文学家的样子，写长信，就是反革命的！”有一天，K委员对柏生说。

又有一天，柏生又告诉了爱而，爱而跳起来道：

“怎么？……怎么说我是反革命的呢？！”

厦门还正是和暖的深秋，野石榴开在山中，黄的花——不知道叫什么名字——开在楼下。我在用花刚石墙包围着的楼屋里听到这小小的故事，K委员的眉头打结的正经的脸，爱而的活泼中带着沉闷的年青的脸，便一齐在眼前出现，又仿佛如见当K委员的眉头打结的面前，爱而跳了起来，——我不禁从窗隙间望着远天失笑了。

但同时也记起了苏俄曾经有名的诗人，《十二个》的作者勃洛克[①]的话来：

“共产党不妨碍做诗，但于觉得自己是大作家的事却有妨碍。大作家者，是感觉自己一切创作的核心，在自己里面保持着规律的。”

共产党和诗，革命和长信，真有这样地不相容么？我想。

以上是那时的我想。这时我又想，在这里有插入几句声明的必要：

我不过说是变革和文艺之不相容，并非在暗示那时的广州政府是共产政府或委员是共产党。这些事我一点不知道。只有若干已经“正法”的人们，至今不听见有人鸣冤或冤鬼诉苦，想来一定是真的共产党罢。至于有一些，则一时虽然从一方面得了这样的谥号，但后来两方相见，杯酒言欢，就明白先前都是

①勃洛克(1880-1921)：苏联诗人。《十二个》是他1918年创作的反映十月革命的长诗。这里的引语，原出娜杰日达·帕夫洛维奇的《回忆勃洛克》。

误解，其实是本来可以合作的。

必要已毕，于是放心回到本题。却说爱而君不久也给了我一封信，通知我已经有了工作了。信不甚长，大约还有被冤为“反革命”的余痛罢。但又发出牢骚来：一，给他坐在饭锅旁边，无聊得很；二，有一回正在按风琴，一个漠不相识的女郎来送给他一包点心，就弄得他神经过敏，以为北方女子太死板而南方女子太活泼，不禁“感慨系之矣”了。

关于第一点，我在秋蚊围攻中所写的回信中置之不答。夫面前无饭锅而觉得无聊，觉得苦痛，人之常情也，现在已见饭锅，还要无聊，则明明是发了革命热。老实说，远地方在革命，不相识的人们在革命，我是的确有点高兴听的，然而——没有法子，索性老实说罢，——如果我的身边革起命来，或者我所熟识的人去革命，我就没有这么高兴听。有人说我应该拚命去革命，我自然不敢不以为然，但如叫我静静地坐下，调给我一杯罐头牛奶喝，我往往更感激。但是，倘说，你就死心塌地地从饭锅里装饭吃罢，那是不像样的；然而叫他离开饭锅去拚命，却又说不出口，因为爱而是我的极熟的熟人。于是只好袭用仙传的古法，装聋作哑，置之不问不闻之列。只对于第二点加以猛烈的教诫，大致是说他“死板”和“活泼”既然都不赞成，即等于主张女性应该不死不活，那是万分不对的。

约略一个多月之后，我抱着和爱而一类的梦，到了广州，在饭锅旁边坐下时，他早已不在那里了，也许竟并没有接到我的信。

我住的是中山大学中最中央而最高的处所，通称“大钟楼”。一月之后，听得一个戴瓜皮小帽的秘书说，才知道这是最优待的住所，非“主任”之流是不准住的。但后来我一搬出，又听说就给一位办事员住进去了，莫明其妙。不过当我住在那里的时候，总还是非主任之流即不准住的地方，所以直到知道办事员搬进去了的那一天为止，我总是常常又感激，又惭愧。

然而这优待室却并非容易居住的所在，至少的缺点，是不很能够睡觉的。一到夜间，便有十多匹——也许二十来匹罢，我不能知道确数——老鼠出现，驰骋文坛，什么都不管。只要可吃的，它就吃，并且能开盒子盖，广州中山大学里非主任之流即不准住的楼上的老鼠，仿佛也特别聪明似的，我在别地方未曾遇到过。到清晨呢，就有“工友”们大声唱歌，——我所不懂的歌。

白天来访的本省的青年，却大抵怀着非常的好意的。有几个热心于改革的，还希望我对于广州的缺点加以激烈的攻击。这热诚很使我感动，但我终于说是还未熟悉本地的情形，而且已经革命，觉得无甚可以攻击之处，轻轻地推却了。那当然要使他们很失望的。过了几天，尸一君就在《新时代》上说：

“……我们中几个很不以他这句话为然，我们以为我们还有许多可骂的地方，我们正想骂骂自己，难道鲁迅先生竟看不出我们的缺点么？……”

其实呢，我的话一半是真的。我何尝不想了解广州，批评广州呢，无奈慨自被供在大钟楼上以来，工友以我为教授，学生以我为先生，广州人以我为“外江佬”，孤孑特立，无从考查。而最大的阻碍则是言语。直到我离开广州的时候止，我所知道的言语，除一二三四……等数目外，只有一句凡有“外江佬”几乎无不因为特别而记住的Hanbaran（统统）和一句凡有学习异地言语者几乎无不最容易学得而记住的骂人话Tiu-na-ma而已。

这两句有时也有用。那是我已经搬在白云路寓屋里的时候了，有一天，巡警捉住了一个窃取电灯的偷儿，那管屋的陈公便跟着一面骂，一面打。骂了一大套，而我从中只听懂了这两句。然而似乎已经全懂得，心里想：“他所说的，大约是因为屋外的电灯几乎Hanbaran被他偷去，所以要Tiu-na-ma了。”于是就仿佛解决了一件大问题似的，即刻安心归坐，自去再编我的《唐宋传奇集》。

但究竟不知道是否真如此。私自推测是无妨的，倘若据以论广州，却未免太卤莽罢。

但虽只这两句，我却发见了吾师太炎先生[①]的错处了。记得先生在日本给我们讲文字学时，曾说《山海经》上“其州在尾上”的“州”是女性生殖器。这古语至今还留存在广东，读若Tiu。故Tiuhei二字，当写作“州戏”，名词在前，动词在后的。我不记得他后来可曾将此说记在《新方言》里，但由今观之，则“州”乃动词，非名词也。

至于我说无甚可以攻击之处的话，那可的确是虚言。其实是，那时我于广州无爱憎，因而也就无欣戚，无褒贬。我抱着梦幻而来，一遇实际，便被从梦境放逐了，不过剩下些索漠。我觉得广州究竟是中国的一部分，虽然奇异的花果，特别的语言，可以淆乱游子的耳目，但实际是和我所走过的别处都差不多的。倘说中国是一幅画出的不类人间的图，则各省的图样实无不同，差异的只在所用的颜色。黄河以北的几省，是黄色和灰色画的，江浙是淡墨和淡绿，厦门是淡红和灰色，广州是深绿和深红。我那时觉得似乎其实未曾游行，所以也没有特别的骂詈之辞，要专一倾注在素馨和香蕉上。——但这也许是后来的回忆的

①太炎先生：章炳麟（1869-1936），号太炎，浙江余杭人，清末革命家、学者。作者留学日本时曾听他讲授《说文解字》。《新方言》是章太炎关于语言文字的著作之一，共十一卷。

感觉，那时其实是还没有如此分明的。

到后来，却有些改变了，往往斗胆说几句坏话。然而有什么用呢？在一处演讲时，我说广州的人民并无力量，所以这里可以做“革命的策源地”，也可以做反革命的策源地……当译成广东话时，我觉得这几句话似乎被删掉了。给一处做文章时，我说青天白日旗插远去，信徒一定加多。但有如大乘佛教[①]一般，待到居士[②]也算佛子的时候，往往戒律荡然，不知道是佛教的弘通，还是佛教的败坏？……然而终于没有印出，不知所往了……。

广东的花果，在“外江佬”的眼里，自然依然是奇特的。我所最爱吃的是“杨桃”，滑而脆，酸而甜，做成罐头的，完全失却了本味。汕头的一种较大，却是“三廉”[③]，不中吃了。我常常宣传杨桃的功德，吃的人大抵赞同，这是我这一年中最卓著的成绩。

在钟楼上的第二月，即戴了“教务主任”的纸冠的时候，是忙碌的时期。学校大事，盖无过于补考与开课也，与别的一切学校同。于是点头开会，排时间表，发通知书，秘藏题目，分配卷子，……于是又开会，讨论，计分，发榜。工友规矩，下午五点以后是不做工的，于是一个事务员请门房帮忙，连夜贴一丈多长的榜。但到第二天的早晨，就被撕掉了，于是又写榜。于是辩论：分数多寡的辩论；及格与否的辩论；教员有无私心的辩论；优待革命青年，优待的程度，我说已优，他说未优的辩论；补救落第，我说权不在我，他说在我，我说无法，他说有法的辩论；试题的难易，我说不难，他说太难的辩论；还有因为有族人在台湾，自己也可以算作台湾人，取得优待“被压迫民族”的特权与否的辩论；还有人本无名，所以无所谓冒名顶替的玄学底辩论……。这样地一天一天的过去，而每夜是十多匹——或二十匹——老鼠的驰骋，早上是三位工友的响亮的歌声。

现在想起那时的辩论来，人是多么和有限的生命开着玩笑呵。然而那时却并无怨尤，只有一事觉得颇为变得特别：对于收到的长信渐渐有些仇视了。

这种长信，本是常常收到的，一向并不为奇。但这时竟渐嫌其长，如果看

---

①大乘佛教：公元一、二世纪间形成的佛教宗派。大乘是对小乘而言。小乘佛教主张“自我解脱”，要求苦行修炼；大乘佛教则主张“救度一切众生”，强调尽人皆可成佛，一切修行应以利他为主。

②居士：这里指在家修行的佛教徒。

③三廉：形似杨桃而略大的水果。

完一张，还未说出本意，便觉得烦厌。有时见熟人在旁，就托付他，请他看后告诉我信中的主旨。

“不错。‘写长信，就是反革命的！’”我一面想。

我当时是否也如K委员似的眉头打结呢，未曾照镜，不得而知。仅记得即刻也自觉到我的开会和辩论的生涯，似乎难以称为“在革命”，为自便计，将前判加以修正了：

“不。‘反革命’太重，应该说是‘不革命’的。然而还太重。其实是，——写长信，不过是吃得太闲空罢了。”

有人说，文化之兴，须有余裕，据我在钟楼上的经验，大致是真的罢。闲人所造的文化，自然只适宜于闲人，近来有些人磨拳擦掌，大鸣不平，正是毫不足怪，——其实，便是这钟楼，也何尝不造得蹊跷。但是，四万万男女同胞，侨胞，异胞之中，有的是“饱食终日，无所用心”，有的是“群居终日，言不及义”。怎不造出相当的文艺来呢？只说文艺，范围小，容易些。那结论只好是这样：有余裕，未必能创作；而要创作，是必须有余裕的。故“花呀月呀”，不出于啼饥号寒者之口，而“一手奠定中国的文坛”①，亦为苦工猪仔所不敢望也。

我以为这一说于我倒是很好的，我已经自觉到自己久已不动笔，但这事却应该归罪于匆忙。

大约就在这时候，《新时代》上又发表了一篇《鲁迅先生往那里躲》，宋云彬先生做的。文中有这样的对于我的警告：

“他到了中大，不但不曾恢复他‘呐喊’的勇气，并且似乎在说‘在北方时受着种种迫压，种种刺激，到这里来没有压迫和刺激，也就无话可说了’。噫嘻！异哉！鲁迅先生竟跑出了现社会，躲向牛角尖里去了。旧社会死去的苦痛，新社会生出的苦痛，多多少放在他眼前，他竟熟视无睹！他把人生的镜子藏起来了，他把自己回复到过去时代去了，噫嘻！异哉！鲁迅先生躲避了。”

而编辑者还很客气，用案语声明着这是对于我的好意的希望和怂恿，并非恶意的笑骂的文章。这是我很明白的，记得看见时颇为感动。因此也曾想如上文所说的那样，写一点东西，声明我虽不呐喊，却正在辩论和开会，有时一天

---

①“一手奠定中国的文坛”：这是新月书店吹嘘徐志摩的话。1927年春该店创办时，在《开幕纪念刊》的“第一批出版新书预告”中，介绍徐志摩的诗，说他“一只手奠定了一个文坛的基础”。

只吃一顿饭，有时只吃一条鱼，也还未失掉了勇气。《在钟楼上》就是豫定的题目。然而一则还是因为辩论和开会，二则因为篇首引有拉狄克[①]的两句话，另外又引起了我许多杂乱的感想，很想说出，终于反而搁下了。那两句话是：

“在一个最大的社会改变的时代，文学家不能做旁观者！”

但拉狄克的话，是为了叶遂宁[②]和梭波里[③]的自杀而发的。他那一篇《无家可归的艺术家》译载在一种期刊上时，曾经使我发生过暂时的思索。我因此知道凡有革命以前的幻想或理想的革命诗人，很可有碰死在自己所讴歌希望的现实上的运命；而现实的革命倘不粉碎了这类诗人的幻想或理想，则这革命也还是布告上的空谈。但叶遂宁和梭波里是未可厚非的，他们先后给自己唱了挽歌，他们有真实。他们以自己的沉没，证明着革命的前行。他们到底并不是旁观者。

但我初到广州的时候，有时确也感到一点小康。前几年在北方，常常看见迫压党人，看见捕杀青年，到那里可都看不见了。后来才悟到这不过是“奉旨革命”的现象，然而在梦中时是委实有些舒服的。假使我早做了《在钟楼上》，文字也许不如此。无奈已经到了现在，又经过目睹“打倒反革命”的事实，纯然的那时的心情，实在无从追蹑了。现在就只好是这样罢。

本篇最初发表于1927年12月17日上海《语丝》第四卷第一期。

①拉狄克（1885-？）：苏联政论家。早年曾参加无产阶级革命运动，1937年以“阴谋颠覆苏联”罪受审。

②叶遂宁（1895-1925）：通译为叶赛宁，苏联诗人。他以描写宗法制度下农村田园生活的抒情诗著称，作品多流露忧郁情调，曾参加资产阶级意象派文学团体。十月革命时向往革命，写过一些赞扬革命的诗，如《苏维埃俄罗斯》等，但革命后陷入苦闷，终于自杀。

③梭波里（1888-1926）：苏联“同路人”作家，他在十月革命后曾经接近革命，但终因不满于当时现实而自杀。

小杂感

蜜蜂的刺，一用即丧失了它自己的生命；犬儒的刺，一用则苟延了他自己的生命。

他们就是如此不同。

约翰穆勒说：专制使人们变成冷嘲。

而他竟不知道共和使人们变成沉默。

要上战场，莫如做军医；要革命，莫如走后方；要杀人，莫如做刽子手。既英雄，又稳当。

与名流学者谈，对于他之所讲，当装作偶有不懂之处。太不懂被看轻，太懂了被厌恶。偶有不懂之处，彼此最为合宜。

世间大抵只知道指挥刀所以指挥武士，而不想到也可以指挥文人。

又是演讲录，又是演讲录。但可惜都没有讲明他何以和先前大两样了；也没有讲明他演讲时，自己是否真相信自己的话。

阔的聪明人种种譬如昨日死。

不阔的傻子种种实在昨日死。

曾经阔气的要复古，正在阔气的要保持现状，未曾阔气的要革新。

大抵如是。大抵！

他们之所谓复古，是回到他们所记得的若干年前，并非虞夏商周。

女人的天性中有母性，有女儿性；无妻性。

妻性是逼成的，只是母性和女儿性的混合。

防被欺。

自称盗贼的无须防，得其反倒是好人；自称正人君子的必须防，得其反则是盗贼。

楼下一个男人病得要死，那间壁的一家唱着留声机；对面是弄孩子。楼上有两人狂笑；还有打牌声。河中的船上有女人哭着她死去的母亲。

人类的悲欢并不相通，我只觉得他们吵闹。

每一个破衣服人走过，叭儿狗就叫起来，其实并非都是狗主人的意旨或使嗾。

叭儿狗往往比它的主人更严厉。

恐怕有一天总要不准穿破布衫，否则便是共产党。

革命，反革命，不革命。

革命的被杀于反革命的。反革命的被杀于革命的。不革命的或当作革命的而被杀于反革命的，或当作反革命的而被杀于革命的，或并不当作什么而被杀于革命的或反革命的。

革命，革革命，革革革命，革革……。

人感到寂寞时，会创作；一感到干净时，即无创作，他已经一无所爱。

创作总根于爱。

杨朱无书。

创作虽说抒写自己的心，但总愿意有人看。

创作是有社会性的。

但有时只要有一个人看便满足：好友，爱人。

人往往憎和尚，憎尼姑，憎回教徒，憎耶教徒，而不憎道士。

懂得此理者，懂得中国大半。

要自杀的人，也会怕大海的汪洋，怕夏天死尸的易烂。

但遇到澄静的清池，凉爽的秋夜，他往往也自杀了。

凡为当局所“诛”者皆有“罪”。

刘邦除秦苛暴，“与父老约，法三章耳。”

而后来仍有族诛，仍禁挟书，还是秦法。

法三章者，话一句耳。

一见短袖子，立刻想到白臂膊，立刻想到全裸体，立刻想到生殖器，立刻想到性交，立刻想到杂交，立刻想到私生子。

中国人的想像惟在这一层能够如此跃进。

九月二十四日。

本篇最初发表于1927年12月17日《语丝》周刊第四卷第一期。

长城

伟大的长城！

这工程，虽在地图上也还有它的小像，凡是世界上稍有知识的人们，大概都知道的罢。

其实，从来不过徒然役死许多工人而已，胡人何尝挡得住。现在不过一种古迹了，但一时也不会灭尽，或者还要保存它。

我总觉得周围有长城围绕。这长城的构成材料，是旧有的古砖和补添的新砖。两种东西联为一气造成了城壁，将人们包围。

何时才不给长城添新砖呢？

这伟大而可诅咒的长城！

五月十一日。

本篇最初发表于1925年5月15日北京《莽原》周刊第四期。

三月的租界

今年一月，田军发表了一篇小品，题目是《大连丸上》，记着一年多以前，他们夫妇俩怎样幸而走出了对于他们是荆天棘地的大连——

“第二天当我们第一眼看到青岛青青的山角时，我们的心才又从冻结里蠕活过来。

“‘啊！祖国！’

“我们梦一般这样叫了！”

他们的回“祖国”，如果是做随员，当然没有人会说话，如果是剿匪，那当然更没有人会说话，但他们竟不过来出版了《八月的乡村》[1]。这就和文坛发生了关系。那么，且慢“从冻结里蠕活过来”罢。三月里，就“有人”在上海的租界上冷冷的说道——

“田军不该早早地从东北回来！”

谁说的呢？就是“有人”。为什么呢？因为这部《八月的乡村》“里面有些还不真实”。然而我的传话是“真实”的。有《大晚报》副刊《火炬》的奇怪毫光之一，《星期文坛》上的狄克[2]先生的文章为证——

“《八月的乡村》整个地说，他是一首史诗，可是里面有些还不真实，像人民革命军进攻了一个乡村以后的情况就不够真实。有人这样对我说：‘田军不该早早地从东北回来’，就是由于他感觉到田军还需要长时间的学习，如果再丰富了自己以后，这部作品当更好。技巧上，内容上，都有许多问题在，为什么没有人指出呢？”

---

①《八月的乡村》：田军著的反映东北人民抗日斗争的长篇小说，鲁迅曾为之作序。

②狄克：张春桥的化名。张春桥，山东巨野人，当时混进上海左翼文艺界进行破坏活动，为“四人帮”反革命阴谋集团的主要成员之一。

这些话自然不能说是不对的。假如“有人”说，高尔基[①]不该早早不做码头脚夫，否则，他的作品当更好；吉须[②]不该早早逃亡外国，如果坐在希忒拉的集中营里，他将来的报告文学当更有希望。倘使有谁去争论，那么，这人一定是低能儿。然而在三月的租界上，却还有说几句话的必要，因为我们还不到十分“丰富了自己”，免于来做低能儿的幸福的时期。

这样的时候，人是很容易性急的。例如罢，田军早早的来做小说了，却“不够真实”，狄克先生一听到“有人”的话，立刻同意，责别人不来指出“许多问题”了，也等不及“丰富了自己以后”，再来做“正确的批评”。但我以为这是不错的，我们有投枪就用投枪，正不必等候刚在制造或将要制造的坦克车和烧夷弹。可惜的是这么一来，田军也就没有什么“不该早早地从东北回来”的错处了。立论要稳当真也不容易。

况且从狄克先生的文章上看起来，要知道“真实”似乎也无须久留在东北似的，这位“有人”先生和狄克先生大约就留在租界上，并未比田军回来得晚，在东北学习，但他们却知道够不够真实。而且要作家进步，也无须靠“正确”的批评，因为在没有人指出《八月的乡村》的技巧上，内容上的“许多问题”以前，狄克先生也已经断定了：“我相信现在有人在写，或豫备写比《八月的乡村》更好的作品，因为读者需要！”

到这里，就是坦克车正要来，或将要来了，不妨先折断了投枪。

到这里，我又应该补叙狄克先生的文章的题目，是：《我们要执行自我批判》。

题目很有劲。作者虽然不说这就是“自我批判”，但却实行着抹杀《八月的乡村》的“自我批判”的任务的，要到他所希望的正式的“自我批判”发表时，这才解除它的任务，而《八月的乡村》也许再有些生机。因为这种模模胡胡的摇头，比列举十大罪状更有害于对手，列举还有条款，含胡的指摘，是可以令人揣测到坏到茫无界限的。

自然，狄克先生的“要执行自我批判”是好心，因为“那些作家是我们底”的缘故。但我以为同时可也万万忘记不得“我们”之外的“他们”，也不可专对“我们”之中的“他们”。要批判，就得彼此都给批判，美恶一并指出。如果在还有“我

---

①高尔基：出生于木工家庭，早年曾当过学徒、码头工人等。

②吉须（EEkisch，1885—1948）：也译作基希，捷克报告文学家。用德文写作。希特勒统治时期因反对纳粹政权而逃亡国外。九一八事变后曾来过我国，著有《秘密的中国》等。

们”和“他们”的文坛上，一味自责以显其“正确”或公平，那其实是在向“他们”献媚或替“他们”缴械。

四月十六日。

本篇最初发表于1936年5月《夜莺》月刊第一卷第三期。

随便翻翻

我想讲一点我的当作消闲的读书——随便翻翻。但如果弄得不好，会受害也说不定的。

我最初去读书的地方是私塾，第一本读的是《鉴略》[①]，桌上除了这一本书和习字的描红格，对字（这是做诗的准备）的课本之外，不许有别的书。但后来竟也慢慢的认识字了，一认识字，对于书就发生了兴趣，家里原有两三箱破烂书，于是翻来翻去，大目的是找图画看，后来也看看文字。这样就成了习惯，书在手头，不管它是什么，总要拿来翻一下，或者看一遍序目，或者读几叶内容，到得现在，还是如此，不用心，不费力，往往在作文或看非看不可的书籍之后，觉得疲劳的时候，也拿这玩意来作消遣了，而且它也的确能够恢复疲劳。

倘要骗人，这方法很可以冒充博雅。现在有一些老实人，和我闲谈之后，常说我书是看得很多的，略谈一下，我也的确好像书看得很多，殊不知就为了常常随手翻翻的缘故，却并没有本本细看。还有一种很容易到手的秘本，是《四库书目提要》，倘还怕繁，那么，《简明目录》[②]也可以，这可要细看，它能做成你好像看过许多书。不过我也曾用过正经工夫，如什么“国学”之类，请过先生指教，留心过学者所开的参考书目。结果都不满意。有些书目开得太多，要十来年才能看完，我还疑心他自己就没有看；只开几部的较好，可是这须看这位开书目的先生了，如果他是一位胡涂虫，那么，开出来的几部一定也是极顶胡涂书，不看还好，一看就胡涂。

我并不是说，天下没有指导后学看书的先生，有是有的，不过很难得。

这里只说我消闲的看书——有些正经人是反对的，以为这么一来，就“杂”！

---

①《鉴略》：清代王仕云著，是旧时学塾所用的一种初级历史读物，四言韵语，上起盘古，下迄明代弘光。

②《四库书目提要》：即《四库全书总目提要》，纪昀编撰。《简明目录》：即《四库全书简明目录》，共二十卷，亦纪昀编撰。

“杂”，现在又算是很坏的形容词。但我以为也有好处。譬如我们看一家的陈年账簿，每天写着“豆付三文，青菜十文，鱼五十文，酱油一文”，就知先前这几个钱就可买一天的小菜，吃够一家；看一本旧历本，写着“不宜出行，不宜沐浴，不宜上梁”，就知道先前是有这么多的禁忌。看见了宋人笔记里的“食菜事魔”①，明人笔记里的“十彪五虎”②，就知道“哦呵，原来‘古已有之’”。但看完一部书，都是些那时的名人轶事，某将军每餐要吃三十八碗饭，某先生体重一百七十五斤半；或是奇闻怪事，某村雷劈蜈蚣精，某妇产生人面蛇，毫无益处的也有。这时可得自己有主意了，知道这是帮闲文士所做的书。凡帮闲，他能令人消闲消得最坏，他用的是最坏的方法。倘不小心，被他诱过去，那就坠入陷阱，后来满脑子是某将军的饭量，某先生的体重，蜈蚣精和人面蛇了。

讲扶乩的书，讲婊子的书，倘有机会遇见，不要皱起眉头，显示憎厌之状，也可以翻一翻；明知道和自己意见相反的书，已经过时的书，也用一样的办法。例如杨光先的《不得已》是清初的著作，但看起来，他的思想是活着的，现在意见和他相近的人们正多得很。这也有一点危险，也就是怕被它诱过去。治法是多翻，翻来翻去，一多翻，就有比较，比较是医治受骗的好方子。乡下人常常误认一种硫化铜为金矿，空口是和他说不明白的，或者他还会赶紧藏起来，疑心你要白骗他的宝贝。但如果遇到一点真的金矿，只要用手掂一掂轻重，他就死心塌地：明白了。

“随便翻翻”是用各种别的矿石来比的方法，很费事，没有用真的金矿来比的明白，简单。我看现在青年的常在问人该读什么书，就是要看一看真金免得受硫化铜的欺骗。而且一识得真金，一面也就真的识得了硫化铜，一举两得了。

但这样的好东西，在中国现有的书里，却不容易得到。我回忆自己的得到一点知识，真是苦得可怜。幼小时候，我知道中国在“盘古氏开辟天地”之后，有三皇五帝，……宋朝，元朝，明朝，“我大清”。到二十岁，又听说“我们”

---

①“食菜事魔”：五代两宋时农民的秘密宗教组织明教，提倡素食，供奉摩尼（来源于古代波斯的摩尼教）为光明之神。因此在有关他们的记载中有“食菜事魔”的说法。

②“十彪五虎”：疑应作“五虎五彪”。

的成吉思汗[1]征服欧洲，是“我们”最阔气的时代。到二十五岁，才知道所谓这“我们”最阔气的时代，其实是蒙古人征服了中国，我们做了奴才。直到今年八月里，因为要查一点故事，翻了三部蒙古史，这才明白蒙古人的征服“斡罗思”[2]，侵入匈奥，还在征服全中国之前，那时的成吉思还不是我们的汗，倒是俄人被奴的资格比我们老，应该他们说“我们的成吉思汗征服中国，是我们最阔气的时代”的。

我久不看现行的历史教科书了，不知道里面怎么说；但在报章杂志上，却有时还看见以成吉思汗自豪的文章。事情早已过去了，原没有什么大关系，但也许正有着大关系，而且无论如何，总是说些真实的好。所以我想，无论是学文学的，学科学的，他应该先看一部关于历史的简明而可靠的书。但如果他专讲天王星，或海王星，虾蟆的神经细胞，或只咏梅花，叫妹妹，不发关于社会的议论，那么，自然，不看也可以的。

我自己，是因为懂一点日本文，在用日译本《世界史教程》和新出的《中国社会史》[3]应应急的，都比我历来所见的历史书类说得明确。前一种中国曾有译本，但只有一本，后五本不译了，译得怎样，因为没有见过，不知道。后一种中国倒先有译本，叫作《中国社会发展史》，不过据日译者说，是多错误，有删节，靠不住的。

我还在希望中国有这两部书。又希望不要一哄而来，一哄而散，要译，就译他完；也不要删节，要删节，就得声明，但最好还是译得小心，完全，替作者和读者想一想。

十一月二日。

本篇最初发表于1934年11月上海《读书生活》月刊第一卷第二期，署名公汗

①成吉思汗（1162—1227）：名铁木真，古代蒙古族领袖。1206年统一蒙古族各部落，建立蒙古汗国，被拥戴为王，称成吉思汗。他的继承者灭南宋建立元朝后，追尊他为元太祖。

②“斡罗思”：即俄罗斯。

③《世界史教程》：苏联波查洛夫（现译鲍恰罗夫）等人合编的一本教科书，原名《阶级斗争史课本》。《中国社会史》：苏联沙发洛夫（现译萨法罗夫）著，原名《中国史纲》。

脸谱臆测

对于戏剧，我完全是外行。但遇到研究中国戏剧的文章，有时也看一看。近来的中国戏是否象征主义，或中国戏里有无象征手法的问题，我是觉得很有趣味的。

伯鸿先生在《戏》周刊十一期（《中华日报》副刊）上，说起脸谱，承认了中国戏有时用象征的手法，“比如白表‘奸诈’，红表‘忠勇’，黑表‘威猛’，蓝表‘妖异’，金表‘神灵’之类，实与西洋的白表‘纯洁清净’，黑表‘悲哀’，红表‘热烈’，黄金色表‘光荣’和‘努力’”并无不同，这就是“色的象征”，虽然比较的单纯，低级。

这似乎也很不错，但再一想，却又生了疑问，因为白表奸诈，红表忠勇之类，是只以在脸上为限，一到别的地方，白就并不象征奸诈，红也不表示忠勇了。

对于中国戏剧史，我又是完全的外行。我只知道古时候（南北朝）的扮演故事，是带假面的，[①]这假面上，大约一定得表示出这角色的特征，一面也是这角色的脸相的规定。古代的假面和现在的打脸的关系，好像还没有人研究过，假使有些关系，那么，“白表奸诈”之类，就恐怕只是人物的分类，却并非象征手法了。

中国古来就喜欢讲“相人术”，但自然和现在的“相面”不同，并非从气色上看出祸福来，而是所谓“诚于中，必形于外”，要从脸相上辨别这人的好坏的方法。一般的人们，也有这一种意见的，我们在现在，还常听到“看他样子就不是好人”这一类话。这“样子”的具体的表现，就是戏剧上的“脸谱”。富贵人全无心肝，只知道自私自利，吃得白白胖胖，什么都做得出，于是白就表了奸诈。红表忠勇，是从关云长的“面如重枣”来的。“重枣”是怎样的枣子，

①指南北朝时的歌舞戏《大面》。据《旧唐书·音乐志》载：“《大面》出于北齐。北齐兰陵王长恭，才武而面美，常着假面以对敌。尝击周师金墉城下，勇冠三军，齐人壮之，为此舞以效其指麾击刺之容，谓之《兰陵王入阵曲》。”

我不知道，要之，总是红色的罢。在实际上，忠勇的人思想较为简单，不会神经衰弱，面皮也容易发红，倘使他要永远中立，自称“第三种人”，精神上就不免时时痛苦，脸上一块青，一块白，终于显出白鼻子来了。黑表威猛，更是极平常的事，整年在战场上驰驱，脸孔怎会不黑，擦着雪花膏的公子，是一定不肯自己出面去战斗的。

士君子常在一门一门的将人们分类，平民也在分类，我想，这“脸谱”，便是优伶和看客公同逐渐议定的分类图。不过平民的辨别，感受的力量，是没有士君子那么细腻的。况且我们古时候戏台的搭法，又和罗马不同[①]，使看客非常散漫，表现倘不加重，他们就觉不到，看不清。这么一来，各类人物的脸谱，就不能不夸大化，漫画化，甚而至于到得后来，弄得希奇古怪，和实际离得很远，好像象征手法了。

脸谱，当然自有它本身的意义的，但我总觉得并非象征手法，而且在舞台的构造和看客的程度和古代不同的时候，它更不过是一种赘疣，无须扶持它的存在了。然而用在别一种有意义的玩艺上，在现在，我却以为还是很有兴趣的。

十月三十一日。

①古代罗马剧场，中间为圆形表演场地，周围环绕着台阶式的观众席，近似现代的体育场。

作文秘诀

现在竟还有人写信来问我作文的秘诀。

我们常常听到：拳师教徒弟是留一手的，怕他学全了就要打死自己，好让他称雄。在实际上，这样的事情也并非全没有，逢蒙杀羿就是一个前例。逢蒙远了，而这种古气是没有消尽的，还加上了后来的“状元瘾”，科举虽然久废，至今总还要争“唯一”，争“最先”。遇到有“状元瘾”的人们，做教师就危险，拳棒教完，往往免不了被打倒，而这位新拳师来教徒弟时，却以他的先生和自己为前车之鉴，就一定留一手，甚而至于三四手，于是拳术也就“一代不如一代”了。

还有，做医生的有秘方，做厨子的有秘法，开点心铺子的有秘传，为了保全自家的衣食，听说这还只授儿妇，不教女儿，以免流传到别人家里去，“秘”是中国非常普遍的东西，连关于国家大事的会议，也总是“内容非常秘密”，大家不知道。但是，作文却好像偏偏并无秘诀，假使有，每个作家一定是传给子孙的了，然而祖传的作家很少见。自然，作家的孩子们，从小看惯书籍纸笔，眼格也许比较的可以大一点罢，不过不见得就会做。目下的刊物上，虽然常见什么“父子作家”“夫妇作家”的名称，仿佛真能从遗嘱或情书中，密授一些什么秘诀一样，其实乃是肉麻当有趣，妄将做官的关系，用到作文上去了。

那么，作文真就毫无秘诀么？却也并不。我曾经讲过几句做古文的秘诀，是要通篇都有来历，而非古人的成文；也就是通篇是自己做的，而又全非自己所做，个人其实并没有说什么；也就是“事出有因”，而又“查无实据”。到这样，便“庶几乎免于大过也矣”了。简而言之，实不过要做得“今天天气，哈哈哈……”而已。

这是说内容。至于修辞，也有一点秘诀：一要蒙胧，二要难懂。那方法，是：缩短句子，多用难字。譬如罢，作文论秦朝事，写一句“秦始皇乃始烧书”，是不算好文章的，必须翻译一下，使它不容易一目了然才好。这时就用得着《尔雅》，

《文选》[①]了，其实是只要不给别人知道，查查《康熙字典》[②]也不妨的。动手来改，成为“始皇始焚书”，就有些“古”起来，到得改成“政俶燔典”，那就简直有了班马[③]气，虽然跟着也令人不大看得懂。但是这样的做成一篇以至一部，是可以被称为“学者”的，我想了半天，只做得一句，所以只配在杂志上投稿。

我们的古之文学大师，就常常玩着这一手。班固先生的“紫色鼃声，余分闰位”，就将四句长句，缩成八字的；扬雄先生的“蠢迪检柙”[④]，就将“动由规矩”这四个平常字，翻成难字的。《绿野仙踪》记塾师咏“花”[⑤]，有句云：“媳钗俏矣儿书废，哥罐闻焉嫂棒伤。”自说意思，是儿妇折花为钗，虽然俏丽，但恐儿子因而废读；下联较费解，是他的哥哥折了花来，没有花瓶，就插在瓦罐里，以嗅花香，他嫂嫂为防微杜渐起见，竟用棒子连花和罐一起打坏了。这算是对于冬烘先生的嘲笑。然而他的作法，其实是和扬班并无不合的，错只在他不用古典而用新典。这一个所谓“错”，就使《文选》之类在遗老遗少们的心眼里保住了威灵。

做得蒙胧，这便是所谓“好”么？答曰：也不尽然，其实是不过掩了丑。但是，“知耻近乎勇”，掩了丑，也就仿佛近乎好了。摩登女郎披下头发，中年妇人罩上面纱，就都是蒙胧术。人类学家解释衣服的起源有三说：一说是因为男女知道了性的羞耻心，用这来遮羞；一说却以为倒是用这来刺激；还有一种是说因为老弱男女，身体衰瘦，露着不好看，盖上一些东西，藉此掩掩丑的。从修辞学的立场上看起来，我赞成后一说。现在还常有骈四俪六，典丽堂皇的祭文，挽联，宣言，通电，我们倘去查字典，翻类书，剥去它外面的装饰，翻成白话文，试看那剩下的是怎样的东西呵！？

---

①《尔雅》：我国最早解释词义的书，大概成书于春秋至西汉初年，今本十九篇。《文选》，南朝梁昭明太子萧统编选的从先秦到齐、梁的各体文章的总集，共六十卷。

②《康熙字典》：清代康熙年间张玉书等奉旨编撰，共四十二卷，收四万七千余字，1716 年（康熙五十五年）开始印行。

③班马：指班固、司马迁。他们都是汉代史学家、文学家。

④杨雄（前 53-18）：一作杨雄，字子云，成都（今属四川）人，西汉文学家、语言文字学家。

⑤《绿野仙踪》：长篇小说，清代李百川著。这里所说塾师咏“花”的故事，见于该书第六回《评诗赋大失腐儒心》。

不懂当然也好的。好在那里呢？即好在“不懂”中。但所虑的是好到令人不能说好丑，所以还不如做得它“难懂”：有一点懂，而下一番苦功之后，所懂的也比较的多起来。我们是向来很有崇拜“难”的脾气的，每餐吃三碗饭，谁也不以为奇，有人每餐要吃十八碗，就郑重其事的写在笔记上；用手穿针没有人看，用脚穿针就可以搭帐篷卖钱；一幅画片，平淡无奇，装在匣子里，挖一个洞，化为西洋镜，人们就张着嘴热心的要看了。况且同是一事，费了苦功而达到的，也比并不费力而达到的的可贵。譬如到什么庙里去烧香罢，到山上的，比到平地上的可贵；三步一拜才到庙里的庙，和坐了轿子一径抬到的庙，即使同是这庙，在到达者的心里的可贵的程度是大有高下的。作文之贵乎难懂，就是要使读者三步一拜，这才能够达到一点目的的妙法。

写到这里，成了所讲的不但只是做古文的秘诀，而且是做骗人的古文的秘诀了。但我想，做白话文也没有什么大两样，因为它也可以夹些僻字，加上蒙胧或难懂，来施展那变戏法的障眼的手巾的。倘要反一调，就是“白描”。

“白描”却并没有秘诀。如果要说有，也不过是和障眼法反一调：有真意，去粉饰，少做作，勿卖弄而已。

十一月十日。

本篇最初发表于1933年12月15日《申报月刊》第二卷第十二号，署名洛文。